Eine schöne Bescherung

Eine schöne Bescherung

Humorvolle Weihnachtsgeschichten

benno

Bibliografische Information der Deutschen Nationalbibliothek
Die Deutsche Nationalbibliothek verzeichnet diese Publikation in der Deutschen Nationalbibliografie; detaillierte bibliografische Daten sind im Internet über http://dnb.d-nb.de abrufbar.

ISBN 978-3-7462-3543-1

Stammerstr. 11, 04159 Leipzig
Zusammengestellt und herausgegeben: Volker Bauch, Leipzig
Umschlaggestaltung: Ulrike Vetter, Leipzig
Umschlagmotive: © picture-alliance/dieKLEINERT.de/Gisela Duerr
Gesamtherstellung: Kontext, Lemsel (B)

Der Weihnachtsmann in der Lumpenkiste

Erwin Strittmatter

In meiner Heimat gingen am Andreastage, dem 30. November, die Ruprechte von Haus zu Haus. Die Ruprechte, das waren die Burschen des Dorfes, in Verkleidungen, wie sie die Bodenkammern und die Truhen der Altenteiler, der Großeltern, hergaben. Die rüden Burschen hatten bei diesen Dorfrundgängen nicht den Ehrgeiz, friedfertige Weihnachtsmänner zu sein. Sie drangen in die Häuser wie eine Räuberhorde, schlugen mit Birkenruten um sich, warfen Äpfel und Nüsse, auch Backobst in die Stuben und brummten wie alte Bären: »Können die Kinder beten?«

Die Kinder beteten, sie beteten vor Furcht kunterbunt: »Müde bin ich, geh zur Ruh ... Komm, Herr Jesu, sei unser Gast ... Der Mai ist gekommen ...« Lange Zeit glaubte ich, daß das Eigenschaftswort »ruppig« von Ruprecht abgeleitet wäre.

Wenn die Ruprechthorde die kleine Dorfschneiderstube meiner Mutter verließ, roch es in ihr noch lange nach verstockten Kleidungsstücken, nach Mottenpulver und reifen Äpfeln. Meine kleine Schwester und ich waren vor Furcht unter den großen Schneidertisch gekrochen. Die Tischplatte schien uns ein besserer Schutz als unsere Gebetchen zu sein, und wir wagten lange nicht hervorzukommen, noch weniger das Dörrobst und die Nüsse anzurühren.

Diese Verängstigung konnte wohl auch unsere Mutter nicht mehr mit ansehen, denn sie bestellte im nächsten Jahr die Ruprechte ab. Oh, was hatten wir für eine mächtige Mut-

ter! Sie konnte die Ruprechte abbestellen und dafür das Christkind einladen.
Jahrsdrauf erschien bei uns also das Christkind, um die Ruppigkeit der Ruprechte auszutilgen. Das Christkind trug ein weißes Tüllkleid und ging in Ermangelung von heiligweißen Strümpfen – es war im Ersten Weltkrieg – barfuß in weißen Brautschuhen. Sein Gesicht war von einem großen Strohhut überschattet, dessen breite Krempe mit Wachswatte-Kirschen garniert war. Vom Rande der Krempe fiel dem Christkind ein weißer Tüllschleier übers Gesicht. Das HOLDE HIMMELSKIND sprach mit piepsiger Stimme und streichelte uns sogar mit seinen Brauthandschuhhänden. Als wir unsere Gebete abgerasselt hatten, wurden wir mit gelben Äpfeln beschenkt. Sie glichen den Goldparmänen, die wir als Wintervorrat auf dem Boden in einer Strohschütte liegen hatten. Das sollten Himmelsäpfel sein? Wir bedankten uns trotzdem artig mit DIENER und KNICKS, und das Christkind stakte gravitätisch auf seinen nackten Heiligenbeinen in Brautstöckelschuhen davon.
Meine Mutter war zufrieden. »Habt ihr gesehn, wie's Christkind aussah?«
»Ja«, sagte ich, »wie Buliks Alma, wenn sie hinter einer Gardine hervorlugt.«
Buliks Alma war die etwa vierzehnjährige Tochter aus dem Nachbarhause. An diesem Abend sprachen wir nicht mehr über das Christkind.
Vielleicht kam die Mutter wirklich nicht ohne den Weihnachtsmann aus, wenn sie sich tagsüber die nötige Ruhe in der Schneiderstube erhalten wollte. Jedenfalls erzählte sie uns nach dem mißglückten Christkindbesuch, der Weihnachtsmann habe nunmehr seine Werkstatt über dem Bodenzim-

mer unter dem Dach eingerichtet. Das war eine dunkle, geheimnisvolle Ecke des Häuschens, in der wir noch nie gewesen waren. Eine Treppe führte nicht unter das Dach. Eine Leiter war nicht vorhanden. Die Mutter wußte geheimnisvoll zu berichten, wie sehr der Weihnachtsmann dort oben nachts, wenn wir schliefen, arbeitete, sodaß uns das Herumtollen und Plappern vergingen, weil sich der Weihnachtsmann bei Tage ausruhen und schlafen mußte.
Eines Abends vor dem Schlafengehn hörten wir den Weihnachtsmann auch wirklich in seiner Werkstatt scharwerken, und die Mutter war sicher dankbar gegen den Wind, der ihr beim Märchenmachen half.
»Soll der Weihnachtsmann Tag für Tag schlafen und Nacht für Nacht arbeiten, ohne zu essen?«
Diese Frage stellte ich hartnäckig.
»Wenn ihr artig seid, ißt er vielleicht einen Teller Mittagessen von euch«, entschied die Mutter.
Also erhielt der Weihnachtsmann am nächsten Tage einen Teller Mittagessen. Mutter riet uns, den Teller an der Tür des Bodenstübchens abzustellen. Ich gab meinen Patenlöffel dazu. Sollte der Weihnachtsmann mit den Fingern essen?
Bald hörten wir unten in der Schneiderstube, wie der Löffel im Teller klirrte. Oh, was hätten wir dafür gegeben, den Weihnachtsmann essen sehen zu dürfen! Allein, die gute Mutter warnte uns, den alten wunderlichen Mann zu vergrämen, und wir gehorchten.
Von nun an wurde der Weihnachtsmann täglich von uns beköstigt. Wir wunderten uns, daß Teller und Löffel, wenn wir sie am späten Nachmittag vom Boden holten, blink und blank waren, als wären sie durch den Abwasch gegangen.

Der Weihnachtsmann war demnach ein reinlicher Gesell, und wir bemühten uns, ihm nachzueifern. Wir schabten und kratzten nach den Mahlzeiten unsere Teller aus, und dennoch waren sie nicht so sauber wie der Teller des HEILIGEN MANNES auf dem Dachboden.
Nach dem Mittagessen hatte ich als Ältester, um meine Mutter in der nähfädelreichen Vorweihnachtszeit zu entlasten, das wenige Geschirr zu spülen, und meine Schwester trocknete es ab. Da der Weihnachtsmann sein Eßgeschirr in blitzblankem Zustande zurücklieferte, versuchte ich, ihm auch das Abwaschen unseres Mittagsgeschirrs zu übertragen. Es glückte. Ich ließ den Weihnachtsmann für mich abwaschen, und meine Schwester war nicht böse, wenn sie die zerbrechlichen Teller nicht abzutrocknen brauchte.
War's Forscherdrang, der mich zwackte, war's, um mich bei dem Alten auf dem Dachboden beliebt zu machen, ich begann ihm außerdem auf eigene Faust meine Aufwartungen zu machen.
Bald wußte ich, was ein Weihnachtsmann gern aß: Von einem Rest Frühstücksbrot, den ich ihm hinaufgetragen hatte, aß er nur die Margarine herunter. Der Großvater schenkte mir ein Zuckerstück, eine rare Sache in jener Zeit. Ich brachte das Naschwerk dem Weihnachtsmann. Er verschmähte es. Oder mochte er es nur nicht, weil ich es schon angeknabbert hatte? Auch einen Apfel ließ er liegen, aber eine Maus aß er. Dabei hatte ich ihm die tote Maus nur in der Hoffnung hingelegt, er würde sie wieder lebendig machen; hatte er nicht im Vorjahr einen neuen Schweif an mein altes Holzpferd wachsen lassen?
So, so, der Weihnachtsmann aß also Mäuse! Vielleicht würde er sich auch über Heringsköpfe freuen. Ich legte drei

Heringsköpfe vor die Tür der Bodenstube, und da mein Großvater zu Besuch war, hatte ich sogar den Mut, mich hinter der Lumpenkiste zu verstecken, um den Weihnachtsmann bei seiner Heringskopfmahlzeit zu belauschen. Mein Herz pochte in den Ohren. Lange brauchte ich nicht zu warten, denn aus der Lumpenkiste sprang – mur, marau – unsere schwarzbunte Katze.

Ich schwieg über meine Entdeckung und ließ fortan meine Schwester den Teller Mittagessen allein auf den Boden bringen.

Bis zum Frühling bewahrte ich mein Geheimnis, aber als in der Lumpenkiste im Mai, da vor der Haustür der Birnbaum blühte, vier Kätzchen umherkrabbelten, teilte ich meiner Mutter dieses häusliche Ereignis so mit: »Mutter, Mutter, der Weihnachtsmann hat Junge!«

Ein Lied hinterm Ofen zu singen

Matthias Claudius

Der Winter ist ein rechter Mann,
Kernfest und auf die Dauer;
Sein Fleisch fühlt sich wie Eisen an,
Und scheut nicht süß noch sauer.

War je ein Mann gesund, ist er's;
Er krankt und kränkelt nimmer;

Weiß nichts von Nachtschweiß noch Vapeurs
Und schläft im kalten Zimmer.

Er zieht sein Hemd im Freien an
Und lässt's vorher nicht wärmen;
Und spottet über Fluß im Zahn
Und Kolik in Gedärmen.

Aus Blumen und aus Vogelsang
Weiß er sich nichts zu machen,
Hasst warmen Drang und warmen Klang
Und alle warmen Sachen.

Doch wenn die Füchse bellen sehr,
Wenn's Holz im Ofen knittert,
Und um den Ofen Knecht und Herr
Die Hände reibt und zittert;

Wenn Stein und Bein vor Frost zerbricht,
Und Teich' und Seen krachen;
Das klingt ihm gut, das hasst er nicht,
Denn will er sich tot lachen. –

Sein Schloss von Eis liegt ganz hinaus
Beim Nordpol an dem Strande;
Doch hat er auch ein Sommerhaus
Im lieben Schweizerlande.

Da ist er denn bald dort, bald hier,
Gut Regiment zu führen.
Und wenn er durchzieht, stehen wir
Und sehn ihn an und frieren.

Gang über den Weihnachtsmarkt

Wilhelm Raabe

Welch ein Gang war das, den ich mit dem tollen Karikaturenzeichner in der Dämmerung des Abends machte! In wieviel Keller- und andere Fenster musste der Mensch gucken; in wieviel kleine frostgerötete Hände, die sich an den Ecken und aus den Torwegen uns entgegenstreckten, ließ er seine Viergroschenstücke gleiten! Welch ein Gang war das! Die Geister, die den alten Scrooge des Meisters Boz über die Weihnachtswelt führten, hätten mich nicht besser leiten können als Herr Ulrich Strobel. Jetzt betrachteten wir die phantastische Ausstellung eines Ladens, jetzt die staunenden, verlangenden Gesichter davor; jetzt entdeckte Strobel eine neue Idee in der Anfertigung eines Spielzeugs, jetzt ich; es war wundervoll!

An der Ecke des Weihnachtsmarktes blieben wir stehen, in das fröhliche Getümmel, welches sich dort umhertrieb, hineinblickend. Im ununterbrochenen Zuge strömte das Volk an uns vorbei: Väter, auf jedem Arm und an jedem Rockschoß ein Kind; Handwerksgesellen mit dem Schatz, den sie aus der Küche der »Gnädigen« weggestohlen hatten; ehrliche, unbeschreiblich gutmütig und dumm lächelnde Infanteristen, feine, schmucke Garde-Schützen, schwere Dragoner und »klobige« Artillerie. Hier und da wandten sich junge Mädchen zierlich durch das Getümmel; jedes Alter, jeder Stand war vertreten, ja sogar die vornehmste Welt überschritt einmal ihre närrischen Grenzen und zeigte ihren Kindern die – Freude des Volks.

Der Zeichner war auf einmal sehr ernst geworden. »Sehen Sie«, sagte er, »da strömt die Quelle, aus welcher die Kinderwelt ihr erstes Christentum schöpft. Nicht dadurch, dass man ihnen von Gott und so weiter Unverständliches vorräsoniert, sie Bibel- oder Gesangbuchverse auswendig lernen lässt; nicht dadurch, dass man sie – womöglich in den Windeln – in die Kirche schleppt, legt man den Keim der wunderbaren Religion in ihre Herzen. An das Gewühl vor den Buden, an den grünen funkelnden Tannenbaum knüpft das junge Gemüt seine ersten, wahren – und was mehr sagen will, wahrhaft kindlichen Begriffe davon!«

Ich wollte eben darauf etwas erwidern, als plötzlich eine Gestalt, in einen dunklen Mantel gehüllt, ein Kind auf dem Arme tragend, an uns vorbeischlüpfen wollte. Ein Strahl der nächsten Gaslaterne fiel auf ihr Gesicht, es war die kleine Tänzerin aus der Sperlingsgasse. Ich freute mich über die Begegnung und rief sie an: »Das ist prächtig, Fräulein Rosalie, dass wir Sie begleiten; denn um die Mysterien eines Weihnachtsmarktes zu durchdringen, ist es jedenfalls nötig, ein Kind bei sich zu haben.« Die Tänzerin knixte und sagte: »O, Sie sind zu gütig, meine Herren; Alfred hat mir den ganzen Tag keine Ruhe gelassen, und da kein Theater ist, so musste ich ihm doch die Herrlichkeit zeigen.« – »Ja Mann«, – sagte Alfred unter einer dicken Pudelmütze gar verwegen hervorschauend, »mitgehen!«

Ich stellte der Tänzerin den Nachbar Zeichner vor, und das vierblättrige Kleeblatt war bald in der Stimmung, die ein Weihnachtsmarkt erfordert. Was für ein Talent, Kinder vor Entzücken außer sich zu bringen, entwickelte jetzt der Karikaturenzeichner. Er hatte der Mutter den dicken Bengel sogleich abgenommen, ließ ihn nun gar nicht aus dem Aufkreischen herauskommen und schleppte ihn hoch auf der Schulter durch das Gewühl voran. »O ich bin Ihnen so dankbar, so dankbar, Herr Wachholder«, flüsterte die kleine Tänzerin, zu deren Beschützer ich mich sehr gravitätisch aufwarf.

»Liebes Kind«, sagte ich, »ein paar solcher Junggesellen wie ich und mein Freund würden solche Abende wie diesen sehr übel zubringen, wenn nicht dann ausdrücklich eine Vorsehung über sie wachte. Sie sollen einmal sehen, wie prächtig wir heute abend noch Weihnachten feiern werden – hören Sie nur, wie Alfred jubelt; sehen Sie, wie stolz und glücklich er unter der Pickelhaube vorguckt, die ihm eben Herr Strobel übergestülpt hat!«

Der Karikaturenzeichner hätte sich in diesem Augenblick sehr gut selbst abkonterfeien können – er tat es auch, aber später. Wundervoll sah er aus. Im Knopfloch baumelte ein gewaltiger Hampelmann, in der rechten Hand hatte er eine große Knarre, die er energisch schwenkte, während auf seinem linken Arm Alfred mit aller Macht auf eine Trommel paukte.

»Kleine Dame«, sagte der Zeichner jetzt zu unserer Begleiterin, »stecken Sie mir doch einmal jene Tüte in die Rocktasche, ich komme nicht dazu. Heda, alter Wachholder«, schrie er dann mich an, »gleiche ich nicht aufs Haar einer Kammerverhandlung? Rechts Knarre, links Getrommel, und für das Fassen und Einsacken der begehrten Süßigkeiten weder Kraft noch Platz!«

»Mama, der Onkel aber mal rechter Onkel!« rief der Kleine entzückt von seiner Höhe herab, als Rosalie der Anforderung Strobels nachkam und ich ebenfalls die Tasche mit allerlei füllte.

So ging es weiter, bis uns endlich die Kälte zu heftig wurde. Der Zeichner löste sich auf – wie er's nannte – und überlieferte mir die spielzeugbehangene Linke, behielt jedoch die Knarre in der Rechten, und nun ging's durch die menschen- und lichterfüllten Straßen nach Hause. Wie glänzte heute abend die alte dunkle Sperlingsgasse! Von den Kellern bis zum sechsten Stock, bis in die kleinste Dachstube war die Weihnachtszeit eingekehrt; freilich nicht allenthalben auf gleich »fröhliche, selige, gnadenbringende« Weise. Welch einen Abend feierten wir nun! Wir ließen unsere kleine Begleiterin natürlich nicht zu ihrem kaltgewordenen Stübchen hinaufsteigen. War ich nicht schon auf der Universität meines famosen Punschmachens wegen berühmt gewesen? (eine Kunst, die mir mein Vater mit auf den Lebensweg gegeben hatte). Der Karikaturenzeichner holte einen Tannenzweig, den er auf der Straße gefunden hatte, hervor und hielt ihn ans Licht.
»Das ist der wahre Weihnachtsduft«, sagte er, »und in Ermangelung eines Bessern muss man sich zu helfen wissen.«

PUNSCHLIED

Friedrich von Schiller

Vier Elemente
innig gesellt,
bilden das Leben,
bauen die Welt.
Presst der Zitrone
saftigen Stern!
Herb ist des Lebens
innerster Kern.

Jetzt mit des Zuckers
linderndem Saft
zähmet die herbe,
brennende Kraft!
Gießet des Wassers
sprudelnden Schwall!
Wasser umfänget
ruhig das All.

Tropfen des Geistes
gießet hinein!
Leben dem Leben
gibt er allein.
Eh' es verdüftet,
schöpfet es schnell!
Nur wenn er glühet,
labet der Quell.

Schneeflocken

Volksgut

Es schneit, hurra, es schneit!
Schneeflocken weit und breit!
Ein lustiges Gewimmel
kommt aus dem grauen Himmel.

Was ist das für ein Leben!
Sie tanzen und sie schweben.
Sie jagen sich und fliegen,
der Wind bläst vor Vergnügen.

Und nach der langen Reise,
da setzen sie sich leise
aufs Dach und auf die Straße
und frech dir auf die Nase.

Lieber, guter Nikolas

Volksgut

Heiliger Sankt Nikolaus,
komm in unser Haus,
triffst ein Kindlein an,
das ein Sprüchlein kann,
das schön folgen will,
halte bei uns still,
schütt' dein Säcklein aus,
lieber Nikolaus.

Lieber, guter Nikolas,
bring uns kleinen Kindern was.
Die Großen lass nur laufen!
Die können sich was kaufen.

Wenn's schneit, wenn's schneit

Volksgut

Wenn's schneit, wenn's schneit,
ist Weihnacht nicht mehr weit.
Dann geht der alte Nikolaus
mit seinem Sack von Haus zu Haus.

Wenn's schneit, wenn's schneit,
ist Weihnacht nicht mehr weit.
Dann kann man durch die Straßen gehn
und all die schönen Sachen sehn.

Wenn's schneit, wenn's schneit,
ist Weihnacht nicht mehr weit.
Dann riecht es, ach, so wundersam,
nach Äpfeln und nach Marzipan.

Der Stern über Betlehem

Luis Trenker

In den ersten Dezembertagen wandert als Vorbote der Weihnachtszeit der heilige Nikolaus durchs Land. Bei uns in Tirol kommt er aber nicht allein, da wird er von einem Engel begleitet, einem freundlichen Engel mit Flügeln, aber das wird wohl überall so sein. Da kam also der Nikolaus, wir wissen ja, wie er ausschaut: gütig, mit weißem Bart und pelzverbrämter Kappe, den Bischofsstab in der Hand und in einem langen goldbestickten, roten Mantel. Der Engel trug ein Körbl, da waren Äpfel und Nüsse drin und andere gute Sachen. Aber hinter dem Nikolaus war, wie es meist im Leben ist, nicht nur Gutes und Schönes, sondern auch Böses. Ein richtiger Teufel ist hinter ihm gestanden, mit einem richtigen Schweif und klirrenden Ketten. Zottig und schwarz war er, auf dem Rücken hatte er einen großen Korb. Einmal hab' ich aus dem Korb zwei Paar Füße herausragen sehen. Kein Zweifel, die bösen Kinder waren vom Satan mit dem Kopf nach unten in den Korb gesteckt und mitgenommen worden.

Aber das war vor vielen Jahren, als ich noch ganz klein war. Wir haben uns natürlich vor dem Teufel gefürchtet, doch der heilige Nikolaus war ja da und der Engel, und das war ein großer Trost. Und dann war noch der Vater da. Der Vater war stark, der hätt' sich vom Teufel schon erwehrt, und die Mutter war ja auch noch da. Unsere Angst wurde aber sehr groß, als der Nikolaus die Mutter und den Vater fragte: »Waren die Kinder brav? Wie war es in der Schule?« Und die Mutter hat gesagt, das Linchen, meine Schwester, sei immer sehr brav, und auch das Hannele sei immer sehr lieb.

Mit einem Mal drehte sich der Nikolaus zu mir und fragt: »Der Bub da? War der auch immer brav?«

Der kalte Schreck packte mich; ich hab' genau gewusst, dass ich gar nicht immer brav war. Ich hab' mich mit beiden Händen an Mutters Rock gehalten und hab' mir gedacht: Was wird denn jetzt geschehen, wenn sie sagt, was ich alles angestellt habe? Aber die Mutter hat das nicht getan und hat gesagt: »Der Luis – ja, ja, der war auch immer recht brav.«

Nie hab' ich die Mutter lieber gehabt als in dem Moment, und da hab' ich mir gedacht, sie ist doch die beste Mutter von der ganzen Welt, und daraufhin, weil der Teufel trotz aller Ermahnungen des heiligen Nikolaus keine Ruh gegeben und wild herumgerasselt hat mit den Ketten – es waren richtige, eiserne, vom Stall –, hat der Nikolaus die Tür aufgemacht und gesagt: »Marsch! Hinaus mit dir!« Und weil er nicht gleich gefolgt hat, ist die Stimme des Heiligen fast wie Donner geworden. »Fort mit dir, hinaus!« hat er gerufen, und der zottige Teufel ist wie der Blitz zur Tür hinaus. Der Nikolaus ist noch ein bisschen geblieben und hat uns ermahnt, brav zu sein und Vater und Mutter immer zu folgen. Der Engel hat Geschenke verteilt, und nachdem der Nikolaus gegangen war, hat die Mutter gesagt: »Bald wird Weihnachten sein, und wir werden die Geburt des Christkindleins feiern.«

Die nächsten Wochen waren voller Erwartung. Ich bin damals in die Grödner Volksschule gegangen und hatte in der Religionsstunde gelernt, was Weihnachten bedeutet: dass vor fast zweitausend Jahren das Christkind im Stall zu Betlehem auf die Welt gekommen ist und ein Engel den Hirten vom Himmel die frohe Botschaft gebracht hat: »Fürchtet Euch nicht! Ich verkünde Euch eine große Freude, die allem Volk zuteil werden soll: Heute ist in der Stadt Davids der Heiland geboren, der Messias, der Herr. Und dies sei Euch zum Zeichen: Ihr werdet ein Kind finden, das in Windeln gehüllt ist und in einer Krippe liegt.« Die Hirten eilten nach Betlehem und fanden Maria und Joseph und das Kindlein in der Krippe.

Mein Vater hat viele Weihnachtskrippen gebaut mit dem Stall von Betlehem, den Hügeln und Palmen von Jerusalem im Hintergrund, und ich hab' die Heiligen Drei Könige, die dem Stern gefolgt sind, gut gekannt, den Balthasar, den Melchior und den Kaspar, das war ein Schwarzer, ein Mohr.

Der Vater hat uns, als die Zeit kam, nachmittags meist hinausgeschickt auf den Weg, wo wir mit anderen Kindern gerodelt haben. Als uns die Mutter eines Nachmittags besonders sauber angezogen und gesagt hatte: »So, Kinder, geht jetzt ein bissl zum Mansueto in den Stall hinunter und kommt in einer Stunde wieder«, da ahnte ich schon etwas.

Es war schon dunkel, und es war viel Schnee, und meine Schwester Linchen ist neben mir hergestapft in ihren Patschen und hat gesagt: »Gehen wir lieber zum Großvater, vielleicht ist das Christkindl schon dort?«

Aber dem Großvater bin ich aus dem Weg gegangen, der war immer so streng. Ich hab' mir gedacht, da gehe ich lieber gleich zum guten Mansueto in den Stall, der war mein Freund, bei ihm ist es warm und gemütlich.

Im Stall war Licht, und wir sind hineingegangen und haben zum Mansueto »Grüß Gott!« gesagt. Er hat gerade ein Kuh gemolken, auf dem Boden war die Stallaterne mit dem Kerzenlicht.

»Ah! Ihr seid es, Kinder, ihr kommt zu mir heute, das ist lieb von euch!«

Wir haben beim Mansueto gewartet, bis er fertig war mit dem Melken.

»Du, Mansueto, heut kommt's Christkindl«, hab' ich zu ihm gesagt.

»Ja, heut' ist Heiliger Abend.«

»Kommt es zu dir auch?«

»Zu mir wird es wohl nicht kommen. Ich bin alt und allein, und keine Kinder sind da, und so fliegt das Christkindl wohl nur schnell durch den Stall«, meinte Mansueto.

»Dann kommst du zu uns. Zu uns kommt es gewiss.«

»Wenn ich darf, komme ich gern.«

Dann hat er die Milch versorgt, sich noch einen sauberen Rock angezogen und die Laterne genommen und ist mit uns gegangen.
An der Haustür haben wir geklopft und gerufen. Die Mutter ist gekommen und hat aufgeschlossen, der Vater hat den Mansueto begrüßt, und Burgl, unsere Magd, hatte eine frische Schürze um.
Ich hab' immer gemeint, das Christkindl könnte man vielleicht sehen, das fliegt ganz still hoch am Himmel durch die Nacht über das verschneite Tal hin, und darüber glitzern die Sterne, und darunter liegen der dunkle Wald und die Bergspitzen, und dann wird es vielleicht hereinhuschen durchs Fenster, und es wird ein Licht sein wie im Himmel, und ich hab' die Mutter gefragt, ob man das Christkindl auch sehen kann, wenn es kommt.
»Wie stellst du dir das vor?« sagte die Mutter.
»Das Christkindl muss überall sein, draußen am Meer über den Schiffen, in den großen Städten wird es sein und in den kleinen Bauernhöfen, es muss bei den Armen sein und bei den Reichen, bei den Kranken und bei den Gesunden, überall. Also sehen kann man es nicht, man muss es sich denken und muss spüren, dass es unter uns ist.«
Dann ist die Stubentür aufgegangen – und da war ein heller Lichterglanz, viele Kerzen haben gebrannt am Weihnachtsbaum, und die Mutter hat uns an den Händen hingeführt. Linchen, das Hannele und mich. Es roch nach Tannenharz, Kerzenlicht und gebratenen Äpfeln. Am Fuß des Christbaums war die Weihnachtskrippe, die der Vater selbst geschnitzt hat. Der heilige Joseph mit dem Bart und die Mutter Gottes. In der Futterkrippe mit lachendem Gesicht und ausgebreiteten Armen das liebe Christkindl, dahinter eine Kuh und ein Esel.

Wir knieten nieder und beteten das Vaterunser. Der Mansueto kniete neben uns, er hat gut nach Heu gerochen wie im Stall und hat mit uns gebetet. Er ist ein bisschen länger auf den Knien geblieben als wir.
Der Mansueto hat Wollsocken bekommen und warme feste Fäustlinge. Als er wieder gegangen war, hat die Mutter gesagt, um arme Menschen, die niemanden haben, müsse man sich an solchen Tagen besonders kümmern und es sei recht gewesen, dass wir ihn mitgebracht haben…

Die Fahrt über die Donau

Peter Biqué

Damals wohnte ich schon eine Zeit lang in der kleinen Pension »Donaublick« zwischen Vilshofen und Passau. Ich kannte den Besitzer Sepp recht gut, weil wir abends meistens gemeinsam im Fernsehzimmer saßen. Die Pension hatte ganze drei Gastzimmerchen und warf nicht allzu viel ab. Deshalb war Sepps Ehefrau Martina noch als Schneiderin tätig.
Am Nachmittag des 2. Dezember, ich glaube, es war zwischen zwei und halb drei, klopfte es an meiner Zimmertür. Sepp stand draußen. »Hör mal, Peter«, sagte er, »ich müsste noch eine dringende Lieferung für Martina ans andere Ufer erledigen. Aber allein schaff' ich das nicht. Würdest du mir helfen? Du kannst auch ein paar Tage kostenfrei wohnen.«
Wenig später waren wir beide in Martinas Schneiderzimmer mit vier riesigen braun-beigen Kleidersäcken konfrontiert.

Jeder schnappte sich zwei, und ich sage euch, sie hatten ein Gewicht, dass sie als Trainingseinheiten für Spitzengewichtheber gerade richtig gewesen wären. Wir wankten damit zur Donau, ließen die Säcke in Sepps Boot plumpsen und sprangen hinterher. Wenig später schwammen wir auf den dunklen Wellen des Flusses. Sepp besaß eine Art Ruderboot mit Außenbordmotor, und mit unserer Fracht hatten wir einen beachtlichen Tiefgang.
»Heute in der Nacht wird's Frost geben«, meinte Sepp. Wir standen im Boot und schauten hinüber aufs linke Ufer, die Mantelkragen hochgeschlagen, die Hände tief in den Taschen vergraben, und schwiegen vor uns hin.
Ich dachte daran, dass in drei Tagen Nikolausabend sein würde. Der alte Nikolaus von Myra, sinnierte ich, war einmal an Bord eines Schiffes im Marmara-Meer in Seenot geraten, als er als Bischof von Myra unterwegs war zum Konzil von Nicaea. Der Sturm tobte und pfiff und heulte, und die Wellen jagten immer wieder gewaltige Sturzbäche übers Schiff. Nur Nikolaus behielt die Ruhe und ermahnte Mannschaft und Passagiere durchzuhalten. Als sich der Sturm endlich beruhigte, dankten die Leute Nikolaus für ihre Errettung aus der Not. Aber Nikolaus meinte, dass es einzig und allein ihr aller Gottvertrauen gewesen sei, das es ihnen möglich gemacht hatte, der Gefahr zu entrinnen.
Nun, auf meiner Reise über die Donau bestand keine große Gefahr. Sepp lenkte das Boot sicher an die Anlegestelle, und ich reichte ihm die Kleiderbeutel hinaus, bevor auch ich an Land ging. Ich fragte ihn, wie weit wir zu gehen hätten, und er erklärte, es seien nur etwa fünfhundert Meter bis zu Martinas Kundschaft. Es sollte sich jedoch herausstellen, dass der Weg in Wahrheit doppelt so weit war.

Nun gut. Als mir die Fracht zu schwer wurde und meine Arme zu erlahmen drohten, bat ich Sepp um eine Verschnaufpause.
»Wo bringen wir das Zeug eigentlich hin?« erkundigte ich mich. »Zu einem Kostümverleih«, sagte Sepp. »Komm, Peter, wir müssen wieder los. Es ist nicht mehr weit.«
»Und was transportieren wir?« fragte ich noch. – »Nikolaus-Kapuzenmäntel«, sagte Sepp. »Rote Nikolausmäntel.«

Schenken

Joachim Ringelnatz

Schenke groß oder klein, aber immer gediegen.
Wenn die Bedachten die Gaben wiegen,
sei dein Gewissen rein.

Schenke herzlich und frei.
Schenke dabei, was in dir wohnt
an Meinung, Geschmack und Humor,
so dass die eigene Freude zuvor
dich reichlich belohnt.

Schenke mit Geist ohne List.
Sei eingedenk, dass dein Geschenk
du selber bist.

Geschichte eines Pfefferkuchenmannes

Paul Richter

Es war einmal ein Pfefferkuchenmann,
von Wuchse groß und mächtig.
Und was seinen inneren Wert betraf,
so sagte der Bäcker: »Prächtig!«

Auf dieses glänzende Zeugnis hin
erstand ihn der Onkel Heller
und stellte ihn seinem Patenkind,
dem Fritz, auf den Weihnachtsteller.

Doch kaum war mit dem Pfefferkuchenmann
der Fritz ins Gespräch gekommen,
da hatte er schon – aus Höflichkeit –
die Mütze ihm abgenommen.

Als schlafen ging der Pfefferkuchenmann,
da bog er sich krumm vor Schmerze;
an der linken Seite fehlte fast ganz
sein stolzes Rosinenherze!

Als Fritz tags drauf den Pfefferkuchenmann
besuchte ganz früh und alleine,
da fehlten, o Schreck, dem armen Kerl
ein Arm schon und beide Beine!

Und wo einst saß am Pfefferkuchenmann
die mächtige Habichtsnase,
da war – ein Loch! Und er weinte still
eine bräunliche Sirupsblase.

Von nun an nahm der Pfefferkuchenmann
ein reißendes, schreckliches Ende.
Das letzte Stückchen kam schließlich durch Tausch
in Schwester Margretchens Hände.

Die kochte als sorgliche Hausfrau draus
für ihre hungrige Puppe
auf ihrem neuen Spiritusherd
eine kräftige, leckre Suppe.

Und das geschah dem Pfefferkuchenmann,
den einst so viele bewundert
in seiner Schönheit bei Bäcker Schmidt,
im Jahre neunzehnhundert!

Das Weihnachtsbild

Eugen Roth

Der altertümliche Herr, der dort kerzengerade, aber doch ein wenig wackelig, durch den nassen Dezembersturm geht, ist der Hofrat Farny. Kein Mensch weiß, warum er Hofrat ist, was er alles getrieben hat in seinem langen Leben, ob er Arzt war oder Gelehrter, Beamter vielleicht im alten Österreich; kein Mensch weiß auch, wovon er lebt, wovon er gelebt hat in all den Jahren, seit er hier aufgetaucht ist, in der mäßig großen fränkischen Stadt, in der er jetzt durch den nassen Schnee wandert, in einem schier dürftigen Winterrock, der windflatternd um seine Knie schlägt, den bartlosen Geierkopf unterm breiten Hut vorgestreckt, ohne Blinzeln in das Gestöber hineinblickend, ein verwetztes, leeres Mäppchen unter den Arm geklemmt.

Ja, das Mäppchen ist noch leer, er kann es gleichgültig halten, so oder so, es schadet nicht viel, ob es feucht wird, ob der Wind es aufblättert. Wenn er aber Glück hat, wird er es behutsam nach Hause tragen, mit köstlichen Erwerbungen gefüllt, alten Stichen und Steinzeichnungen, Pergamentmalereien oder Aquarellen, wie er sie, vielleicht, finden würde in den Läden und Gewölben der vier, fünf Trödler und Antiquare, die es hier gab. Er war ein Sammler, ein Liebhaber, ja; und wie ein Liebhaber zog er jetzt aus, das Abenteuer zu suchen. Feurige Gedanken und kühne Hoffnungen bewegten sein Herz; es konnte ihm gelingen, den großen Fang zu tun, den unwahrscheinlichen Schatz zu heben. Und wie ein Freier davon träumt, der Braut zu begegnen, sie zu gewinnen, sie heimzuführen, wie er davon schwärmt, des herrlichen, nicht mehr bestrittenen Besitzes sich zu freuen, so gedachte der alte Hofrat, die noch leere Mappe durch den Winternachmittag tragend, in ahnender Lust der wunderbaren Stunde, da er seine Eroberungen daheim, unterm Lampenlicht auf den Tisch breiten würde, nicht heute, nein, da wird er sich bezwingen; aber morgen abend, am 24. Dezember, da wollte er es tun. Zwei Pakete, von auswärtigen Händlern, Ansichtssendungen, hatte er schon zu Hause liegen; hatte sie nicht aufgemacht, wie sehr ihn danach verlangte. Dies sollte sein Weihnachten werden; seine Christbescherung. Mochten andere sich ein Bäumchen putzen, sich mit Geschenken überraschen – das lag weit hinter ihm. Zwei Frauen hatte er begraben, der einzige Sohn war ihm gefallen. Seitdem gehörte seine Liebe den kleinen Dingen am Rande der großen Kunst. Und wenn der Hofrat heute auszog, einen Fund zu tun, sein Weihnachtsgeschenk zu holen, dann dachte er nicht an meisterliche Kostbarkeiten; so unbescheiden kam er dem Schicksal nicht. Aber warum sollte er nicht das eine oder andere Blättchen finden, das wie für ihn bestimmt schien, das wie eine Sprosse war für die Leiter seiner eigenwillig ausgerichteten Sammlung, wohlfeil und doch nicht für alles Geld der Welt aufzutreiben, wenn es einem nicht der holde Zufall in den Weg warf. Und dieser Zufall, dieses Glück musste heute mächtig sein. Der alte Mann witterte es. Mit dem gespannten Ausdruck eines Jägers klinkte er die Türe des ersten Ladens auf, den er bei seinem Pirschgang besuchen wollte. Den ergiebigsten Platz freilich, wo er sich wirkliche Beute erhoffen durfte, sparte er sich bis zum Schluss auf: die Höllriegelsche Kunsthandlung an der Korbiniansbrücke.

Auf der Korbiniansbrücke stand in derselben Stunde ein anderer Herr müßig im leiser werdenden Schneetreiben, ein jüngerer Mann, gemessen am alten Hofrat, wohlvergraben im weichen Flauschmantel, mit festen Schuhen unbekümmert in der Nässe und schaute ins trübe Wasser hinab oder in die schon dämmernden Straßen hinein, bis zur Kirche, deren Turm im Dunst verschwand. Er hatte Zeit dazu, herumzustehen, er hatte mehr Zeit an diesem Nachmittag, als ihm lieb war. Weiß Gott, er war sonst ein eiliger

Mann, in Hamburg, wo er daheim war, ein vielbeschäftigter, ein Architekt, Hansen hieß er und Zeit war Geld für ihn. Aber heute und hier, was sollte er treiben, den ganzen Nachmittag, in einer mittelgroßen, fremden Stadt. Er war mittags gekommen, eine wichtige Besprechung mit den Behörden war auf morgen früh verlegt worden, eine dumme Geschichte, er musste den Mittagszug noch erreichen, wenn er am Christabend, spät genug, noch daheim sein wollte.

Und was er morgen an Zeit zu wenig haben würde, das hatte er heute zu viel, er stand herum, zum Wein konnte er doch noch nicht gut gehen, was sollte er sonst den Abend tun, den ganzen Abend, der war noch lang genug zum Trinken und zum Sinnieren. Gewiss, hinterher, wenn er wieder im Zuge saß, würde es ihm einfallen, dass er den und jenen Bekannten hier hatte, aber jetzt fiel ihm keiner ein. Er ging ein paar Schritte weiter, er sah gleichmütig in die Auslagen, voller passender Festgeschenke, für wen wohl passend, lächelte er, für ihn gewiss nicht. Er sah auch in die Fenster der Höllriegelschen Kunsthandlung, im halben Licht bot sich ihm ein Wust von Büchern und Trödel, von Möbeln, Teppichen, Bildern, Waffen und altem Kunstgewerbe. Und mit einmal lagen die nächsten Stunden freundlicher vor ihm: hier würde er sie verschmökern, in zielloser Jagd nach dem glücklichen Zufall.

Er trat ein, fragte das verlegen aufwachende Mädchen mit fröhlicher Gelassenheit, ob er sich, ohne bestimmte Kaufabsicht, umsehen dürfe, und ließ sich hier einen Krug und dort ein Bild zeigen, griff wohl auch selbst nach einem Buch oder einem Blatt und kam mehr und mehr mit dem Mädchen, das seine Schüchternheit vergaß, ins Plaudern. Im Hintergrund des weitläufigen Ladens fand er in einem Gestell

eine Mappe, trug sie unters Licht und begann, sie zu durchblättern.
Der alte Hofrat hatte recht gewittert: der holde Zufall, das Glück war heute mächtig. Nach einer Reihe von belanglosen Dingen, als er schon ermüden wollte, fand der Architekt das entzückendste Bildchen, das sich denken lässt. Beileibe kein Werk von großer Kunst, ja offenbar überhaupt von der Hand eines Stümpers, aber ein Bildchen, in das jeder empfindsame Mensch verliebt sein musste, auf den ersten Blick. Rührend gezeichnet und in sauberen, ein wenig grellen Wasserfarben getuscht, stellte es ein Biedermeierzimmer am Christabend dar. In der Mitte des Raumes stand der Gabentisch, mit einem hölzernen Reiter darauf, einem vierspännigen Planwagen und einer Puppenküche. Darüber zwei Christbäumchen, mit Lichtern geputzt und mit buntem Marzipan behängt. Der Vater steht dort, das jauchzende Jüngste im Arm, zwei Schwesterchen küssen sich, ein Bub schiebt ein Wägelchen, sein Geschenk, quer durch das Zimmer. Mutter und Großmutter aber schauen gerührt auf zwei weitere Geschwister, die ein paar arme Nachbarskinder bescheren. Auf dem mächtigen, weinroten Kanapee aber lehnt, völlig vergessen, eine allerliebst gekleidete Puppe.
Der Architekt fragte, so beiläufig er es in seiner Freude vermochte, was dieses Bildchen koste. Er machte sich insgeheim auf einen bedeutenden Preis gefasst, entschlossen, ihn zu zahlen, wenn er nicht gar zu unsinnig wäre: Das Mädchen entzifferte die Auszeichnung und sagte stockend, als wäre es zu viel: Dieses Bildchen kostet fünf Mark. Der Kunde, der dreißig gerne gezahlt hätte und bei fünfzig kaum schwankend geworden wäre, griff unverzüglich in die Tasche und legte ein blankes Fünfmarkstück auf den Tisch.

Im selben Augenblick ging die Tür und aus dem Schneedunkel traten zwei Männer herein, zwei Greise, ein kleiner, wieselflinker, der dienernd voranging, und ein großer, bolzengerader, der starr stehenblieb, als er, mit einem Blick, den Fremden gewahrte, über die Mappe gebeugt.
Da habe er es noch gerade recht getroffen, rief der muntere Alte, er wisse ja, wann der Hofrat zu kommen pflege, und er habe ihm ja auch was besonders Schönes hergerichtet; er wisse, was er einem alten Kunden zu Weih –; er blieb mitten im Wort stecken, denn nun hatte auch er gesehen, dass die Blätter, die dieser Fremde durchforschte, eben die waren, die er für den Hofrat bestimmt hatte.
Der Architekt merkte nichts von der heillosen Verwirrung, die ihn umgab und die auch das Mädchen ergriffen haben musste unter dem bittern Schweigen des Hofrats und den zornigen und hilflosen Blicken ihres Großvaters. Gelassen schloss er die Mappe, in der nichts weiter seine Aufmerksamkeit erregt hatte. Der Händler griff mit allen Fingern danach: »Sie sind fertig, mein Herr? Sie haben nichts gefunden?« rief er gierig und warf einen erlösten, einen sieghaften Blick auf den Hofrat; auch dieser trat, wie aus einem Bann gelöst, hastig näher. Der Architekt, ein wenig verwundert, aber nicht begreifend, sagte ganz ruhig, nein, er habe nichts weiter gefunden, außer diesem Bildchen, das er bereits gekauft und bezahlt habe. Fünf Mark, es habe wohl seine Richtigkeit, das Geld liege übrigens noch auf dem Tisch. Und er nahm das Bild, das von andern Blättern halb verdeckt gewesen war, und hielt es dem Händler hin.
Der zuckte schmerzlich zusammen; der Teufel hätte nicht tückischer wählen können als dieser zur Unzeit hergelaufene Kunde! Er hätte gar zu gern dem fremden Herrn dieses Bild

wieder abgejagt, dieses Aquarell, das er seit einem halben Jahr verborgen gehalten hatte, um den Hofrat heute damit zu überraschen. Aber an dem Kauf war nicht zu drehen und zu deuteln. Sollte er den Preis für einen Irrtum seiner Enkelin erklären und eine verrückte Summe verlangen? Ja, wenn die geheime Zahl zweistellig gewesen wäre – aber hier stand deutlich ein einzelner Buchstabe! Und dem Herrn alles erzählen, die ganze Schuld auf das Mädchen schieben – er hatte einen Ausweg gefunden: »Nicht wahr, Herr Hofrat«, sagte er und blinzelte hinüber, »Sie hatten doch dieses Bild bereits fest erworben, es ist nur aus Versehen … meine Enkelin konnte nicht wissen …« Sein Versuch scheiterte an dem harten Blick des Hofrats, der kalt und mühsam hervorbrachte, indem er sich ein wenig altmodisch gegen den Architekten verneigte: er könne sich nicht entsinnen, es müsse bei dem bleiben, dass der Herr ihm zuvorgekommen sei und einen Hirschen könne man nicht zweimal schießen. Und er fragte bescheiden, ob er das Blatt näher betrachten dürfe.
Der Architekt, der sich gern mit seiner Beute aus dem Staube gemacht hätte, denn es wurde ihm unbehaglich, gab mit ausgesuchter Höflichkeit dem alten Herrn das Bild. Der trat unter die Lampe und betrachtete es; was, betrachten! Mit dem Augen verschlang er's, mit der Nase befuhr er's, mit den Lippen schmeckte er es; er würgte es gierig in sich hinein, dann wieder, wie vergessend, dass es ihm nicht gehöre, überglänzte er es mit seligen Blicken. Dies sei, sagte er endlich, das erste Bild, das ihm unterkomme, auf dem die Christbäume hängend, von der Decke herab, dargestellt seien. Und er erzählte, wie um einen Vorwand zu haben, das Blatt noch nicht weggeben zu müssen, vom alten Heidenbrauch des spukwehrenden Wintergrüns, lachte, dass der erste Pfar-

rer, der »gegen die waldnachteilige Verhackung der Weihnachtsbäume« gewettert hatte, ausgerechnet Dannhauer geheißen habe, und brachte eine Reihe von Schnurren und Anmerkungen vor, eifrig redend, als gelte es, einen Zauberkreis von Worten um das Bild, das unselig verlorne, rasend begehrte und nach geheimem Recht ihm gehörige Bild zu schließen.
In der Tat benützte der Architekt denn auch die erste Lücke des Gesprächs, ihm die Beute zu entreißen, indem er auf die Uhr sah, etwas von höchster Zeit murmelte und die Hand, höflich aber bestimmt, gegen das Blatt hinstreckte. Der Hofrat genoß den unwiderruflich letzten Blick auf das geliebte Blatt mit trunkenen Augen; seine Hand zitterte, er stieß einen ächzenden Seufzer aus, dann hielt er es schwankend in die Luft, abgewandten Gesichts, wie verlöschend in Qual. Der Architekt, beschämt und unschlüssig, ob er etwas sagen sollte, nahm das Bild, rollte es zusammen, steckte es in die weite Brusttasche seines Mantels und verließ mit raschem Gruß den Laden, überzeugt, dass hinter ihm ein Wirbelsturm der Wut, der Verzweiflung und Verwünschungen losbreche. Er kam sich, während er durch den inzwischen weiß und dicht gefallenen Schnee seinem Gasthof zustrebte, bald wie ein großartiger Glückspilz vor, bald wie ein flüchtender Attentäter. Das tapfere und hoffnungslose Gesicht des alten Herrn wollte ihm nicht aus dem Sinn, ja, es schwamm vor ihm her im zitternd rieselnden Schnee. Weiß Gott, wenn der Hofrat die zugeworfene Rettungsleine ergriffen, wenn er beschworen hätte, das Bild gekannt und so gut wie gekauft zu haben, ob er, der Architekt, dann die Scherereien des Rechtbehaltens auf sich genommen hätte? Ein ritterlicher Mensch, das war er, der wunderliche Kauz; wer weiß, was der alles erlebt hat, bis er so geworden ist!

Ob ich auch einmal so werden würde, gierig auf ein Bildchen, kindisch, wenn ich's nicht bekomme – der alte Knabe hätte doch beinahe das Heulen angefangen. Ob ich so werde? Ich bin ja schon so! Einem armen Teufel sein Weihnachtsvergnügen nehmen, pfui! Hätt' ich's ihm doch gelassen! Kunststück, etwas entdecken, was für den andern vielleicht schon hergerichtet war… Er schämte sich; auf der Stelle wollte er umkehren; aber der Trotz verbot es ihm. Und was ging ihn ein fremder Herr an. Und schließlich war es ein reizendes Bild, gut und gerne seine fünfzig Mark wert, auch wenn es nur fünf gekostet hatte. Einen so seltenen Fang lässt man nicht wieder fahren, einer flüchtigen Wallung des Herzens zuliebe.

Er ging auf sein Zimmer, holte das Bild aus der Tasche, betrachtete es, sorgfältig und ohne überschwang. Sehr nett, dachte er, aber eigentlich nichts weiter. Wenn man es ohne Gnade beschaut, gibt es nicht viel her. Für den Hofrat freilich, den armen Alten, wird es zum verzehrenden Gaukelspiel des Unerreichten, schöner von Tag zu Tag… Der Unglückliche! Tut mir leid, aber –

Er warf wieder einen Blick auf das bunte Blatt, es gefiel ihm jetzt über die Maßen, nie würde er es hergeben. Der Hofrat – was kümmerte ihn der Hofrat! – wird jetzt auch heimgekommen sein, nichts wird er haben, um es auf den Tisch zu breiten, an das Bild hier wird er denken, mit brennendem Herzen.

Der Architekt schalt sich selber einen gefühlsseligen Narren, warf das Bild in die Tischlade, machte sich für den Abend zurecht und trat wieder ins Freie. Heute werd ich ordentlich eins trinken, dachte er. Und tat es auch. Über vieles wollte er nachdenken, ein einsamer Zecher, wie selten

hatte er Muße dazu, so gut zu sitzen und die Gedanken schweifen zu lassen über die Jahre, die schon gelebten und die noch zu lebenden, ins Ungewisse hinein und mit welcher Kraft des Herzens. Aber wohin er seine Seele auch sandte, der alte Mann holte ihn ein, in hundert Verwandlungen, auf tausend Wegen kam er ihm entgegen, trat an den Tisch zu dem Trinkenden, flehte um das Bild.
Und jetzt erst recht nicht, sagte der Architekt und sagte es fast laut vor sich hin und setzte noch einen Schoppen drauf und noch einen. Und spürte doch, dass ihm das Bild nicht mehr gehöre.
Er ging spät in den Gasthof zurück, schlief schwer, erwachte wirr, sah, dass es schon hohe Zeit war, zu der Besprechung zu gehen, machte sich eilig fertig, frühstückte voll Hast und bestellte den Diener mit dem Koffer an die Bahn zu dem Mittagszug, mit dem er fahren wollte, den er unbedingt erreichen musste.
Die Besprechung war anstrengend, der Architekt war ganz Fachmann und genauer Rechner, viel stand auf dem Spiel. Mit knapper Not wurde bis zur Mittagsstunde eine vorläufige Einigung erzielt, um 12 Uhr 36 ging der Zug, er stieg in das Taxi, auf dem Bahnhof war ein bewegtes Treiben, natürlich, am Tage vor Weinachten! Mit dem Worte Weihnachten fiel ihm der Hofrat ein und das Bild – das Bild, das wahrhaftig jetzt im Hotel liegengeblieben war, im Schubfach!
Der Diener stand da mit dem Koffer. Es eilte sehr. »Hören Sie«, sagte der Architekt, »ich habe ein Bild liegengelassen –« »Wird nachgeschickt!« fiel ihm der Diener beflissen ins Wort. Aber der Reisende, indem er sich schon aufs Trittbrett schwang, lachte plötzlich, und es war das gute Lachen des

Siegers, der sich selbst bezwingt: »Nein«, rief er, »nicht nachschicken! Tragen Sie es gleich, jetzt, sobald Sie heimkommen, zu dem Antiquar an der Brücke, er soll es dem Hofrat bringen, dem es gehört. Und die fünf Mark, die es gekostet hat, soll er seiner Enkelin geben, als Schmerzensgeld, denn sie wird gescholten genug worden sein!« Und der Diener rief, dem fahrenden Zug nach, ein wenig ungewiss, was der Auftrag bedeuten solle, er werde es genau so ausrichten. Und er wünsche dem Herrn fröhliche Weihnachten.
Der Zug war überfüllt, aber der Architekt fuhr erster Klasse, es kam ihm nicht drauf an, das war heute ein Abschluss von Hunderttausenden gewesen. Und er war doch vergnügter darüber, dass er eine Sache in Ordnung gebracht hatte, im Wert von fünf Mark. So billig, lachte er in sich hinein, so recht und billig habe ich noch nie fünf Menschen eine Weihnachtsfreude gemacht: Einem alten Mann, noch einem alten Mann, einem Mädchen, mir selber und, wenn ichs ihr erzähle, meiner Frau auch – und wenn ich ihr auch nichts mitgebracht habe als diese Geschichte…

Peters Weihnachts-Bücherwunsch

Hermann Multhaupt

Es war einmal ein Junge, Peter mit Namen, der liebte Bücher über alles. Was er an Gedrucktem erwischen konnte, verschlang er mit den Augen, so ungebändigt war sein Wissensdurst. Sein Vater, ein Siebmacher, war arm und

seine Familie litt oft bittere Not, und so konnte Peters Sehnsucht nach Büchern nicht einmal Weihnachten gestillt werden.
Eines Tages hörte Peter, das der Kaiser, Wilhelm II., Kindern einen besonderen Wunsch erfüllt habe. Und weil die Adventszeit angebrochen war und Weihnachten doch das Fest des Schenkens ist, kam dem Jungen der Gedanke, dem höchsten Landesherrn seine Büchernot vorzutragen. Er verschaffte sich heimlich einen großen weißen Briefbogen und ein Amtskuvert und schrieb mit ungelenker Schrift ein Gesuch an „Seine Majestät, den deutschen Kaiser Wilhelm II. in Berlin“, worin er um eine „ganze Kiste mit Büchern“ bat.
Mit hochrotem Kopf warf Peter den Brief im nächsten Postort in den Kasten. Nun begann eine Zeit qualvollen Wartens. In seiner Phantasie malte sich der Junge aus, wie der alte Briefträger Niklas vor Weihnachten von der Poststelle des Nachbarortes herüber käme und seiner Mutter eine Kiste voller Bücher vor die Füße stellte: Die kommen aus Berlin! Aber es kam keine Büchersendung. Stattdessen traf eines Morgens die Nachricht ein, dass der Vater sich „In amtlicher Sache“ beim Ortsvorsteher zu melden habe. In jenen Tagen hatten die Menschen eine große Angst vor der Obrigkeit, und so machte sich Peters Vater nicht ohne Herzklopfen auf den Weg zum Ortsvorstand. Als er nach qualvollen Stunden zurückkehrte, trug er noch immer die Angst im Gesicht.
Peter musste eine gesalzene Strafpredigt über sich ergehen lassen. Mit erhobenem Zeigefinger wiederholte der Vater, was das Dorfoberhaupt ihm gesagt hatte: Es handle sich um einen unbesonnenen Streich, um ein törichtes Bittgesuch.

Der Vater hatte ein Schreiben des Kaiserlichen Oberhofmarschallamtes unterzeichen müssen, in dem man ihn aufforderte, den Sohn ernsthaft vor solchen unnötigen Bittgesuchen an Seine Majestät zu warnen.
Auch der Kreisschulinspektor ließ den Vater kurz darauf amtlich zu sich bestellen, um mit ihm über die „peinliche Angelegenheit“, wie er es nannte, zu reden. Nur ein beschränkter Junge habe sich eine solche Albernheit einfallen lassen können, meinte der Kreisschulinspektor.
So war Peters Weihnachts-Bücherwunsch abschlägig beschieden worden. Wahrscheinlich hat der Kaiser seinen Brief nie zu Gesicht bekommen. Das Oberhofmarschallamt wusste wohl mit der Sehnsucht eines kleinen Jungen nach Büchern nicht allzu viel anzufangen. –
Diese Geschichte ist wahr. Der sie erlebte und aufschrieb, heißt Peter Wust. Er war zunächst Lehrer in Berlin, Neuss und Trier und später Professor für Philosophie in Münster. Wust starb bereits 1940. Seine Schriften, Bücher und Gedanken sind bei vielen Menschen aber noch heute lebendig, weil sie so voller Trost und Liebe sind.

Das mürrische Geschenkgespräch

Friedrich Luft

Vor jeder Weihnacht erhebt sich (alle Jahre wieder, und das seit Generationen) das mürrische Geschenkgespräch, die große Wehklage über die materielle Völlerei aus Anlass eines einstmals vorwiegend religiösen Datums.

»Wenn ich so zurückdenke«, sagt der Vater in ziemlich allen Bevölkerungslagen zu dieser Zeit, »wenn ich so zurückdenke, dann graut's mich! Was hatten wir zum Christfest? Eisenbahnen? Automodelle? Skiausrüstungen? Langspielplatten? Anoraks? Fahrräder? – Pustekuchen!«

Und dann sagen die Väter, dass zu ihrer Zeit die liebe Mutter ihnen höchstens ein paar Strümpfe gestrickt habe. Vom Vater habe es das Deutsche Lesebuch gegeben, das man für die Schule ohnehin brauchte. Der Anzug, der dem größeren Bruder zu klein geworden war, sei eins runter vererbt worden. Ein bunter Teller stand da, aber einer ohne Delikatessfaxen: zwei gesunde Äpfel, ein Dutzend Nüsse, eine Handvoll klebriger Feigen, drei Pfefferkuchen aus dem häuslichen Ofen. Mehr war nicht.

Und heute? »Heute«, klagen die Väter, »muss es immer gleich ein halbes Warenhaus für die verzogene Brut sein!« Die verdammte Merkantilisierung des einstmals heiligen Festes habe ekelerregend um sich gegriffen.

Profiteure der Nächstenliebe, Ausnehmer und Kofmichs sollen die Weihnachtszeit verpestet haben. Warum man eigentlich feiere, daran denke schon keiner. Es werde geprotzt. Hohngesprochen werde der geistigen Natur des milden Festes.

Weihnachtsgeschenke – Lust und Frust

Willibald Troemer

Ein Christ muss noch am Weihnachtsmorgen
Geschenke hier und da besorgen,
denn Leute, die er kaum gekannt,
bedachten ihn mit Gönnerhand.
Bei Gott, man weiß, er ist kein Raffer,
sein Geldbeutel wird schlaff und schlaffer,
will er's doch diesen Leuten zeigen,
auch ihnen ein Präsent bereiten.
So geht es hin und wieder her,
und alle freuen sich immer mehr.
Geschenke gehn, Geschenke kommen,
gefeiert wird, er denkt beklommen:
Was mach ich nur im nächsten Jahr?
Und dabei wird es ihm ganz klar,
was niemand wollte, wirklich nicht,
aus frohem Schenken wurde Pflicht.

Nimm dir Zeit

Willibald Troemer

Ein Christ sagt sich zur Weihnachtszeit,
der Weg zur Krippe ist zu weit. –
Sein Stolz und seine Eitelkeit,
sie flüstern ihm: »Es hat noch Zeit!« –

Dies ernst zu nehmen ist fatal.
Sieh', Hirt und Weise stehn zur Wahl
und lehren Demut allzumal. –
Der Weg zur Krippe ist nur schmal!

Märchen vom Auszug aller »Ausländer«

Helmut Wöllenstein

Es war einmal, etwa drei Tage vor Weihnachten, spät abends. Über den Marktplatz der kleinen Stadt kamen ein paar Männer gezogen. Sie blieben an der Kirche stehen und sprühten auf die Mauer »Ausländer raus« und »Deutschland den Deutschen«. Steine flogen in das Fenster des türkischen Ladens gegenüber der Kirche. Dann zog die Horde ab. Gespenstische Ruhe. Die Gardinen an den Bürgerhäusern waren schnell wieder zugefallen. Niemand hatte etwas gesehen. »Los, kommt, es riecht, wir gehen.« »Wo denkst du hin! Was sollen wir denn da unten im Süden?« »Da unten? Das ist doch immerhin unsere Heimat. Hier wird es immer schlimmer. Wir tun, was an der Wand steht: ›Ausländer raus!‹«

Tatsächlich, mitten in der Nacht kam Bewegung in die kleine Stadt. Die Türen der Geschäfte sprangen auf: Zuerst kamen die Kakaopäckchen, die Schokoladen und Pralinen in ihren Weihnachtsverpackungen. Sie wollten nach Ghana und Westafrika, denn da waren sie zu Hause. Dann der Kaffee, palettenweise, der Deutschen Lieblingsgetränk; Uganda, Kenia und Lateinamerika waren seine Heimat. Ananas und Bananen räumten ihre Kisten, auch die Trauben und Erdbeeren aus Südafrika. Fast alle Weihnachtsleckereien brachen auf, Pfeffernüsse, Spekulatius und Zimtsterne, die Gewürze in ihrem Inneren zog es nach Indien. Der Dresdner Christstollen zögerte. Man sah Tränen in seinen Rosinenaugen, als er zugab: Mischlingen wir mir geht's besonders an den Kragen. Mit ihm kamen das Lübecker Marzipan und der Nürnberger Lebkuchen.

Nicht Qualität, nur Herkunft zählte jetzt. Es war schon in der Morgendämmerung, als die Schnittblumen nach Kolumbien aufbrachen und die Pelzmäntel mit Gold und Edelsteinen in teuren Chartermaschinen in alle Welt starteten. Der Verkehr brach an diesem Tag zusammen. Lange Schlangen japanischer Autos, vollgestopft mit Optik und Unterhaltungselektronik, krochen gen Osten. Am Himmel sah man die Weihnachtsgänse nach Polen fliegen, auf ihrer Bahn gefolgt von den feinen Seidenhemden und Teppichen des fernen Asiens.

Mit Krachen lösten sich die tropischen Hölzer aus den Fensterrahmen und schwirrten ins Amazonasbecken. Man musste sich vorsehen, um nicht auszurutschen, denn von überall her quoll Öl und Benzin hervor, floss in Rinnsalen und Bächen zusammen in Richtung Naher Osten. Aber man hatte ja Vorsorge getroffen. Stolz holten die großen deutschen Autofirmen ihre Krisenpläne aus den Schubladen: Der Holzvergaser war ganz neu aufgelegt worden. Wozu ausländisches Öl? – Aber die VW's und die BMW's begannen sich aufzulösen in ihre Einzelteile, das Aluminium wanderte nach Jamaica, das Kupfer nach Somalia, ein Drittel der Eisenteile nach Brasilien, der Naturkautschuk nach Zaire. Und die Straßendecke hatte mit dem ausländischen Asphalt im Verbund auch immer ein besseres Bild abgegeben als heute.

Nach drei Tagen war der Spuk vorbei, der Auszug geschafft, gerade rechtzeitig zum Weihnachtsfest. Nichts Ausländisches war mehr im Land.

Aber Tannenbäume gab es noch, auch Äpfel und Nüsse. Und »Stille Nacht« durfte gesungen werden – zwar nur mit Extragenehmigung, das Lied kam immerhin aus Österreich.

Nur eines wollte nicht ins Bild passen. Maria und Josef und das Kind waren geblieben. Drei Juden. Ausgerechnet. »Wir bleiben«, sagte Maria, »wenn wir aus diesem Land gehen – wer will ihnen dann noch den Weg zurück zeigen, den Weg zurück zur Vernunft und zur Menschlichkeit?«

Wie Ochs und Esel an die Krippe kamen

Karl Heinrich Waggerl

Als Josef mit Maria auf dem Weg nach Betlehem war, rief ein Engel die Tiere heimlich zusammen, um einige auszuwählen, der Heiligen Familie im Stalle zu helfen. Als erster meldete sich natürlich der Löwe: »Nur ein König ist würdig, dem Herrn der Welt zu dienen«, brüllte er, »ich werde jeden zerreißen, der dem Kind zu nahe kommt!«
»Du bist mir zu grimmig«, sagte der Engel. Darauf schlich sich der Fuchs näher. Mit unschuldiger Miene meinte er: »Ich werde sie gut versorgen. Für das Gotteskind besorge ich den süßesten Honig, und für die Wöchnerin stehle ich jeden Morgen ein Huhn!«
»Du bist mir zu verschlagen«, sagte der Engel. Da stelzte der Pfau heran. Rauschend entfaltete er sein Rad und glänzte in seinem Gefieder. »Ich will den armseligen Schafstall köstlicher schmücken als Salomon seinen Tempel!« »Du bist mir zu eitel«, sagte der Engel. Es kamen noch viele und priesen ihre Künste an. Vergeblich. Zuletzt blickte der strenge Engel noch einmal suchend um sich und sah Ochs und Esel draußen auf dem Felde dem Bauern dienen. Der Engel rief auch sie heran: »Was habt ihr anzubieten?« »Nichts«, sagte der Esel und klappte traurig die Ohren herunter, »wir haben nichts gelernt außer Demut und Geduld. Denn alles andere hat uns immer noch mehr Prügel eingebracht!« Und der Ochse warf schüchtern ein: »Aber vielleicht könnten wir dann und wann mit unseren Schwänzen die Fliegen verscheuchen!« Da sagte der Engel: »Ihr seid die richtigen!«

WORÜBER DAS CHRISTKIND LÄCHELN MUSSTE

Karl Heinrich Waggerl

Als Josef mit Maria von Nazaret her unterwegs war, um in Betlehem anzugeben, dass er von David abstamme, was die Obrigkeit so gut wie unsereins hätte wissen können, weil es ja längst geschrieben stand – um jene Zeit also kam der Engel Gabriel heimlich noch einmal vom Himmel herab, um im Stalle nach dem Rechten zu sehen. Es war ja sogar für einen Erzengel in seiner Erleuchtung schwer zu begreifen, warum es nun der allererbärmlichste Stall sein musste, in dem der Herr zur Welt kommen sollte, und seine Wiege nichts weiter als eine Futterkrippe. Aber Gabriel wollte wenigstens noch den Winden gebieten, dass sie nicht gar zu grob durch die Ritzen pfiffen, und die Wolken am Himmel sollten nicht gleich wieder in Rührung zerfließen und das Kind mit ihren Tränen überschütten, und was das Licht in der Laterne betraf, so musste man ihm noch einmal einschärfen, nur bescheiden zu leuchten und nicht etwa zu blenden und zu glänzen wie der Weihnachtsstern.

Der Erzengel stöberte auch alles kleine Getier aus dem Stall, die Ameisen und Spinnen und die Mäuse, es war nicht auszudenken, was geschehen konnte, wenn sich die Mutter Maria vielleicht vorzeitig über eine Maus entsetzte! Nur Esel und Ochs durften bleiben, der Esel, weil man ihn später ohnehin für die Flucht nach Ägypten zur Hand haben musste, und der Ochs, weil er so riesengroß und faul war, dass ihn alle Heerscharen des Himmels nicht hätten von der Stelle bringen können.

Zuletzt verteilte Gabriel noch eine Schar Engelchen im Stall herum auf den Dachsparren, es waren solche von der kleinen Art, die fast nur aus Kopf und Flügeln bestehen. Sie sollten ja auch bloß still sitzen und Acht haben und sogleich Bescheid geben, wenn dem Kinde in seiner nackten Armut etwas Böses drohte. Noch ein Blick in die Runde, dann hob der Mächtige seine Schwingen und rauschte davon. Gut so. Aber nicht ganz gut, denn es saß noch ein Floh auf dem Boden der Krippe in der Streu und schlief. Dieses winzige Scheusal war dem Engel Gabriel entgangen, versteht sich, wann hatte auch ein Erzengel je mit Flöhen zu tun!

Als nun das Wunder geschehen war und das Kind lag leibhaftig auf dem Stroh, so voller Liebreiz und so rührend arm, da hielten es die Engel unterm Dach nicht mehr aus vor Entzücken, sie umschwirrten die Krippe wie ein Flug Tauben. Etliche fächelten dem Knaben balsamische Düfte zu und die anderen zupften und zogen das Stroh zurecht, damit ihn ja kein Hälmchen drücken oder zwicken möchte.

Bei diesem Geraschel erwachte aber der Floh in der Streu. Es wurde ihm gleich himmelangst, weil er dachte, es sei jemand hinter ihm her, wie gewöhnlich. Er fuhr in der Krippe herum und versuchte alle seine Künste und schließlich, in der äußersten Not, schlüpfte er dem göttlichen Kinde ins Ohr.

»Vergib mir!« flüsterte der atemlose Floh, »aber ich kann nicht anders, sie bringen mich um, wenn sie mich erwischen. Ich verschwinde gleich wieder, göttliche Gnaden, lass mich nur sehen, wie!«

Er äugte also umher und hatte auch gleich einen Plan. »Höre zu«, sagte er, »wenn ich alle Kraft zusammennehme und wenn du still hältst, dann könnte ich vielleicht die Glat-

ze des heiligen Josef erreichen, und von dort weg kriege ich das Fensterkreuz und die Tür...« »Spring nur!« sagte das Jesuskind unhörbar, »ich halte still!«
Und da sprang der Floh. Aber es ließ sich nicht vermeiden, dass er das Kind ein wenig kitzelte, als er sich zurechtrückte und die Beine unter den Bauch zog.
In diesem Augenblick rüttelte die Mutter Gottes ihren Gemahl aus dem Schlaf.
»Ach sieh doch!« sagte Maria selig, »es lächelt schon!«

Weihnachtsspruch

Theodor Fontane

Sei heiter!
Es ist gescheiter
Als alles Gegrübel; –
Gott hilft weiter,
Zur Himmelsleiter
Werden die Übel.

Noch einmal ein Weihnachtsfest

Theodor Fontane

Noch einmal ein Weihnachtsfest,
Immer kleiner wird der Rest,
Aber nehm' ich so die Summe,
Alles Grade, alles Krumme,
Alles Falsche, alles Rechte,
Alles Gute, alles Schlechte –
Rechnet sich aus all dem Braus
Doch ein richtig Leben raus.
Und dies können ist das Beste
Wohl bei diesem Weihnachtsfeste.

Sag mir, wie dein Christbaum aussieht – und ich sage dir, wer du bist

Gertrud Fussenegger

Ein alter Trick der Psychologen: wenn sie sich von der Gemütslage ihrer jugendlichen Testpersonen ein Bild machen wollen, lassen sie sie zuerst einmal einen Baum zeichnen. Je nachdem wie dieser ausfällt, ist der Zeichner erraten, der eine als selbstsicher, lebensbejahend, draufgängerisch, wohlgemut, der andere als Trau-mich-nicht, verschüchtert, bedrückt, verstört.

Der Baum sagts aus. Auch der Christbaum gehört zu den verräterischen Bildern unserer inneren Befindlichkeit. Ist er doch zumeist der einzige Baum, den wir – Jahr für Jahr – nach unseren Wünschen gestalten können, und das Gestalten geht, genau genommen, schon am Christbaummarkt bei der Auswahl an.

Vorausgesetzt, dass wir nicht auf jede Mark und nicht einmal auf jeden Zehner schauen müssen: Hier bietet sich uns ein ganzer Wald in aller Vielfalt an: Zwerge und Riesen, hagere Fichten und borstige Tannenwipfel. Der eine Käufer wird nur nach einem bescheidenen Bäumchen Ausschau halten, der andere nach einem üppig ausladenden Exemplar suchen; der eine wird auf eine strenge Symmetrie Wert legen, dem anderen wird dichtes Gezweig und knorriges Dickicht lieber sein. Ich meine: Beim Symmetriker haben wir es mit einem Mann der Ordnung zu tun, womöglich mit einem heimlichen Moralisten, der genau Maß nimmt und sich auf Unabsehbarkeiten keinesfalls einlassen will, wogegen sich der Liebhaber des dickichthaft Verzeigten als einer verrät, der das Spontane liebt; Versteck und Höhlenabenteuer liegen in seiner Natur, Anarchisches zieht ihn an.

Ganz allgemein bieten wir dem Christbaum einen Ehrenplatz in unseren Guten Stuben an – darin handeln wir fast alle gleich. Dann aber gehts ans Schmücken, und schon zeigt sich wieder, was mit uns los ist, wohin unsere Geschmäcker, das heißt unsere Charaktere und Gemütslagen zielen.

Es gibt Leute, die alljährlich einen neuen Schub Christbaumschmuck besorgen und denen nichts davon neu und modisch genug sein kann. Andere ziehen alte Bestände vor und packen den oft schon von Eltern und Großeltern über-

kommenen Vorrat aus. Es ist keine Kunst, in den ersten die homines novi, die unbeschwert fröhlichen Gegenwartsmenschen und Aktivisten, in den anderen die pietätvollen Traditionalisten zu erkennen. Unter den Ersten sind vermutlich auch jene, die ihren Baum mit vielen bunten Kugeln behängen, spiegelblanken, in Blitzblau oder gschmachigem Zuckerlrosa. Sie sparen auch nicht mit glitzernden Nikoläusen, Mickymäusen und Teletubies; sogar Saurier und Draculas sind bei ihnen beliebt.
Ganz anders geht die Uhr bei den Still-Bedächtigen, die ihre Christbäume nur mit schlichten Strohsternen und weißen Kerzen beschicken. Da spricht Protest gegen den Glitzerlärm der Weltkinder und Rückzug in behütete Innerlichkeit. Vielleicht versteckt sich in der edlen Askese auch einige Unsicherheit: Man will sich auf nichts Gewagtes einlassen, man fühlt sich möglicherweise auch als Gralshüter des – in unserer Zeit in Bedrängnis geratenen, möglicherweise aber auch neu entdeckten – »einfachen Lebens«.
Mir persönlich sind die Christbäume die liebsten, die zwischen Geglitzer und Strenge, zwischen auftrumpfendem Festdekor und asketischer Würde die Mitte halten. Ich meine: Ein wenig Silber ist erlaubt, ein Tupfen Gold schadet nicht, denn der Christbaum soll doch allemal ein Stückchen Winterzauber und Himmelslicht in unsere Stuben spiegeln. Der Strohstern setzt in das lebendige Gezweig ein Signal geometrischer Ordnung, während die locker hängenden Engelshaar- und Lamettafäden den Versuch machen, einen zarten Schleier um den Baum zu spinnen und ihn in eine Art Aura zu tauchen.
An meinem Christbaum möchte ich auch die Farbe nicht missen: ein wohldosiertes Rot, ein diskretes Blau dürfen aus

dem frischen Grün hervorleuchten; Äpfelchen sollten nicht fehlen, goldgelbe mit rosa geflammten Wangen – und meinetwegen dürfen auch ein paar in Staniol gewickelte Näschereien andeuten, dass Feste immer auch dazu da sind, dass wir uns was Gutes gönnen.
Der selbstgebastelte Schmuck gewährt ein Wiedersehen besonderer Art und gehört mit zur weihnachtlichen Freude, wie ja überhaupt Weihnachten ein Fest der Erinnerung ist. Der Erwachsene denkt an seine Kindheit, der Alte an die lange Reihe erlebter Jahre, und das Kind feiert im ahnungsvollen Vorausgefühl, dass ihm seine Zukunft immer wieder festlich aufleuchten wird.
So ist der Baum, der zum Feiern einlädt – wie schnell er dann auch in unseren geheizten Wohnungen nach Neujahr verdorren wird, ein Zeichen für den Lebensfortgang von Jahr zu Jahr und, je nachdem, wie wir ihn gestalten, ein still beredter Zeuge dessen, was und wie wir sind.

Der gestohlene Weihnachtsbaum

Hans Fallada

Ein wesentlicher Unterschied zwischen Kindern und Erwachsenen ist der, daß die Großen ungefähr wissen, was sie vom Leben zu erwarten haben, die Kinder aber erhoffen noch das Unmögliche. Und manchmal behalten sie damit sogar recht.

Seit Mitte Dezember der erste Schnee gefallen war, dachte Herr Rogge wieder an den Weihnachtsbaum und die alljährlich wiederkehrenden endlosen Schwierigkeiten, bis er ihn haben würde. Die Kinder aber nahmen allmorgendlich ihre kleinen Schlitten und zogen in den Wald, den Weihnachtsmann zu treffen. Natürlich war es einfach lächerlich, daß es in diesem Lande mit Wald über Wald keine Weihnachtsbäume geben sollte. Überall standen sie, sie wuchsen einem gewissermaßen in Haus, Hof und Garten, aber sie gehörten nicht Herrn Rogge, sondern der Forstverwaltung. Der alte Förster Kniebusch aber, mit dem Herr Rogge sich übrigens verzankt hatte, verkaufte schon längst keine Baumscheine mehr.

»Wozu denn?« fragte er. »Es kauft ja doch keiner einen. Und wenn sie sich ihren Baum lieber ›so‹ besorgen, habe ich doch den Spaß, sie zu erwischen, und ein Taler Strafe für einen Baum, den ich ihnen aus den Händen und mir ins Haus trage, freut mich mehr als sechs Fünfziger für sechs Baumscheine.«

So würde also Herr Rogge sich entweder den Baum »so« besorgen müssen – was er nicht tat, denn erstens stahl er nicht, und zweitens gönnte er Kniebusch nicht die Freude –, oder er würde achtzehn Kilometer in die Kreisstadt auf den Weihnachtsmarkt fahren müssen, zur Besorgung eines Baumes, der ihm vor der Nase wuchs – und das tat er erst recht nicht, und den Spaß gönnte er Kniebuschen erst recht nicht. Blieb also nur die unmögliche Hoffnung auf den Weihnachtsmann und seine Wunder, die die Kinder hatten.

Gleich hinter dem Dorf ging es bergab, einen Hohlweg hinunter, in den Wald hinein. Manchmal kamen die Kinder hier nicht weiter, über dem schönen sausenden Gleiten vergaßen sie den Weihnachtsmann und liefen immer wieder bergan. Heute aber sprach Thomas zum Schwesterchen: »Nein, es sind nur noch drei Tage bis Weihnachten, und du weißt, Vater hat noch keinen Baum. Wir wollen sehen, daß wir den Weihnachtsmann treffen.«

So ließen sie das Schlitteln und traten in den Wald. Was der Thomas aber nicht einmal dem Schwesterchen erzählte, war, daß er Vaters Taschenmesser in der Joppe hatte. Mit sieben Jahren werden die Kinder schon groß und fangen an, nach Art der Großen ihren Hoffnungen eine handfeste Unterlage zu verschaffen. –

Der alte Kakeldütt war das, was man früher ein »Subjekt« nannte, wahrscheinlich, weil er so oft das Objekt behördlicher Fürsorge war. Aus dem mickrigen Leib wuchs ihm ein dürrer, faltiger, langer Hals, auf dem ein vertrocknetes Häuptlein wie ein Vogelkopf nickte. Wenn der Herr Landjäger sagte: »Na, Kakeldütt, denn komm mal wieder mit! Du wirst ja wohl auch allmählich alt, daß du vor den sehenden Augen von Frau Pastern ihre beste Leghenne unter deine Jacke steckst«, dann krächzte Kakeldütt schauerlich und klagte beweglich: »Ein armer Mensch soll es wohl nie zu was bringen, was? Die Pastern hat 'ne Pieke auf mich, wie? Und Sie haben auch 'ne Pieke auf mich, Herr Landjäger, wie? Natürlich in allen Ehren und ohne Beamtenbeleidigung, was?« Und bei jedem Wie und Was ruckte er heftig mit dem Häuptlein, als sei er ein alter Vogel und wolle hacken. Aber er wollte nicht hacken, er ging ganz folgsam und auch gar nicht unzufrieden mit.

Wir aber als Erzähler denken, wir haben unsere Truppen nun gut in Stellung gebracht und die Schlacht gehörig vorbereitet: Hier den alten Förster Kniebusch, der gern Tannenbaumdiebe fängt. Dort den Vater Rogge, in Verlegenheit um einen Baum. Ziemlich versteckt das anrüchige Subjekt Kakeldütt mit großer Findigkeit für fragwürdigen Broterwerb, und als leichte Truppen, die das Gefecht eröffnen, Thomas mit Schwesterchen, ziemlich gläubig noch, aber immerhin mit einem nicht einwandfrei erworbenen Messer in der Tasche. Im Hintergrund aber die irdische Gerechtigkeit in Gestalt des Landjägers und die himmlische, vertreten durch den Weihnachtsmann.

Alle an ihren Plätzen – ? Also los!

Das erste, was man durch den dick mit Schnee gepolsterten, stillen Wald hört, ist: ritze-ratze, ritze-ratze ... Kakeldütt, erfahrener auf dunklen Pfaden als der siebenjährige Thomas, weiß, daß ein Tannenbaum sich schlecht mit einem Messer, gut mit einer Säge von den angestammten Wurzeln lösen läßt.

Herr Rogge, in Zwiespalt mit sich, greift nach Pelzkappe und Handstock: Hat man keinen Tannenbaum, kann man sich doch welche im Walde beschauen. Kniebusch stopft seine Pfeife mit Förstertabak, ruft den Plischi und geht gegen Jagen elf zu, wo die Forstarbeiter Buchen schlagen.

Die Kinder haben unter einem Ginsterbusch im Schnee ein Hasenlager gefunden, hinten ist es zart gelblich gefärbt.

»Osterhas Piesch gemacht!« jauchzt Schwesterchen.

Die alte gichtige Brommen aber hat schon zwanzig Pfennig für den Kakeldütt, der ihr weißwohlwas besorgen soll, bereitgelegt. Ritze-ratze ... Ritze-ratze ...

Förster Kniebusch – die akustischen Verhältnisse in einem Walde sind unübersichtlich –, Förster Kniebusch ruft leise den Hund und windet. »I du schwarzes Hasenklein! War das nun drüben oder hinten – ? Warte, warte ...«

Ritze-ratze …

Thomas und das Schwesterchen horchen auch. Schnarcht der Weihnachtsmann wie Vater –? Hat er Zeit, jetzt zu schnarchen –?! Friert er nicht –? Erfriert er gar – und ade der bunte Tisch unter der lichterleuchtenden Tanne?!

Ritze-ratze …

Herr Rogge hat die Fußspuren seiner Kinder gefunden und vergnügt sich damit, ihre Spuren im Schnee nachzutreten, mal Schwesterchens, mal Brüderchens. Auch er findet das Hasenlager, auch er spitzt die Ohren. Thomas wird doch keine Dummheiten machen? denkt er. Ich hätte doch in die Stadt fahren sollen.

»Ach nee, ach nee«, stöhnt ganz verdattert Kakeldütt, wackelt mit dem Vogelkopf und starrt auf die Kinder. »Wer seid denn ihr? Ihr seid wohl Rogges –?«

»Das ist der Weihnachtsbaum«, sagt Thomas ernst und betrachtet die kleine Tanne, die mit ihren dunklen Nadeln still im Schnee liegt.

»Weihnachtsbaum – Weihnachtsbaum«, brabbelt Schwesterchen und sieht den ollen Kakeldütt zweifelnd an. Ist das ein echter Weihnachtsmann? Enttäuschung, Enttäuschung – ins Leben wachsen heißt ärmer werden an Träumen.

»Ich hab 'nen Baumschein vom Förster, du Roggejunge«, verteidigt sich Kakeldütt ganz unnötig.

„Hilfst du mir auch bei unserer Tanne?« fragt Thomas und greift in die Joppentasche. »Ich hab ein Messer.«

In Kakeldütts Hirn erglimmen Lichter. Rogges haben Geld. Sie zahlen nicht nur zwanzig, sie zahlen fünfzig Pfennig für einen Weihnachtsbaum. Sie zahlen eine Mark, wenn Kakeldütt den Mund hält. »Natürlich, Söhning«, krächzt er und greift wieder zur Säge. »Nehmen wir gleich den –?«

Herr Rogge auf der einen, Förster Kniebusch auf der anderen Seite den Tannen enttauchend, sehen nur noch Thomas und Schwesterchen. Keinen Kakeldütt.
»Thomas!« ruft Herr Rogge drohend.
»Rogge!« ruft Kniebusch triumphierend.
»Nanu!« wundert sich Thomas und starrt auf die Äste, die sich noch leise vom weggeschlichenen Kakeldütt bewegen. Der Sachverhalt aber ist klar; ein abgeschnittener Baum, ein Junge mit einem Messer in der Hand...
»Ich freu mich, Rogge«, sagt Kniebusch und freut sich ganz unverhohlen. »Stille biste, Plischi!« kommandiert er dem Hund, der in die Schonung zieht und jault.
»Du glaubst doch nicht etwa, Kniebusch?« ruft Rogge empört. »Thomas, was hast du getan?! Was machst du mit dem Messer?«
»Deinem Messer, Rogge«, grinst Kniebusch.
»Hier war 'n Mann«, sagt Thomas unerschüttert. »Wo ist der Mann hin?«
»Weihnachtsmann«, kräht Schwesterchen.
Kinder zu erziehen ist nicht leicht – Kinder vorm Antlitz triumphierender Feinde zu erziehen ist ausgesprochen schwer.
»Komm einmal her, Thomas«, sagt Herr Rogge mit aller verhaßten väterlichen Autorität. »Was machst du mit meinem Messer? Woher hast du mein Messer?« Er gerät unter dem Blick des andern in Hitze. »Wie kommt die Tanne hierher? Wer hat dir gesagt, du sollst eine Tanne abschneiden?«
»Hier war 'n Mann«, sagt Thomas trotzig im Bewußtsein guten Gewissens. »Vater, wo ist der Mann hin?«
»Weihnachtsmann weg!« kräht Schwesterchen.
»Sollst du lügen, Tom?« fragt Herr Rogge zornig. »Ekelhaft ist so was! Komm, sage ich dir ...« Und mit aller väterlichen

Konsequenz eilt er mit erhobener Hand auf den Sohn zu. Ausgerechnet angesichts von Kniebusch als Waldfrevler erwischt! Nichts mehr scheint eine väterliche Tracht Prügel abwenden zu können.

»Halt mal, Rogge!« sagt Förster Kniebusch mit erhobener Stimme und zeigt mit dem Finger auf den frischen Baumstumpf. »Das ist gesägt und nicht geschnitten.«

Rogge starrt. »Wo hast du die Säge, Junge?«

»Hier war 'n Mann«, beharrt Thomas.

»Und recht hat der Junge, und du hast unrecht, Rogge«, freut sich der Kniebusch. »Da die Spuren – das sind nicht deine und nicht meine. – Und du hast überhaupt meistens und immer unrecht, Rogge. Damals, als wir uns verzürnt haben, hattest du auch unrecht. Fische können nicht hören! Du bist rechthaberisch, Rogge, und was war hier für ein Mann, Junge?«

»Ein Mann.«

»Und wenn ich dieses Mal unrecht hab, aber ich hab's nicht, denn wozu hat er das Messer? – Damals hatte ich doch recht. Und Fische können sehr wohl hören...«

»Unsinn – in den Kuscheln muß er noch stecken, Rogge! Los, Plischi, such, du guter Hund! Los, Rogge, den Kerl zu fassen soll mir zehn Weihnachtsbäume wert sein. Los, Junge, faß deine Schwester an, wenn du ihn siehst, schreist du!«

Und los geht die Jagd, immer durch die Tannen, wo sie am dicksten stehen.

»Weihnachtsmann!« ruft Schwesterchen. Die Tannennadeln stechen, und der Schnee stäubt von den Zweigen in den Nacken.

»Also lassen wir es«, sagt nach einer Viertelstunde Förster Kniebusch mißmutig. »Weg ist er. Wie in den Boden versunken. – Du kannst doch die Tanne brauchen, fünfzig Pfennig zahlst du, und so hat das Forstamt wenigstens was von dem Gejachter.«

Aber wo ist die Tanne? Dies ist der Platz, denn hier steht der Stumpf – aber wo ist die Tanne?

»I du schwarzes Hasenklein!« sagt Förster Kniebusch verblüfft. »Der ist uns aber über, Rogge! Holt sich noch den Baum, während wir hier auf ihn jagen. Na, warte, Freundchen, wenn ich dir mal wieder begegne! Denn die Katze läßt das Mausen nicht, und einmal treffe ich sie alle... Gib mir das Messer, Junge, damit ihr wenigstens nicht leer nach Hause geht. Ist der dir recht, Rogge? Schneidet sich elend schlecht mit 'nem Messer, das nächstemal bringst du besser 'ne Säge mit, Junge, weißt du, einen Fuchsschwanz...«

»Kniebusch –!« schreit Herr Rogge förmlich. Aber auf diesen Streit der beiden brauchen wir uns nicht auch noch einzulassen, er ist schon alt und wird aller Wahrscheinlichkeit nach noch sehr viel älter werden.

Jedenfalls faßte Thomas auf dem Heimwege seine Meinung dahin zusammen: »Ich glaube, es war doch der Weihnachtsmann, Vater. Sonst hätt' er doch nicht so verschwinden können, Vater! Wo der Hund mit war.«

»Möglich, möglich, Tom«, bestätigte Herr Rogge.

»Aber, Vater, klauen denn die Weihnachtsmänner Weihnachtsbäume?«

»Ach, Tom – !« stöhnte Herr Rogge aus tiefstem Herzensgrunde – und war sich gar nicht im klaren darüber, wie er diesen Wirrwarr in seines Sohnes Herzen entwirren sollte. Aber schließlich war in drei Tagen Weihnachten. Und vor einem strahlenden Tannenbaum und einem bunten Bescherungstisch werden alle Zweifel stumm und alle Kinderherzen gläubig.

Weihnachtsgans und Plum-Pudding

Charles Dickens

»Du trachtest danach, jeden siebenten Tag diese Orte zu schließen«, sagte Scrooge, »und das läuft auf eins hinaus.«

»Ich trachte danach?« entfuhr es dem Geist.

»Vergib mir, wenn ich mich irre!« versetzte Scrooge. »Es ist in deinem Namen geschehen oder wenigstens in dem deiner Familie!«

»Es gibt Menschen auf eurer Erde«, entgegnete der Geist, »die behaupten, uns zu kennen. Sie tun alle ihre Taten der Leidenschaft, des Stolzes, der Bosheit, des Hasses, des Neids, der Heuchelei und der Selbstsucht in unserem Namen, sind aber uns und all unseren Verwandten so fremd, als hätten sie nie gelebt. Denk daran und lege ihr Tun ihnen selbst zur Last, nicht uns!«

Scrooge versprach es, und sie brachen unsichtbar wie zuvor in die Vorstädte auf. Der Geist besaß, wie Scrooge unter dem Torweg des Bäckers bemerkt hatte, die seltsame Eigenschaft, dass er sich trotz seiner Riesengröße leicht jedem Raum anzupassen und sich unter einem niederen Dach ebenso ungezwungen und seinem übernatürlichen Wesen gemäß zu bewegen vermochte, wie er es in einer luftigen Halle hätte tun können.

Vielleicht war es das Vergnügen, das der gute Geist darin fand, diese seine Macht zu zeigen, oder auch sein eigenes gütiges, hochherziges Wesen und seine Vorliebe für alle Armen, was ihn geradewegs zu Scrooges Schreiber führte –

jedenfalls wandte er sich dorthin und nahm Scrooges mit sich, der sich an seinem Gewand festhielt. Auf der Schwelle blieb der Geist lächelnd stehen, um Bob Cratchits niedriges Haus durch Besprengung mit seiner Fackel zu segnen. Denkt euch, Bob hatte nur fünfzehn »Bob« (Schilling) wöchentlich; er steckte an den Samstagen nur fünfzehn seiner Namensvettern ein, und doch segnete der Geist der diesjährigen Weihnacht sein Vierzimmerhäuschen.
Da stand Mrs. Cratchit, Cratchits Weib, in einem ärmlichen, bereits zweimal gewendeten Kleid, aber mit billigen Bändern geputzt, die für sechs Pence recht stattlich wirkten, und deckte den Tisch zusammen mit Belinda Cratchit, ihrer zweiten Tochter, die sich ebenso mit Bändern geschmückt hatte, während Master Peter Cratchit eine Gabel in den Topf mit Kartoffeln steckte. Und als ihm dabei die Ecken seines ungeheuren Hemdkragens – persönliches Eigentum Bobs, heute aber dem Festtag zu Ehren seinem Sohn und Erben übertragen – in den Mund gerieten, frohlockte er, sich so fein ausgestattet zu wissen, und sehnte sich, sein Weißzeug in den eleganten Parks zu zeigen. Und nun stürmten zwei kleinere Cratchits, ein Knabe und ein Mädchen, tobend herein und riefen, dass sie draußen am Bäckerhaus eine gebratene Gans gerochen und sie als ihre eigene erkannt hätten; in genießerischen Gedanken an Salbei und Zwiebeln schwelgend, tanzten diese jüngsten Cratchits um den Tisch und hoben Master Peter Cratchit in den Himmel, während er – gar nicht stolz, obwohl ihn sein Hemdkragen schier erwürgte – das Feuer anblies, bis die trägen Kartoffeln aufwallten und laut an den Topfdeckel pochten, um herausgelassen und geschält zu werden.

»Wo bleibt nur euer guter Vater?« fragte Mrs. Cratchit. »Und euer Bruder Tim« Auch Martha ist voriges Jahr eine halbe Stunde früher gekommen!«
»Hier ist Martha, Mutter!« riefen die beiden Kleinen. »Hurra, Martha! Es gibt eine so große Gans!«
»Gottlob, dass du da bist, liebes Kind! Wo steckst du denn so lange?« rief Mrs. Cratchit, küsste sie wohl ein dutzendmal und nahm ihr mit geschäftigem Eifer Halstuch und Hut ab.
»Wir hatten gestern noch bis spät in die Nacht zu arbeiten«, versetzte das Mädchen, »und mussten heute früh aufräumen, Mutter!«
»Nun, Hauptsache, dass du da bist!« sagte Mrs. Cratchit. »Setz dich ans Feuer, Kind, und wärme dich!«
»Nein, nein! Der Vater kommt«, schrien die beiden jungen Cratchits, die überall zu gleicher Zeit waren. »Martha, versteck dich! Versteck dich!«
Martha tat es, und herein trat der kleine Bob, der Vater, dem das Halstuch, die Fransen nicht eingerechnet, mindestens drei Fuß lang herabbaumelte und dessen abgetragener Anzug gestopft und gut gebürstet war, um festlich auszusehen. Auf seinen Schultern saß Tim. Der Ärmste trug eine kleine Krücke, und seine Glieder wurden durch ein Eisengestell gestützt.
»Wo steckt denn unsre Martha?« rief Bob Cratchit und sah sich um.
»Sie kommt nicht«, sagte Mrs. Cratchit.
»Sie kommt nicht?« fragte Bob, und sein Frohsinn sank jäh, denn er war den ganzen Weg von der Kirche bis hierher Tims Rennpferd gewesen und keuchend daheim angelangt. »Kommt nicht am Weihnachtsabend?!«

Martha konnte ihn nicht enttäuscht sehen, nicht einmal im Scherz; darum kam sie vorzeitig hinter der Alkoventür hervor und stürzte in seine Arme, während die beiden jungen Cratchits Tim nahmen und in die Küche hinaustrugen, damit er den Pudding im Kessel brodeln höre. »Und wie betrug sich Tim?« fragte Mrs. Cratchit, als sie Bob wegen seiner Leichtgläubigkeit ausgezankt und er seine Tochter nach Herzenslust umarmt hatte.

»Gut wie Gold und noch besser«, versetzte Bob. »Vom vielen Alleinsein wird er wohl nachdenklich, und da grübelt er über den seltsamsten Dingen. So sagte er mir auf dem Heimweg, er hoffe, dass ihn die Leute in der Kirche gesehen haben, weil er ein Krüppel sei und ihnen das vielleicht helfe, am Christtag dessen zu gedenken, der lahme Bettler gehen und Blinde sehen macht.«

Bobs Stimme zitterte, als er ihnen das erzählte, und noch mehr, als er sagte, dass Tim an Kraft und Mut zunehme.

Auf dem Hausflur hörte man die geschäftige kleine Krücke, und ehe noch ein weiteres Wort gesprochen ward, kam Tim, geleitet von Bruder und Schwester, zurück zu seinem Stuhl neben dem Kamin; Bob schlug seine Rockärmel hoch – als ob sie überhaupt noch schäbiger werden könnten! –, braute in einem Krug aus Wacholderbranntwein und Zitronen ein heißes Getränk, rührte es emsig um und stellte es dann aufs Feuer, um es kochen zu lassen; Master Peter aber und die beiden allgegenwärtigen jungen Cratchits entfernten sich, um die Gans zu holen, mit der sie auch bald in feierlicher Prozession zurückkamen.

Darob entstand ein Freudenlärm, dass man hätte denken können, eine Gans sei der seltenste aller Vögel, ein gefiedertes Wunder, neben dem ein schwarzer Schwan etwas

ganz Gewöhnliches sei – und in diesem Haus war sie wirklich einem Wunder ähnlich.
Mrs. Cratchit ließ die Soße, die schon zuvor in einer kleinen Pfanne fertig gewesen war, noch einmal aufkochen; Master Peter zerstampfte mit unglaublicher Kraft die Kartoffeln; Miss Belinda süßte das Apfelmus; Martha wischte die gewärmten Teller ab; Bob nahm Tim und setzte ihn neben sich an ein Eckchen des Tisches; die beiden jungen Cratchits aber rückten für jedermann Stühle zum Tisch, ohne sich selbst zu vergessen, zogen als Wachen auf ihre Posten und steckten die Löffel in den Mund, um nicht nach der Gans zu schreien, bevor die Reihe an sie kam.
Endlich waren alle Gerichte aufgetragen und das Tischgebet gesprochen. Ihm folgte eine atemlose Pause, als Mrs. Cratchit langsam am Tranchiermesser entlang sah und sich anschickte, es in die Brust des Tieres zu senken. Und als sie es tat und die lang ersehnte Fülle hervollquoll, erhob sich rings um den Tisch ein entzücktes Raunen, und selbst Tim schlug, von den zwei jüngeren Geschwistern angespornt, mit dem Heft seines Messers auf den Tisch und rief mit schwacher Stimme Hurra.
Eine solche Gans war noch nie da gewesen. Bob sagte, er glaube nicht, dass je ein solcher Vogel gebraten worden sei. Seine Zartheit, sein Wohlgeruch, seine Größe und seine Wohlfeilheit waren Gegenstand allgemeiner Bewunderung. Ergänzt durch Apfelmus und Kartoffeln bildete die Gans eine hinreichende Mahlzeit für die ganze Familie, und als Mrs. Cratchit noch einen ganz kleinen Knochen auf der Schüssel liegen sah, bemerkte sie mit großer Freude, sie hätten nicht einmal alles aufgegessen. Aber jeder hatte genug gehabt, und insbesondere die jüngsten Cratchits waren bis

zu den Augenbrauen in Salbei und Zwiebeln getaucht. Aber als jetzt Miss Belinda die Teller wechselte, verließ Mrs. Cratchit das Zimmer allein – ihre Aufregung vertrug keine Zeugen –, um den Pudding zu holen und hereinzubringen. Angenommen, er wäre nur halb gar! Angenommen, irgend jemand wäre über die Mauer des Hinterhofes gestiegen und hätte ihn gestohlen, während sie sich an der Gans gütlich taten! Ein Gedanke, bei dem die zwei jungen Cratchits ganz blass wurden. Alle möglichen Schrecken malte man sich aus. Hallo! Wie das dampfte! Der Pudding war aus dem Kessel genommen. Nun roch es wie an einem Waschtag – das war das Umschlagtuch. Aber dann roch es wie in einem Gasthaus, neben dem ein Kuchenbäcker wohnt und neben diesem wieder eine Wäscherin. Das war der Pudding. Eine halbe Minute später trat Mrs. Cratchit ein, errötend, aber stolz lächelnd, und brachte den Pudding, hart und fest wie eine scheckige Kanonenkugel, die in einem halben Achtel Rum lodert und von einem Stechpalmenzweig gekrönt ist.
Oh, ein herrlicher Pudding! Bob Cratchit sagte, und das mit aller Ruhe, er halte ihn für das gelungenste Werk, das Mrs. Cratchit in ihrer ganzen Ehe hervorgebracht habe. Mrs. Cratchit aber sagte, jetzt, da ihr der Stein vom Herzen gefallen sei, müsse sie gestehen, dass sie hinsichtlich der Menge des Mehls unsicher gewesen sei. Jedes wusste etwas darüber zu sagen, aber niemand sagte oder dachte, dass es schließlich doch ein kleiner Pudding für eine große Familie sei. Das wäre auch pure Ketzerei gewesen, und ein Cratchit hätte sich geschämt, so etwas anzudeuten.
Endlich war das Mahl vorüber, der Tisch abgedeckt, der Herd gefegt und das Feuer nachgeschürt. Als man das Gebräu im Krug versucht und als fertig befunden hatte, wur-

den Äpfel und Orangen auf den Tisch gesetzt und eine Schaufel voll Kastanien auf den Rost geschüttet; dann rückte die ganze Familie Cratchit um den Herd zusammen zu dem, was Bob Cratchit einen Zirkel nannte, obwohl es nur ein halber war; und neben Cratchits Ellbogen stand der ganze Familienvorrat an Glas: zwei Wassergläser und eine Rahmkanne ohne Henkel.
Diese fassten jedoch den heißen Inhalt des Kruges ebenso gut, wie es goldene Pokale getan hätten, und Bob schenkte ihn strahlenden Blickes aus, während die Kastanien über dem Feuer lustig knisterten und fauchten. Dann erhob Bob sein Glas: »Fröhliche Weihnachten uns allen, meine Lieben. Gott sei mit uns!«

Ich bin der Esel aus Betlehem

Agatha Christie

Es war einmal ein sehr unfolgsamer kleiner Esel. Kein Herr hielt es lange mit ihm aus – und er nicht mit ihnen. Deshalb schloss er sich eines Tages einer Menschenmenge an, die nach Betlehem zog.
In einem kleinen Stall, in dem schon ein Ochse und ein Kamel standen, fand er Unterkunft. Aber das Kamel war zu

stolz, um mit dem Neuen zu sprechen. darum begann der Esel zu prahlen: »Ich kann sowohl in die Zukunft als auch in die Vergangenheit sehen. Meine Ur-Ur-Urgroßmutter war die sprechende Eselin des Propheten Bileam und hat mit eigenen Augen den Engel des Herrn gesehen.« Aber Ochse und Kamel nahmen keine Notiz.
Da kamen ein Mann und eine Frau herein. Es gab eine Menge Aufregung. Dabei bekam die Frau bloß ein Kind, fand der Esel heraus.
Bald kamen Hirten. Dann Männer in reicher Kleidung.
»VIPs«, zischte das Kamel. »Was ist das?« fragte der Esel. »Hochwichtige Leute, die Geschenke bringen.«
Während der kleine Esel daran schnupperte, an einem ekelhaft bitteren Zeug auch leckte, streckte das Neugeborene seine Hand aus, fasste ein Ohr des Esels, hielt es fest.
Da passierte etwas Merkwürdiges: Zum erstenmal in seinem Leben wollte der kleine Esel brav sein. Auch er wollte dem Kind etwas schenken. Aber was? Das Ohr schien dem Kind zu gefallen. Aber es war ja ein Teil von ihm. Da hatte er eine Idee: Und wenn ich mich selbst dem Kind schenke?
Kurz darauf kam Joseph mit einem Fremdling herein, der auf ihn einsprach. Der Esel traute seinen Augen kaum: Der Fremde hatte plötzlich eine goldene Gestalt mit Flügeln. Gleich darauf verwandelte sich der Engel in einen Mann zurück.
Du liebe Zeit, ich sehe Gespenster, sagte der Esel zu sich. Das muss von all dem Heu kommen, das ich gefressen habe.
Joseph sprach mit Maria: »Wir müssen das Kind nehmen und fliehen. Wir nehmen den Esel hier. So gewinnen wir Zeit.«

Aber als sie an eine enge Stelle kamen, versperrte ein Engel mit Flammenschwert ihnen den Weg. Der Esel, der ihn als einziger sah, wandte sich seitwärts und begann den Hügel hinaufzuklettern. Joseph versuchte ihn auf die Straße zurückzuzerren. Aber Maria sagte: »Lass ihn. Denk an den Propheten Bileam.« Hatte nicht eine Eselin ihren Herrn gerettet, weil sie einen eigenen Weg einschlug?
Gerade, als sie im Schutz einiger Olivenbäume angelangt waren, kamen die Soldaten des Herodes die Straße heruntergesprengt. »Wie bei meiner Urgroßmutter«, sagte der Esel zufrieden mit sich. »Ob ich nun auch in die Zukunft sehen kann?«
Er blinzelte mit den Augen – sah ein verschwommenes Bild. »So was, das ist ja mein Herr als erwachsener Mann. Er reitet auf einem Esel, sicher wird er zum König gekrönt.« Aber die Krone schien nicht aus Gold, sondern aus Dornen zu sein. Der Esel liebte Dornen und Disteln, aber für eine Krone schienen sie unpassend. Und dann war da noch etwas auf einem Schwamm, bitter wie Myrrhe, an der er im Stall geleckt hatte.
Da wusste der kleine Esel plötzlich, dass er nicht mehr in die Zukunft sehen wollte. Er wollte nur seinen kleinen Herrn lieben und von ihm geliebt werden und ihn sicher nach Ägypten tragen.

Der Christbaum in der Waldheimat

Peter Rosegger

Es waren die ersten Weihnachtsferien meiner Studentenzeit. Wochenlang hatte ich schon die Tage, endlich die Stunden gezählt bis zum Morgen der Heimfahrt von Graz bis Alpel. Und als der Tag kam, da stürmte und stöberte es, dass mein Eisenbahnzug stecken blieb. Da stieg ich aus und ging zu Fuß, frisch und lustig sechs Stunden lang durch das Tal, wo der Frost mir die Nase und Ohren abschnitt, dass ich sie gar nicht mehr spürte. Durch den Bergwald hinauf, wo mir so warm wurde, dass die Ohren auf einmal wieder da waren und heißer als je im Sommer. So kam ich, als es schon dämmerte, glücklich hinauf, wo das alte Haus, schimmernd durch Gestöber und Nebel, wie ein verschwommener Fleck stand, einsam mitten in der Schneewüste. Als ich eintrat, wie war die Stube so klein und niedrig und dunkel und warm – urheimlich. In den Stadthäusern verliert man ja allen Maßstab für ein Waldbauernhaus. Aber man findet sich gleich hinein, wenn die Mutter den Ankömmling ohne alle Umstände so grüßt: »Na, weil d' nur da bist.«

Auf dem offenen Steinherd prasselt das Feuer, in der guten Stube wurde eine Kerze angezündet. »Muttern, nit!« wehrte ich ab. »Tut lieber das Spanlicht anzünden, das ist schöner.« Sie tat's aber nicht. das Kienspan ist für die Werktage. Weil nach langer Abwesenheit der Sohn heimkam, war für die Mutter Feiertag geworden. Darum die festliche Kerze. Und für mich erst recht Feiertag.

Als die Augen sich an das Halblicht gewöhnt hatten, sah ich auch den Nickerln, das achtjährige Brüderlein. Es war das jüngste und letzte. »Ausschauen tust gut!« lobte die Mutter meine vom Gestöber geröteten Wangen.
Der kleine Nickerl aber sah blass aus. »Du hast ja die Stadtfarb, statt meiner!« sagte ich und habe gelacht. Die Sache war so. Der Kleine tat husten, den halben Winter schon. Und da war eine alte Hausmagd, die sagte es – ich wusste das schon früher – täglich wenigstens dreimal, dass für ein »hustendes Leut« nichts schlechter sei, als »der kalte Luft«. Sie verbot es, dass der Kleine hinaus vor die Tür ging. So kam der Knabe nie ins Freie und kriegte auch in der Schule keine gute Luft zu schnappen. Ich glaube, deshalb war er so blass, und nicht des Hustens halber.
In der dem Christfest vorhergehenden Nacht schlief ich wenig – etwas Seltenes in jenen Jahren. Die Mutter hatte mir auf dem Herd ein Bett gemacht mit der Weisung, die Beine nicht zu weit auszustrecken, sonst kämen sie in die Feuergrube, wo die Kohlen glosten. Die glosenden Kohlen waren gemütlich, das knisterte in der stillfinsteren Nacht so hübsch und warf manchmal einen leichten Glutschein an die Wand, wo in einem Gestelle die buntbemalten Schüsseln lehnten. Da war ein Anliegen, über das ich schlüssig werden musste in dieser Nacht, ehe die Mutter an den Herd trat, um die Morgensuppe zu kochen. Ich hatte viel sprechen gehört, wie man in den Städten Weihnacht feiert. Da sollen sie ein Fichtenbäumchen, ein wirkliches kleines Bäumlein aus dem Wald auf den Tisch stellen, an seinen Zweigen Kerzlein befestigen, sie anzünden, darunter sogar Geschenke für die Kinder hinlegen und sagen, das Christkind hätte es gebracht.

Nun hatte ich vor, meinem kleinen Bruder, dem Nickerl, einen Christbaum zu errichten. Aber alles im geheimen, das gehört dazu. Nachdem es soweit Taglicht geworden war, ging ich in den frostigen Nebel hinaus. Und just dieser Nebel schützte mich vor Blicken der ums Haus herum arbeitenden Leute, als ich vom Walde her mit einem Fichtenwipfelchen gegen die Wagenhütte lief, dort das Bäumchen in ein Scheit bohrte und unter dem Karren- und Räderwerk versteckte.

Dann ward es Abend. Die Gesindleute waren noch in den Ställen beschäftigt oder in den Kammern, wo sie sich nach der Sitte des Heiligen Abends die Köpfe wuschen und ihr Festgewand herrichteten. Die Mutter in der Küche buk die Christtagskrapfen, und der Vater mit dem kleinen Nickerl besegnete den Hof. Der Vater hatte nämlich in einem Gefäß glühende Kohlen, hatte auf dieselben Weihrauch gestreut und ging damit durch alle Räume des Hofes, duch die Stallungen, Scheunen und Vorratskammern, in alle Stuben und Kammern des Hauses endlich, um sie zu beräuchern und dabei schweigend zu beten. Es sollten böse Geister vertrieben und gute ins Haus gesegnet werden.

Dieweilen also die Leute draußen zu tun hatten, bereitete ich in der großen Stube den Christbaum. Das Bäumchen, das im Scheit stak, stellte ich auf den Tisch. Dann schnitt ich vom Wachsstock Kerzchen und klebte sie an die Ästlein. Unterhalb, am Fuße des Bäumchens, legte ich den Wecken hin.

Da hörte ich über der Stube auf dem Dachboden auch schon Tritte – langsame und trippelnde. Sie waren schon da und segneten den Bodenraum. Bald würden sie in der Stube sein, mit der wir den Rauchgang zu beschließen pflegten. Ich zündete die Kerzen an und versteckte mich hinter dem Ofen. Noch war es still. Ich betrachtete vom Versteck aus das lichte Wunder, wie in dieser Stube nie ein ähnliches gesehen worden. Die Lichtlein auf dem Baum brannten so still und feierlich – als schwiegen sie mir himmlische Geheimnisse zu. Endlich hörte ich an der Schwelle des Vaters Schuhklöckeln. Die Tür ging auf, sie traten herein mit ihren Weihgefäßen und standen still.

»Was ist denn das!?« sagte der Vater mit leiser, langgezogener Stimme. Der Kleine starrte sprachlos drein. In seinen großen, runden Augen spiegelten sich wie Sternlein die Christbaumlichter. – Der Vater schritt langsam zur Küchentür und flüsterte hinaus: »Mutter! – Mutter! Komm ein wenig herein.«

Und als sie da war: »Mutter, hast du das gemacht?«

»Maria und Josef!« hauchte die Mutter. »Was habens denn da auf den Tisch getan?« Bald kamen auch die Knechte und Mägde herbei, hell erschrocken über die seltsame Erscheinung. Da vermutete einer, ein Junge, der aus dem Tal war: Es könnte ein Christbaum sein... Sollte es denn wirklich wahr sein, dass Engel solche Bäumlein vom Himmel bringen? – Sie schauten und staunten. Und aus des Vaters Gefäß qualmte der Weihrauch und erfüllte schon die ganze Stube, so dass es war wie ein zarter Schleier, der sich über das brennende Bäumlein legte.

Die Mutter suchte mit den Augen in der Stube herum. »Wo ist denn der Peter?«

Da erachtete ich es an der Zeit, aus dem Ofenwinkel hervorzutreten. Den kleinen Nickerl, der immer noch sprachlos und unbeweglich war, nahm ich an den kühlen Händchen und führte ihn vor den Tisch. Fast sträubte er sich. Aber ich sagte – selber tief feierlich gestimmt – zu ihm: »Tu

dich nicht fürchten, Brüderl! Schau, das lieb Christkindl hat dir einen Christbaum gebracht. Der ist dein.«
Und da hub der Kleine an zu wiehern vor Freude und Rührung, und die Hände hielt er gefaltet wie in der Kirche. – Öfter als vierzigmal seither habe ich den Christbaum erlebt, mit mächtigem Glanz, mit reichen Gaben und freudigen Jubels unter Großen und Kleinen. Aber die größere Christbaumfreude, ja eine so helle Freude hab ich noch nicht gesehen als jene meines kleinen Brüderlein Nickerl – dem es so plötzlich und wundersam vor Augen trat – ein Zeichen dessen, der da vom Himmel kam.

Original Dresdner Christstolle

Klaus Weyers

Wie der Name der sächsischen Backware besagt, sollte diese rosinendurchsetzte duftende Köstlichkeit zum Christfest unter dem Weihnachtsbaum liegen und dann in weihnachtlicher Fest- und Feierstimmung gegessen werden. Unsere heutigen Gebräuche sind da anders. Schon im Oktober stapelt sich die Christstolle in den Lebensmittelabteilungen der Warenhäuser zu fast schon bedrohlichen Türmen. Wir haben kein Gespür mehr für Jahreszeiten und Feierkreise im Laufe der Monate. Da kann man auch gleich Ostereier am Fest der Heiligen Drei Könige verkaufen und die Martinsgans zu Fasching in den Ofen schieben sowie den Weihnachtsmann am ersten Mai, dem internationalen

Tag der Arbeit, auftreten lassen. Lassen wir dieses merkwürdige Kapitel unserer etwas durcheinandergeratenen Kulturgeschichte.
Wenden wir uns genau zum richtigen Termin, nämlich Weihnachten, dem Dresdner Edelgebäck zu, aber nicht ohne dabei ein wenig über dieses aufregende Fest der Geburt Christi nachzudenken. Mir fiel beim Nachdenken etwas auf: Wenn wir von Gott Vater den Auftrag erhalten hätten, die Welt wieder in Ordnung zu bringen, hätten wir es ganz anders angefangen. Bei einem solchen gewaltigen Unternehmen wie der Erlösung des kompletten Kosmos hätte sich unser Herr von einer Public-Relations-Agentur beraten lassen sollen. Es ahnt doch kein Mensch, dass in einem schiefen Bretterschuppen bei Betlehem irgendetwas Aufregendes passiert. Unser tapferer Kirchenchor singt in der Heiligen Nacht das Transeamus. Da hört die in Andacht lauschende Gemeinde, dass Jesus »in praesepio« gelegen habe, als die Hirten kamen: »positum in praesepio.« So steht es beim Evangelisten Lukas. Das klingt friedlich, sehr lieblich und gut. Aber es ist keineswegs lieblich. Denn das lateinische Wort praesepe heißt auf Deutsch Bretterverschlag und hat dazu noch in seiner Originalsprache einen verächtlichen Beiklang. Es kann nämlich auch heißen: in liederlichen Häusern. Das hört sich überhaupt nicht gut an. Jesus ist nicht in einem gepflegten Rinderaufzuchtstall oder in einer hübschen Datsche geboren, sondern in einer zusammengeschusterten Bretterbude. Der griechische Originaltext des Neuen Testaments berichtet, Jesus habe in einer »Fatne« gelegen. Das ist laut griechischem Wörterbuch ein »ausgehöhlter hölzerner Trog mit Fächern, worin den Pferden und dem Rindvieh das Futter vorgesetzt wird«.

Alles in allem war das Ganze eine Krisensituation härtesten Ausmaßes. Was der Heiligen Familie dort als Verpflegung zur Verfügung stand, wird nicht viel gewesen sein. Sicher ist eins: Dresdner Christstolle gab es nicht. Niemand kann vermuten, in einem solchen armseligen Bretterverschlag und in einer solchen notvollen Situation werde zwischen einem Ochsen und einem Esel Heilsgeschichte gemacht, Weltgeschichte vom Kopf auf die Füße gestellt und Friede in das Chaos unserer verdrehten Welt gebracht. Wer soll schon wissen können, dass Jesus Christus hinter den schiefen, ungestrichenen und in ungeölten Angeln schrecklich quietschenden Stalltüren seinen Weg zu uns, für uns und mit uns beginnt. Mit ein paar ganzseitigen Anzeigen in den großen Zeitungen der Welt wäre das ganz anders gelaufen. Ein paar dicke Sponsoren hätten sich engagiert und die Spende von der Steuer abgesetzt. Eine gezielte, gut vorbereitete Talk-Show, eine Web-Adresse: »www.krippe.holynight.de«, und sofort hätte der Informationsprozess in Sachen Welterlösung die wesentlichsten Kreise von Politik und Wirtschaft, die Chefetagen der Konzerne, die Parteibüros der Roten und Grünen und Andersfarbenen, die Tourismusindustrie und die Bischöflichen Ordinariate erreicht samt den Fachgeschäften für liturgische Gewandungen und Weihrauch. Doch das Fest der Geburt Christi findet nicht im virtuellen Raum des Internet statt. Die Geburt des Herrn geschieht nicht in den mehr oder weniger geschmackvollen Schaufenstern der großen Einkaufszentren.

Gott kommt immer von einer Seite, von der her wir es nicht vermuten oder erwarten. Glaube ist kein Artikel der Versandwarenhäuser. Hirten und Schafe, Könige und Kamele mussten sich erst einmal auf die Suche machen ohne die Hilfe von dicken Warenhauskatalogen. Ich denke mir, dass ich gerade zu Weihnachten meine Suchorgane besonders sensibel einzusetzen habe, um mich nach dem Kind umzusehen. Ich muss nach ihm schnuppern, nach ihm tasten. Ich muss die Feinfühligkeit des Augenblicks erlernen. Dann wird Gott mir schenken, seinen Sohn in den unmöglichsten Situationen zwischen Bergen von Dresdner Christstolle oder im Lärm des Bahnhofs Zoo oder in den Dunstwolken von Bratwurst und diversen Sorten Glühwein mit Schmalzstulle auf dem Weihnachtsmarkt am Alex zu erspüren. Vielleicht wird Jesus mir fröhlich zulächeln, wenn ich in dieses Dresdner Weihnachtsspezialgebäck beiße.

Wenn unsere Eltern uns in den längst vergangenen Kriegs- und Hungerjahren gefragt hätten, was wir uns zu Weihnachten wünschten, hätten wir liebend gerne sehr laut gesagt: Dresdner Stolle. Unsere Eltern würden uns ebenso gerne damit bis zum Geht-nicht-mehr gefüttert haben. Die Schwierigkeit lag nur darin, dass ein gewisser Hitler-Adolf gerade eben seinen Endsieg um einige Haaresbreiten verpasst hatte. So lag die Ursprungsstadt der Christstolle total in Trümmern. Heute brauche ich mir diese Backware nicht mehr zu wünschen, es gibt sie tonnenweise. Die Dresdner Stolle hat Krieg und Sozialismus überstanden. Da sind wir bei dem Problem, was ich mir heutzutage zum Fest wünschen soll. Es gibt ja alles, sofern die Euros reichen, jedenfalls wenn es um das Materielle geht. Vielleicht wäre einer meiner nichtmateriellen Weihnachtswünsche, dass es in diesen Tagen ein wenig Stille gibt, um auf die Krippe zu schauen. Ein Weihnachtsfest mit dem Weihnachtslieder-sangeskräftigen Familienvorsteher Peter und seiner klavierspielenden Gattin Tony kann ich mir nicht mehr wünschen. Die beiden feiern schon am himmlischen Originalort das Originalweihnachtsfest mit den Originalpersonen. Ob es da auch himmlische Dresdner Stolle gibt, stand auch nicht im Lexikon für Religion und Theologie. Da müssen wir weitere Forschungsergebnisse kluger Theologieprofessoren abwarten. Im Himmel werden wir es mit Sicherheit erfahren, wenn es uns dann noch interessiert.

Bei uns am Niederrhein gab es keine Dresdner Christstolle. Das lag an den Weihnachtsgebräuchen, die im evangelischen Sachsen sehr viel anders sein können als am katholischen Niederrhein. Und es lag am schlimmen Krieg mit seinem Ersatzkaffee, Kunsthonig und Wurstersatzbrotaufstrich. Also ist meine Erinnerung an die heimatliche Weihnacht geprägt von den spezialedelstahlgehärteten Plätzchen, mit denen Mama und Papa den Baum behangen hatten. Papa brauchte viel Leiter zu halsbrecherischen Aktionen, weil er nach oben hin sehr klein war. Aber er liebte große Christbäume. Wenn die Spitze erst einmal ganz oben auf dem Baum war, konnte Mama den ärztlichen Unfallbereitschaftsdienst wieder abbestellen. Am zweiten Februar durften diese kriegsharten zementähnlichen Backwaren abgegessen werden, nachdem wir sie mit Hammer, Axt und Säge zu zerkleinern versucht hatten. Denn ein Zahnarzt für die ganze weihnachtsbetonplätzchengeschädigte Familie war von den paar Groschen des väterlichen Verdienstes nicht zu bezahlen.

Unsere Oma, in deren Haus wir als Untermieter meist friedvoll wohnten, hatte damals schon Brillengläser von der Dicke eines Einweckglasdeckels. Da sie kaum etwas sehen konnte, trat unsere Ahne aus Versehen auf die neuen Weihnachtsgeschenke. Das waren Spielzeugsoldaten, schön in Feldgrau mit Stahlhelm, Gewehr und Brotbeutel, liegend, stehend, laufend und schießend sowie fallend. Omas Fehltritte auf diese kriegerische Armee waren wohl ein Zeichen des Himmels. Spielzeugsoldaten und Waffen sind das perverseste Geschenk, das zum Fest der Geburt des Friedensfürsten unter dem Weihnachtsbaum liegen kann.

Das schrecklichste und verdrehteste Weihnachtslied ist jenes mit dem Text vom Weihnachtsmann, der morgen kommt. Sein Auftrag ist es laut den Worten des angeblichen Weihnachtsliedes, Trommel, Pfeifen und Gewehr, Fahn' und Säbel und noch mehr, ja ein ganzes Kriegesheer zu bringen. Wie kann man auf die verrückte Idee kommen, Friede sei mit Gewehr und Kriegsheer zu bringen? Offensichtlich ist das auch heute noch, in unserem angeblich so aufgeklärten und fortschrittlichen einundzwanzigsten Jahrhundert möglich. Der Unterschied besteht nur darin, dass es diesmal nicht mit Gewehr, sondern mit Raketen und B 52 probiert wird. Es ist mir unerklärlich, wie man mit höchstperfektionierter Elektronik der Waffensysteme Länder und Völker befrieden will. Vielleicht wird es dann so etwas wie Frieden in einer Friedhofslandschaft. Wer sich zum Friedensbringer hochstilisiert, muss wissen, was er da tut.

Wer von sich aus entscheidet, dass alle friedlichen Mittel, die das Völkerrecht zur Verfügung hat, ausgeschöpft seien, nimmt eine große Verantwortung vor Gott, seinem Gewissen und der Geschichte auf sich. Man kann nicht einen Brand löschen, indem man Feuer anmacht. Ich weiß nicht, was sich der Dichter und Erfinder des Deutschlandliedes Hoffmann von Fallersleben im Jahre 1839 dabei gedacht hat, als er Weihnachten als Fest des göttlichen Friedens mit Trommeln, Pfeifen und Gewehr, Fahn' und Säbel und noch mehr aufrüstete. Schließlich war auch um 1848 ein General

kein Friedensengel, ein Schießgewehr keine Hirtenflöte oder Friedensschalmei, eine Kanonenkugel kein Weihnachtsgebäck, ein Stahlhelm kein Brautkranz und ein Sarg keine Krippe. Niemand wird in weihnachtlicher Feststimmung behaupten können, eine brennende Ölquelle sei dasselbe wie ein friedliches Hirtenfeuer in Betlehem. Keiner soll sich wahnsinniger Weise einbilden wollen, man müsse alle Häuser zusammenschlagen, damit sie dem Stall von Betlehem ähnlich würden. Es ist wohl auch ein grandioses Missverständnis zu glauben, irgendein Volk könne einen göttlichen Hinweis erhalten haben, es solle ein anderes Volk mit Waffengewalt befreien.
Wir haben die geist-seelenlose Infamie dieses Liedes erst richtig begriffen, als es in unserem Haus keine Weihnachtsstolle mehr geben konnte. Nachdem sich der Qualm der Luftminen verzogen hatte, war nämlich kein Elternhaus mehr da, das um einen Familienweihnachtsbaum hätte herumstehen können. Es war auch keine Kirche mehr da, in der die Weihnachtsmesse hätte gefeiert werden können, und kein Bäckerladen, der Dresdner Weihnachtsstolle auf Lebensmittelkarte anbieten konnte. Den Ständer für den Weihnachtsbaum hatten wir aber damals merkwürdigerweise aus der Katastrophe gerettet. Er hat noch vielen Weihnachtsbäumen Standhaftigkeit verliehen, bis wir zum Einzug unserer Mutter in das Seniorenheim den Haushalt in alle Winde und Entsorgungsformen zerstreuen mussten.
Ich habe im Leben dann lernen müssen, dass vor der Weihnachtsstolle das Abenteuer des Einstielens diverser Weihnachtsbäume zu bewältigen ist. Das geht von den Mini-Ständern für Kleinwohnzimmerecken-Tannenbäumchen bis zu gewaltigen, von Zimmermännern gewerkelten Anlagen für Maxi-

malweihnachtsbäume, die mit sechs und mehr kräftigen Männern in der Kirche emporgewuchtet werden müssen. Vor den Erfolg haben die Götter den Schweiß gestellt. Unser sanfter und fröhlicher Vater konnte beim Einstielen der Weihnachtstanne in Zustände geraten, die sehr an den Ausbruch des Vesuvs erinnerten. Beim Aufhängen des Lamettas war aber schon wieder himmelähnlicher Friede. Wenn ich den Baum aufstellte, litt oft nicht nur der Weihnachtsbaum an meiner Ungeschicklichkeit, sondern auch meine höchsteigene Hand. Sie war dann mit Weihnachtsbaumschrammen und Tannenbaumblessuren verziert wie der Baum selbst mit Kugeln und Sternen. Wie die Väter, so die Söhne. Dafür schmeckt das Dresdner Spezialgebäck dann um so besser, aber erst nachher, nicht vorher.
In unseren Tagen gibt es wieder Häuser und Weihnachtsbäume und Pappteller mit Süßigkeiten und Berge von Geschenken, die nach Weihnachten wieder umgetauscht werden können. Bleibt die Frage, ob wir wenigstens auch einen Hauch vom Betlehemsfrieden in unseren Weihnachtsstuben spüren. Mir hilft zu diesem Weihnachtsfrieden die Stunde, in der ich die Krippe aufbaue. Die besitzt inzwischen als Assistenzfiguren einen Fuchs mit einer gestohlenen Gans in der Schnauze, die er zur Krippe schleppt. Dazu kommt eine niedliche Maus, ein Schweinchen und ein wunderbares Kamel mit drei königlichen Weisen aus dem Morgenland. Dann finden sich ein Bündel Heu und vier Elefanten, die eigentlich nicht in den Stil der Altöttinger Krippe passen. Sie sind viel zu klein im Maßstab. Das macht nichts. Im Himmel werden wir feststellen, dass vieles auch in unseren Tagen und in unserem Land an der Krippe war, von dem wir als geübte Berufskatholiken nie gedacht haben, dass es da-

hin passt. In der Barockkirche von Neuzelle haben wir einmal aus Spaß an der Freude mit Puppenmöbeln eine ganze kleine Küche in die Krippe eingebaut. Die sah niedlich aus mit Töpfen und Gemüsekörben und Küchenmessern und kleinen Kohlköpfen. Der Küchenherd war aus Mauersteinen. Die Gottesmutter Maria muss doch schließlich irgendwo kochen können. Oder hat Josef gekocht? Wenn ja, hat er gut gekocht und vor allem: hatte er etwas zu kochen? Als unser menschenfreundlicher, aber etwas penibler zuständiger Ortspfarrer diese Krippeneinbauküche entdeckte, fand er, das sei doch wirklich zu albern und zu viel. Wir konnten diesem Schicksalsschlag nicht ausweichen und mussten zum Schaden von Maria und Josef die Krippenküche wieder demontieren, worauf die Kinder der Gemeinde protestierten, ehe sie wieder zu ihrer Dresdner Weihnachtsstolle zurückkehrten. Aber vorher sangen wir noch mit den Kindern das alte nachdenklich-staunende Weihnachtslied von dem Stall, in dem gar so kalt der Wind weht. Da heißt es dann: »O Kindelein, von Herzen dich will ich lieben sehr, in Freuden und in Schmerzen, je länger mehr und mehr.« Das ist nun eine eigene Art von Gewissenserforschung vor der Krippe, die mir Magenschmerzen bereitet. Liebe ich das Christkind je länger mehr und mehr? Oder liebe ich es leider je länger weniger und weniger?

Am Ende dieser Weihnachtsstollenüberlegungen bleibt die Frage, was ich zum nächsten Christfest meinem Nächsten schenke. Ich sollte die Krippe als Maß für meine Weihnachtsaktionen nehmen. Die ersten Geschenke an der Krippe waren unserem Informationsstand nach Schafskäse und Ziegenmilch. Die besseren Sachen wie Gold, Weihrauch und Myrrhe kamen erst später, weil die Kamele Verspätung hat-

ten. Milch und Käse wurden also zuerst gebracht, und zwar in der wundersamen Verpackung der Liebe. Schafskäse und Ziegenmilch mit Liebe hört sich für einen verwöhnten Mitteleuropäer nach sehr wenig an. Aber es ist unvergleichlich mehr als ein Mercedes für 75.300 Euro ohne Liebe.
Ein Stück Dresdner Christstolle mit Liebe ist viel mehr als ein Wohnzimmerteppich aus Verlegenheit geschenkt. Käse, Milch und Stolle mit Liebe haben dazu noch einen unschätzbaren Vorteil. Man braucht nach Weihnachten mit ihnen keine Umtauschaktion zu starten. Denn Liebe kann man nicht umtauschen. Man muss es auch nicht.

Das blöde Rindvieh, der alte Esel, das dumme Schaf – Tiere an der Krippe

Michael Zielonka

Der Pfarrer bereitete die Kindermesse für Weihnachten vor. Die Kindergärtnerin der Pfarrei hatte das Thema vorgegeben: die Tiere an der Krippe. Weil die Hirten als erste die Geburt des Heilands erfuhren, war klar, dass Schafe bis zur Krippe vorgedrungen sein müssen. Dann sollen dort auch Ochs und Esel angetroffen worden sein. Das aber nur, weil der Prophet Jesaja geklagt hatte, dass diese beiden Tiere ihren Herrn kennen, der Mensch aber nicht.
Vielleicht war es der sprichwörtliche Ochs vor dem Berg und jener Esel, der, wenn es ihm zu gut geht, übermütig auf

dem Eis tanzt? Oder war es der sprichwörtliche störrische Esel oder der mit der Eselsgeduld? Und was muss das für ein Kamel gewesen sein, mit dem die Weisen aus dem Morgenland angeritten kamen?
Während der Pfarrer über all das mit den Gläubigen redete, wurde durch die Kinder klar, dass die Namen von Ochse, Esel, Schaf und Kamel von uns als Schimpfwörter missbraucht werden: Du alter Esel, du dummes Schaf, du blödes Rindvieh! Du borniertes Kamel! Diese Tiere also sind es, die man an der Krippe vorfindet. Und das wohl nicht per Zufall. Darum sollen ruhig noch all die anderen Tiere kommen und sich im Stall von Betlehem aufstellen. Die dumme Gans, die Zimtzicke, der blöde Hund, die alte Eule, der Schmusebär, das Kuschelmäuschen, ja vielleicht sogar, unsäglich es zu sagen, die miese Ratte. Denn wenn sie erst einmal an der Krippe gestanden hat, kommt sie uns vielleicht nachher weniger mies vor. Wenn das auch ein ziemlich frommer Wunsch ist, so können uns doch die Tiere auf ihre Art eine Weihnachtspredigt halten.

Keine Engels-, wohl aber Eselsgeduld

Michael Zielonka

Zu Weihnachten wachsen uns kurzlebige Flügel, sagte der Prediger, eine Dichterin zitierend. Und er fuhr fort: Wenn Sie mal nach hinten in Ihren Rücken greifen, bis dorthin, wohin sie mit Ihren Fingerkuppen gelangen, dann kön-

nen Sie schon eine gewisse Verknorpelung spüren. An dieser Stelle, da werden uns die Flügel herauswachsen.
Nein, liebe Mitchristen, wir wollen uns keine Engelsflügel wünschen, wohl aber etwas von den Qualitäten der Engel: ihre sprichwörtliche Engelsgeduld.
Ach, liebe Mitchristen, auch das ist noch zu viel gewünscht. Wünschen wir uns lieber etwas von den Qualitäten des Esels, der ja auch an der Krippe gestanden haben soll: seine sprichwörtliche Eselsgeduld. Für uns Ungeduldige, in dieser ungeduldigen Zeit, keine Engelsgeduld, wohl aber Eselsgeduld. Als wüchsen den Eseln Flügel. Und das zu sagen, ist wahrhaftig kein religiöser Kitsch.

Die Geburt des Und

Michael Zielonka

»Ehre sei Gott in der Höhe und Friede den Menschen auf Erden, die guten Willens sind.«
So lautete das Glorialied der Engel über den Fluren von Betlehem, das erste Glorialied der Kirche. Jedenfalls wurde

es uns so überliefert. Doch hat der heilige Hieronymus, als er diese Stelle aus dem griechisch geschriebenen Lukas-Evangelium ins Lateinische übersetzte, einen Fehler gemacht. Lukas hatte nicht vom guten Willen der Menschen, sondern vom guten Willen Gottes gesprochen. Entsprechend muss die revidierte Fassung des Glorialiedes lauten: »Ehre sei Gott in der Höhe und Friede auf Erden den Menschen seiner Gnade.« 1947 lieferte eine der bei Qumran gefundenen Handschriften den hebräischen Beleg für die Richtigkeit dieser Übersetzung, die übrigens schon Luther gefunden hatte.

Es lag wohl nicht an der falschen Übersetzung, dass die Menschen im Laufe der Geschichte die Gottesehre ohne den Erdenfrieden zu erreichen versuchten und umgekehrt. Manchmal sogar das eine auf Kosten des anderen. Schon die alten Römer befolgten die Regel »Divide et impera«, »Teile und herrsche«. So gibt es auch heute noch Leute, die Gottesehre und Erdenfrieden auseinanderdividieren, weil es ihnen nutzt. Im selben Maß werden jung und alt, arm und reich, Mann und Frau, einheimisch und – ausländisch, gläubig und ungläubig, normal und anormal auseinanderdividiert. Darum ist das schlichte, schmucklose Wort »und« von so großer Wichtigkeit. »Ehre sei Gott in der Höhe und Friede auf Erden den Menschen seiner Gnade.« Auf das Und kommt es an. Es hält zusammen, was sonst auseinanderdriftet. Es verbindet, was sich sonst auf Kosten des anderen verselbständigt. So unansehnlich, so schmucklos das Und auch ist, so unentbehrlich ist es auch. Wer aber will dieses dienende Und unter Verzicht auf Eigenes sein? Wer kann es sein? Jemand, der verbinden will, muss ja selbst verbindlich sein. Denn im Und ist ein Ja verborgen, ist eine Zusage versteckt. Jesus ist dieses Und. Weihnachten feiern wir die Geburt des Und.

Weihnachten ist wie die Vermählung von oben und unten, von Himmel und Erde, von Ja und Nein, von Gott und Mensch. Je mehr Ehre Gott gegeben wird, desto dichter dürfte der Friede auf Erden sein. Je mehr Frieden wir untereinander halten, desto mehr dürfte sich Gott geehrt fühlen. Seine Ehre ist ja der aufrechte Mensch. Bis wir Menschen das kapiert haben, werden die Engel allerdings lange das Lied von der Ehre Gottes und dem Frieden auf Erden singen müssen. Aber ihre Engelsgeduld ist ja sprichwörtlich.

Ein fröhliches Weihnachtskapitel

Charles Dickens

Weihnachten stand vor der Tür; ganz nahe war die Zeit der Geselligkeit und Gastlichkeit, des Frohsinns und der Freundschaft. Das alte Jahr rüstete sich, wie ein alter Philosoph seine Freunde um sich zu scharen und unter Gesang, Fröhlichkeit und Becherklang sanft und selig dahinzuscheiden. Es war eine muntere und fröhliche Zeit, und munter und fröhlich waren mindestens auch vier der zahlreichen Herzen, die die Ankunft der Weihnachtstage erwarteten.

Und in der Tat, zahlreich sind die Herzen, denen die Weihnachtszeit ein kurzes Glück und eine kurze Freude bringt. Wie viele Familien, deren Mitglieder während des ganzen Jahres hierhin und dorthin zerstreut waren, sind dann vereint und finden einander in Wiedersehensfreude und Vertrautheit, die Quelle sind für ungetrübte Freuden und so unvereinbar mit den Kümmernissen der Welt, daß der religiöse Glaube sowohl der zivilisiertesten Nationen als auch der rohesten Wilden sie zu den vornehmsten und den Seligen vorbehaltenen Freuden des künftigen Lebens zählt. Wie viele süße Erinnerungen, wie viele schlummernde Sympathien vermag doch die Weihnachtszeit zu wecken!

Wir schreiben diese Worte viele Meilen von dem Ort entfernt, wo wir Jahr für Jahr einen munteren Freundeskreis trafen. Viele der Herzen, die damals so fröhlich schlugen, haben aufgehört zu schlagen; viele Gesichter, die einst so hell erstrahlten, strahlen nicht mehr; die Hände, die wir uns reichten, sind kalt geworden; die Augen, die wir suchten, haben ihren Glanz verloren, und doch drängen sich durch das Haus, das Zimmer, die fröhlichen Stimmen und die lachenden Gesichter, durch die Scherze und die Ausgelassenheit alljährlich von neuem all jene Kleinigkeiten und Nebensächlichkeiten in unsere Erinnerung, als wäre die letzte Zusammenkunft erst gestern gewesen. Glückliche, glückliche Weihnachtszeit, die uns zu den Träumen unserer Kindheit zurückgeleitet, dem Alten die Freuden seiner Jugend wieder ins Gedächtnis ruft und den Seemann oder den Reisenden über Tausende von Meilen hinweg an seinen Herd und in sein eigenes Heim zurückzuversetzen vermag!

Doch wir haben uns so in die Vorzüge des Weihnachtsabends verloren, daß wir in unverantwortlicher Weise Mr.

Pickwick und seine Freunde draußen in der Kälte auf der Postkutsche nach Muggleton warten lassen, die sie soeben, gut eingewickelt in Mäntel, Schals und wollene Halstücher, bestiegen haben. Mantel- und Reisesäcke sind längst verstaut, und Sam Weller und der Kondukteur bemühen sich gerade, einen riesigen Kabeljau in einem noch riesigeren Korb in den vorderen Kutschkasten hineinzuzwängen. Er war bis zuletzt zurückgehalten worden, um ihn letztlich auf einem halben Dutzend Austertönnchen unterzubringen, die ebenfalls Mr. Pickwick gehören. Dieser verfolgt mit nicht geringem Interesse Sams und des Kondukteurs Kraftanstrengungen, denen der verstockte Kabeljau unüberwindlichen Widerstand entgegensetzt, bis er schließlich durch einen gezielten Schlag des Kondukteurs den Boden des Kutschkastens durchstößt, gefolgt von dessen Kopf und Schultern und zum Entzücken der Zuschauerschar vor dem Posthaus. Mr. Pickwick lächelt in bester Laune, holt einen Schilling aus der Westentasche und lädt den sich wieder hocharbeitenden Kondukteur ein, ein Glas Grog auf seine Gesundheit zu trinken. Der lächelt ebenfalls, desgleichen die Herren Tupman, Winkle und Snodgrass. Der Kondukteur und Weller verschwinden für ein paar Minuten – wahrscheinlich um ebendiesen Gesundheitstrunk zu sich zu nehmen, denn bei ihrer Rückkehr riechen sie stark nach Rum –, der Kutscher besteigt seinen Bock, Sam Weller springt hinten auf, die Pickwickier ziehen ihre Mäntel über die Knie und ihre Schals über die Nasen, die Knechte nehmen den Pferden die Decken ab, der Kutscher ruft: »Alles in Ordnung!«, und los geht die Fahrt.
Sie kamen rasch voran. Um drei Uhr nachmittags hielten sie vor dem Blauen Löwen in Muggleton. Mr. Pickwick war

damit beschäftigt, die Austertönnchen zu zählen und die Wiederausladung des Kabeljaus zu beaufsichtigen, als ihn jemand an seinen Rockschößen zupfte. Er blickte sich um und erkannte niemand anders als Mr. Wardles Lieblingspagen.
»Aha!« sagte Mr. Pickwick.
»Aha!« sagte der fette Knabe.
Und kaum hatte er »Aha!« gesagt, sah er auch schon die Austertönnchen und den Kabeljau und lächelte vergnügt. Er war fetter denn je, und seine Wangen glühten wie Pfingstrosen.
»Sie sehen aber äußerst gesund aus, mein lieber junger Freund«, bemerkte Mr. Pickwick.
»Ich habe gerade am Kaminfeuer im Schankzimmer ein Nickerchen gehalten«, erwiderte er, »der Herr hat mich mit dem Karren hergeschickt, damit ich Ihr Gepäck hole. Er hätte auch Pferde geschickt, dachte aber, dass Sie bei dieser Kälte lieber zu Fuß gingen.«
»Das stimmt«, sagte Mr. Pickwick, und ihm fiel ein, wie sie einst bei einer ganz anderen Gelegenheit denselben Weg gegangen waren. »Natürlich, wir gehen lieber zu Fuß, Sam!«
»Sir«, antwortete Mr. Weller.
»Helfen Sie Mr. Wardles Diener das Gepäck auf den Karren laden und kommen Sie mit ihm nach. Wir wollen augenblicklich aufbrechen.«
Die Pickwickier schlugen sogleich den ihnen wohlbekannten Fußweg ein und ließen Sam Weller mit dem Diener zurück. Sam blickte ihn voller Erstaunen an, sagte aber kein Wort und begann nacheinander die Gepäckstücke auf den Karren zu laden, wobei der Knabe, ohne einen Finger zu rühren, zuschaute und dabei aussah, als würde es ihn sehr interessieren, daß Sam die ganze Arbeit allein tat.

»So«, sagte Sam und warf den letzten Sack auf den Karren. »Jetzt ist alles drin.«

»Ja«, sagte der fette Knabe. »Jetzt ist alles drin.«

»Hör mal, du junger Fettsack«, sagte Sam, »du bist wahrlich ein seltenes Prachtexemplar von einem Burschen.«

»Danke schön«, sagte der Bursche.

»Gibt es denn nichts, was dich ein bißchen auszehren könnte?«, fragte Sam.

»Nicht daß ich wüßte«, antwortete der Knabe.

»Ich wäre beinahe auf den Gedanken gekommen, daß es da ein junges Frauenzimmer geben könnte, das nichts von dir wissen will«, sagte Sam.

Der Knabe schüttelte den Kopf.

»Das freut mich«, sagte Sam. »Und wie steht's mit dem Trinken?«

»Ich esse lieber«, entgegnete der Knabe.

»Das hätte ich mir denken können«, sagte Sam, »aber was ich gemeint habe, war, ob du vielleicht Lust auf einen kleinen Tropfen hast, der dir dein Herz erwärmt. Obwohl du wahrscheinlich dein Lebtag lang noch nie gefroren hast.«

»Doch, doch, manchmal schon«, erwiderte der Knabe, »aber einen Tropfen trinke ich ganz gern, wenn er gut ist.«

»Wirklich?« fragte Sam. »Na, dann komm mit.« Und sie begaben sich in das Schankstübchen, wo der Knabe ein Glas Branntwein auf einen Zug leerte, was ihn in Mr. Wellers Achtung gehörig steigen ließ. Als Sam es ihm nachgemacht hatte, bestiegen die beiden den Karren.

»Können Sie fahren?« fragte der Knabe.

»Will ich wohl meinen«, erwiderte Sam und bekam von dem Knaben die Zügel in die Hand.

»Da geht's hinauf. Sie können es nicht verfehlen.«

Und mit diesen Worten legte er sich neben den Kabeljau und schlief augenblicklich ein.
»Na, so ein Faultier ist mir ja noch nie untergekommen«, sagte Sam. »He! Aufwachen, du Saufkopf!«
Der Saufkopf machte aber keine Anstalten aufzuwachen, und so brachte ihn Sam im Zustand tiefsten Schlafs nach Dingley Dell.
Unterdessen waren die Pickwickier in froher Erwartung munter vorangeschritten. Als sie in den direkt nach Manor Farm führenden Seitenweg einbogen, vernahmen sie ein lautes Hurra, mit dem sie Mr. Wardle samt einer großen Gesellschaft begrüßte.
Der alte Herr sah womöglich noch fröhlicher aus als früher. Seine Gesellschaft bestand aus Bella, ihrem getreuen Mr. Trundle, Emilie und fast einem Dutzend junger Mädchen, die allesamt zu der am folgenden Tag stattfindenden Hochzeit eingeladen waren und so vergnügt und wichtig aussahen, wie es bei jungen Damen unter solchen bedeutenden Umständen der Fall zu sein pflegte.
Die Pickwickier und die Hochzeitsgäste wurden einander vorgestellt, und schon nach zwei Minuten scherzte Mr. Pickwick, als hätte er sie alle schon von Jugend an gekannt, ungezwungen mit den Damen, die so lange nicht über einen Zaun steigen wollten, solange er ihnen dabei zusah – oder die, weil sie sich ihrer zierlichen Füße und hübschen Knöchel bewußt waren, mehrere Minuten lang oben auf dem Zaun ausharrten und vorgaben, vor lauter Angst keinen Schritt mehr tun zu können. Auch ist es einer Bemerkung wert, daß Mr. Snodgrass Emilie weit mehr Aufmerksamkeit entgegenbrachte, als aufgrund der Zaunhöhe nötig gewesen wäre, während eine andere, schwarzäugige junge Dame

mit allerliebsten kleinen Pelzstiefelchen entsetzlich aufschrie, als Mr. Winkle ihr seine Hilfe anbot.
Das alles war äußerst belustigend und angenehm, und als endlich alle Hindernisse überwunden waren und sich die ganze Gesellschaft wieder auf ebener Erde befand, teilte der alte Mr. Wardle Mr. Pickwick mit, daß sie alle zusammen die Wohnung in Augenschein genommen hätten, die das junge Paar nach dem Christfest beziehen sollte. Bella und Trundle wurden bei dieser Mitteilung genauso rot wie der Knabe am Kaminfeuer der Schankstube, und die schwarzäugige junge Dame mit den Pelzstiefeln flüsterte Emilie etwas ins Ohr und blickte verschmitzt zu Mr. Snodgrass hinüber. Emilie schalt ihre Freundin daraufhin, sie sei ein dummes Ding, errötete aber nichtsdestoweniger ganz gehörig, während Mr. Snodgrass, der so beschämt war, wie nur Genies beschämt sein konnten, die Röte in seinem Gesicht aufsteigen fühlte und die schwarzäugige junge Dame im Innersten seines Herzens dorthin wünschte, wo der Pfeffer wächst.
Im Haus wurden die Pickwickier ebenso mit allergrößter Herzlichkeit und Freude begrüßt. Sogar die Hausmädchen jauchzten vor Vergnügen, als sie Mr. Pickwick sahen, und Emma warf Mr. Tupman einen so eindeutig verschämten wie unverschämten Blick der Wiedersehensfreude entgegen, dass nicht viel gefehlt hätte und die Statue Bonapartes hätte ihre verschränkten Arme geöffnet und Emma an ihre Brust gedrückt.
Die alte Dame indes saß wie immer im Kaminwinkel, war aber verdrießlich und infolgedessen ungewöhnlich taub. Sie ging niemals aus und betrachtete es deshalb, so wie manche Damen ihres Schlages, als häuslichen Verrat, wenn sich andere die Freiheit herausnahmen, etwas zu tun, zu dem sie nicht mehr imstande war.

»Mutter«, sagte Mr. Wardle, »Mr. Pickwick ist da. Du erinnerst dich doch noch an ihn?«
»Bemüh nicht Mr. Pickwick wegen einer alten Person wie mir«, entgegnete sie. »Kein Mensch kümmert sich um mich – was nur zu verständlich ist.«
Die alte Dame warf bei diesen Worten ihr Haupt naserümpfend in die Höhe und glättete mit zitternder Hand ihr lavendelfarbenes seidenes Kleid.
»Aber Madam«, sagte Mr. Pickwick, »wie sollte ich zulassen, daß Sie einen alten Freund auf solche Art zurückweisen, wo ich doch extra gekommen bin, um mit Ihnen gemütlich zu plaudern und eine Partie Whist zu spielen. Wir werden es den jungen Leuten schon zeigen, wie man ein Menuett tanzt, bevor sie achtundvierzig Stunden älter geworden sind.«
Augenscheinlich besserte sich die Laune der alten Dame, aber sie wollte noch nicht gleich nachgeben und erwiderte daher: »Ah, ich kann ihn nicht verstehen.«
»Unsinn, Mutter«, sagte Mr. Wardle, »sei nicht albern! Denk doch an Bella! Du mußt jetzt dafür sorgen, daß das arme Mädchen nicht der Mut verläßt.«
Die gute Großmutter verstand alles, denn ihre Lippen zitterten, als ihr Sohn zu ihr sprach. Doch das Alter hat seine kleinen Schwächen und Launen, und sie zierte sich daher noch immer.
Abermals glättete sie ihr lavendelfarbenes Kleid und sagte: »Ach, Mr. Pickwick, die jungen Leute waren ganz anders, als ich ein Mädchen war.«
»Ohne Zweifel, Madam«, erwiderte Mr. Pickwick, »das ist auch der Grund, warum ich die wenigen so schätze, die noch vom alten Schlag sind.«

Und er reichte, als er so sprach, Bella sehr galant die Hand, küßte sie auf die Stirn und bat sie, auf dem kleinen Stuhl vor ihrer Großmutter Platz zu nehmen. Die alte Dame war gerührt, umarmte ihre Enkelin, und ihre Übellaunigkeit verflüchtigte sich in einem Strom stiller Tränen.
Die Gesellschaft war ausgelassen und fröhlich. Während Mr. Pickwick und die alte Dame gesetzt und feierlich eine Whistpartie nach der anderen spielten, wurde am Nebentisch um so ungezwungener gelärmt und gelacht. Lange nachdem sich die Damen zurückgezogen hatten, saßen die Herren noch immer bei ihrem mit Gewürzen verfeinerten heißen Wein, und ein fester Schlaf mit angenehmen Träumen war die Folge. Bemerkenswert ist die Tatsache, daß Mr. Snodgrass die ganze Nacht von Emilie, und Mr. Winkle zur selben Zeit von einer gewissen schwarzäugigen und verschmitzt lächelnden jungen Dame mit Pelzstiefelchen träumte.
Am nächsten Morgen wurde Mr. Pickwick von einem Lärm geweckt, der selbst den fetten Knaben aus tiefstem Schlummer aufgeweckt hätte. Er richtete sich in seinem Bett auf und horchte. Die jungen Damen und die Hausmädchen eilten beständig hin und her, riefen ununterbrochen nach heißem Wasser und nach Nadeln und Zwirn und baten allenthalben: »O komm doch und schnür mich!«, daß Mr. Pickwick in seiner Unschuld glaubte, ein Unglück sei geschehen. Gerade wollte er aus dem Bett steigen und zu Hilfe eilen, da erinnerte er sich, nun endlich wach, der bevorstehenden Hochzeit. Er kleidete sich mit großer Sorgfalt an und ging ins Frühstückszimmer hinunter.
Die Hausmädchen liefen in nagelneuen rosaroten Musselinkleidern voller Eifer und Aufregung treppauf, treppab. Die alte Dame hatte ein Brokatkleid angelegt, das schon seit

zwanzig Jahren kein Tageslicht mehr gesehen hatte. Mr. Trundle war aufs beste gelaunt, wenngleich ein wenig nervös. Mr. Wardle versuchte unbekümmert auszusehen, was ihm aber nicht allzu gut gelang. Und sämtliche junge Damen waren in Tränen und weißem Musselin, ausgenommen jene zwei oder drei Auserlesenen, die insgeheim einen Blick auf Braut und Brautjungfern werfen durften. Alle Pickwickier hatten sich aufs Schönste herausgeputzt, und draußen vor dem Herrenhaus lärmten und lachten und sangen alle Knechte und Buben von Manor Farm und Dingley Dell aus Leibeskräften, jeder mit einer weißen Schleife im Knopfloch und angespornt von Mr. Samuel Weller, der sich schon in kürzester Zeit äußerst beliebt gemacht hatte und sich fühlte, als wäre er auf Manor Farm geboren und aufgewachsen. Eine Hochzeit ist für jedermann immer wieder Anlaß, Witze zu reißen – obwohl sie in Wahrheit alles andere als witzig ist. Wohlgemerkt, wir sprechen hier lediglich von der Hochzeitszeremonie und verbitten uns jedweden versteckten Spott über das eheliche Leben. In die Hochzeitsfreude mischt sich der Schmerz, das väterliche Haus zu verlassen, die Tränen der Trennung zwischen Eltern und Kind, das Bewußtsein, die teuersten, treuesten und liebevollsten Menschen zu verlassen und von der schönsten Zeit im Leben Abschied zu nehmen – um mühevollen, minder glücklichen Tagen entgegenzugehen.

Doch wir wollen uns von so trüben Gedanken nicht aufhalten lassen und melden daher pflichtschuldigst, daß die Trauung von dem alten Geistlichen in der Kirche von Dingley Dell vollzogen wurde, daß Mr. Pickwick seinen Namen in das Trauregister setzte – was bis heute in der Sakristei zu lesen ist –; daß ferner die schwarzäugige Dame ihren Namen mit sehr unsicherer, zitternder Hand schrieb; daß Emiliens und der zweiten Brautjungfer Namenszüge kaum zu entziffern sind; daß alles einen vortrefflichen Fortgang nahm; daß die jungen Damen am Ende übereinkamen, eine Trauung sei gar nicht so schrecklich, wie sie gedacht haben; und daß, obgleich die Besitzerin der schwarzen Augen Mr. Winkle soeben versicherte, niemals im Leben sich einer so peinigenden Handlung zu unterziehen, wir die besten Gründe haben, anzunehmen, daß sie gründlich im Irrtum war. Wir können all dem hinzufügen, daß Mr. Pickwick die Neuvermählte als erster beglückwünschte und daß er ihr dabei eine prachtvolle Uhr an einer goldenen Kette um den Hals hängte, die außer dem Juwelier niemand zuvor zu Gesicht bekommen hatte. Frohes Glockengeläut beschloß die Feierlichkeiten, und die Hochzeitsgesellschaft kehrte wieder nach Manor Farm zum Frühstück zurück.

»Wo sollen denn die Weihnachtskuchen hin, junger Opiumfresser?«, fragte Sam den fetten Knaben, während er ihm half, die Gerichte aufzutragen.

Der Knabe wies ihm mit dem Finger die Stelle zu.

»Gut«, sagte Mr. Weller. »Tu aber auch ein bißchen Weihnachtsgrün hinein. In die andere Schüssel. So. Jetzt nehmen wir uns wenigstens hübsch ordentlich und komfortabel aus, sagte der Vater, als er dem Jungen den Kopf abschlug, um ihn vom Schielen zu kurieren.«

Sam trat einige Schritte zurück und betrachtete seine Arrangements mit großem Stolz, als die Hochzeitsgesellschaft zurückkehrte. Alle nahmen Platz, und Mr. Pickwick mußte sogleich mit dem armen Mr. Wardle auf das Glück der Neuvermählten anstoßen, was er mit größtem und wahrhaftigstem Genuß erledigte.

Die alte Dame präsidierte in ihrer ganz ehrwürdigen Pracht oben am Tisch zwischen ihrer soeben vermählten Tochter und Mr. Pickwick und begann sogleich, ihm den Hergang ihrer eigenen Hochzeit zu erzählen, wobei sie einen Bericht über die unterschiedlichsten Moden ihrer Jugendzeit, das Leben und Abenteuer der schönen seligen Lady Tollimglower und allerlei andere Episoden allerlei anderer, längst verstorbener Bekanntschaften ihres Lebens zum besten gab. Sie lachte herzlich dabei, und die jungen Mädchen lachten herzlich über ihre gesprächige Großmama. Und weil die jungen Mädchen lachten, lachte auch die Großmama und sagte, diese Geschichten seien ihr immer schon äußerst unterhaltsam vorgekommen, worauf die jungen Mädchen abermals anfingen zu lachen, was die Großmama wiederum in die allerrosigste Laune versetzte. Dann wurden die Kuchen angeschnitten und verteilt, und die jungen Damen hoben sich kleine Krümelchen davon auf, um sie später unter ihre Kopfkissen zu legen und von ihrem Zukünftigen zu träumen, was nicht wenig Erröten und Heiterkeit nach sich zog.
Mr. Pickwick forderte Mr. Miller auf, ein Glas mit ihm zu trinken.
»Schließen Sie mich mit ein«, sagte der alte Geistliche.
»Mich auch«, forderte seine Frau.
»Mich auch! Mich auch!«, riefen ein paar arme Verwandte vom unteren Ende der Tafel, die ordentlich gegessen und getrunken hatten und über alles lachen mußten, und Mr. Pickwick strahlte übers ganze Gesicht...
Als Sam seine moralische Erzählung, von welcher der fette Knabe äußerst ergriffen schien, beendet hatte, begaben sich alle drei in die geräumige Küche, wo sich unterdessen alle Hausbewohner versammelt hatten, gemäß dem alljährlich

wiederkehrenden weihnachtlichen Brauch, an den sich des alten Wardle Vorfahren seit unvordenklichen Zeiten gehalten hatten.
Soeben hatte der alte Herr mit eigenen Händen einen mächtigen Mistelzweig hoch oben an die Decke gehängt, und im Handumdrehen wurde er zum Anlaß eines lustigen Hin und Hers und allgemeiner Konfusion. Mr. Pickwick nahm mit einer Galanterie, die einem Abkömmling Lady Tollimglowers selbst zur Ehre gereicht hätte, die alte Dame bei der Hand, führte sie unter den mystischen Zweig und küßte sie – von Kopf bis Fuß ein Gentleman –, und die alte Dame ließ es sich gefallen mit einer dem Anlaß entsprechenden Würde und Feierlichkeit. Die jüngere Damenwelt dagegen, die von solcherart Aberglauben weniger hielt oder der Meinung war, der Wert eines Kusses steige um ein Beträchtliches, wenn er sich nicht so leicht rauben ließe, kreischte und sträubte sich und floh in sämtliche Winkel, um den Küssen zu entgehen, jedoch keine von ihnen entfernte sich aus der Küche. Schließlich kamen einige der weniger verwegenen Herren auf die Idee, von der ganzen Sache abzulassen, was zur Folge hatte, daß sämtliche Damen es nunmehr für vergeblich erachteten, Widerstand zu leisten, und sich samt und sonders hingebungsvoll küssen ließen. Mr. Winkle küßte die Dame mit den schwarzen Augen, Mr. Snodgrass küßte Emilie, und Mr. Weller, dem es offensichtlich nicht so wichtig war, ob er nun gerade unter dem Mistelzweig stand oder sonstwo, küßte Emma und alle anderen Hausmädchen, so wie sie ihm in die Hände liefen. Und was die Mitglieder der übrigen Verwandtschaft betrifft: Jeder küßte jeden, sogar die unansehnlichsten unter den Besucherinnen, die allesamt den Kopf verloren hatten und unter den

Mistelzweig gerieten, kaum daß er aufgehängt war. Mr. Wardle stand mit dem Rücken zum Feuer und genoß die Szenerie, während der fette Knabe sich die Gelegenheit nicht entgehen ließ, ein ordentliches Stück Weihnachtskuchen, das für jemand anderes reserviert war, in sich hineinzuschlingen.

Der Lärm und das Lachen hatten sich gelegt, die Gesichter glühten, und die Frisuren waren zerzaust, als Mr. Pickwick immer noch frohgelaunt unterm Mistelzweig stand.

Plötzlich sprang die junge Dame mit den schwarzen Augen auf ihn zu, die eben noch mit ihren Freundinnen geflüstert hatte, schlang ihren Arm um seinen Hals und küßte ihn auf die linke Wange. Und ehe Mr. Pickwick noch recht wußte, wie ihm geschah, wurde er von allen umringt und geherzt. Es war unendlich reizend mitanzusehen, wie Mr. Pickwick in die Mitte genommen und bald hierhin, bald dorthin gezerrt, wie er zuerst aufs Kinn, dann auf die Nase, dann wieder auf die Brille geküßt wurde, wie das Gelächter und die Freude nicht aufhören wollten, und wie er ein paar Augenblicke später mit verbundenen Augen und ausgestreckten Armen gegen Wände und Ecken taumelte. Voller Freude gab er sich dem Blinde-Kuh-Spiel hin, bis er schließlich einen der armen Verwandten erwischte und sich nun selber in Sicherheit bringen mußte – was ihm aber mit großem Geschick und unter Beifallsstürmen aller Anwesenden glänzend gelang. Die armen Verwandten wollten immer nur diejenigen am liebsten fangen, von denen sie glaubten, daß sie sich auch gern fangen ließen, und als alle am Ende keine Lust mehr am Blinde-Kuh-Spiel hatten, wurde mit dem Löwenmaul-Spiel angefangen. Danach – alle Rosinen waren aufgegessen und nicht wenige Fingerspitzen verbrannt –

setzte man sich an das gewaltig lodernde Kaminfeuer zu einem Abendessen nieder, und in einer riesigen Bowle, die kaum kleiner war als ein Waschkessel, brodelten und zischten die heißen Äpfel verlockend, daß keiner unserer Freunde widerstehen konnte.
»Das«, rief Mr. Pickwick in die Runde, »das nenne ich eine gelungene Weihnachtsstimmung!«
»So ist es bei uns jedes Jahr!«, erwiderte Mr. Wardle.
»Am Weihnachtsabend setzen wir uns alle, so wie wir sind, zusammen, Herrschaft und Dienerschaft, bis die Glocke zwölf schlägt, um den Heiligen Herrn Jesus zu begrüßen, und vertreiben uns mit allen möglichen Spielen und Geschichten die Zeit. Trundle, mein lieber Junge, leg noch einmal nach.«
Und Tausende von Funken stoben empor, und die hoch auflodernden Flammen warfen ihren Schein bis in die hintersten Winkel des Zimmers und zauberten eine fröhliche Farbe in jedes Gesicht.

Die Weihnachtsgans

Oskar Maria Graf

Am Weihnachtstag gegen viertel nach zehn Uhr in der Frühe ereignete sich in einem Gässchen der Altstadt ein schier unglaublicher Vorfall: Leute, die vom Hochamt heimgingen und an dem Hause Nr. 18 vorüberkamen, blieben plötzlich starr stehen, glotzten wortlos in die Höhe und riefen gleicherzeit ein abgehacktes »Oho! Oho!« Im nächs-

ten Augenblick bildeten sie einen heftig gestikulierenden, wild ineinander schimpfenden Ring.
»Also, tja! … Also, da hört sich doch alles auf! Also – das ist denn doch …«, plärrte der Metzgermeister Heinagl mit seiner krachenden Stimme, wurde aber von den keifenden Weibern überschrien, so dass man nur noch zusammenhanglose Worte wie: »Unverschämtheit! … Niederträchtig! Glatt aufgehängt gehört …!« verstand. Nieder beugten sich die empörten Leute, nieder aufs Pflaster, und der Lärm wurde immer ärger.
»Andere wissen nicht, wo sie ein Stück Brot hernehmen sollen –!« rief eine helle Stimme bebend, und: »So eine Hundsbande, so eine miserablige! … Polizei!« überschmetterte sie Heinagl energisch. Aus den Fenstern der Häuser rechts und links von der Straße reckten sich Köpfe, und die Gesichter der Herabschauenden waren nicht weniger verdutzt und empört.
»Jaja, so was! … So was! Tja …!« riefen etliche baff, und ein Schimpfen und Streiten erfüllte die enge Gasse, Beleidigungen flogen herum wie aufgescheuchte Fledermäuse. Endlich kam ein Schutzmann im Eilschritt daher. Der Ring auf der Gasse zerteilte sich.
»Da! Da schaun S', Herr Wachtmeister! Also so eine Bande gehört doch glatt umbracht!« erhitzte sich der Metzgermeister, und alle waren seiner Meinung.
Was war eigentlich geschehen? Kurz gesagt das: Jemand aus dem Hause Nr. 18 hatte eine wunderbar gerupfte, bratenfertige Gans aus dem Fenster geschmissen. Die lag jetzt, aufgeplatzt und leicht ramponiert, auf dem Pflaster. Eine Gans notabene, die – wie der Schutzmann in schneller Prüfung feststellte – absolut frisch, wunderbar zart und zum An-

beißen appetitlich war! Diese Kostbarkeit in jener Zeit wie der heutigen, wo Tausende elendiglich hungern müssen, die hatte jemand ganz mutwilligerweise, ganz aufreizend frech auf die Gasse geworfen!!

Der Ring um den Schutzmann wurde immer größer und wilder. Vorne, von der breiten Straße kamen massenhaft Neugierige dahergerannt. Das Fragen, das Schimpfen und Plärren schwoll immer gefahrdrohender an. Der Schutzmann packte kurzerhand die nackte Gans an den zusammengebundenen Hinterschenkeln und trat martialisch in das Haus Numero 18. Eine gedrängte Menge Neugieriger folgte ihm.

»Ist etwa die Gans von Ihnen? Haben Sie ...?« fragte der Schutzmann, die Gans hochhaltend, an der ersten Türe. Die dichten Leute hinter ihm schauten mit Fangaugen und wahren Lynchgelüsten auf die in der Türe Auftauchenden.

»Wir? ... Ausgeschlossen! Wir wissen nichts!« war ungefähr die jedesmalige Antwort. Parterre konnte es nicht gewesen sein. Die Türen flogen krachend zu. Der Schutzmann mit den Schimpfenden stieg höher. Das ganze Stiegenhaus erfüllte sich mit dumpfem Grollen. Im ersten Stock, beim Steuerbeamten Wengerl, gab es ausnahmsweise Schweinsbraten, daneben, beim Zigarrenhändler Aubichler, roch man schon von weitem das Kraut, im zweiten und dritten Stock war nichts Verdächtiges festzustellen oder zu erfragen, im vierten Stock ...?

»Wohnt denn da überhaupt wer droben?« fragte er die hutzelige Kleinrentnerin Felbinger und schaute an den muffigen, rissigen Wänden hoch.

»Wohnen schon, jaja, Herr Wachtmeister, aber von dem wird's sicher nicht sein. Der ist ja schon über dreiviertel Jahr arbeitslos«, meinte die Rentnerin. Schon wollte der Schutzmann unverrichteter Dinge gehen, gab sich aber plötzlich einen Ruck und stieg ganz zum verwahrlosten Speicherbereich hinauf. Rechts auf der Türe hing eine Pappendeckeltafel: »Das Betreten des Speichers mit offenem Licht ist verboten!«

Und links – ja, da war auch noch eine. Kein Klingelknopf, kein Namensschild des Inwohners, gar nichts.

Etwas benommen standen die rebellischen Menschen auf der Stiege. Der Wachtmeister klopfte einmal, klopfte zweimal, klopfte zum drittenmal und sagte bassig, beamtenhaft scharf: »Aufmachen! Polizei!«

In der Tür erschien ein völlig verschlampter, zaundürrer Mensch mit verhedderten Bartstoppeln, hohlen, finsteren Augen und einem Gesicht wie abgenagt.

»Gehört vielleicht Ihnen die Gans? Haben Sie sie …?« fragte der Wachtmeister bedeutend unsicherer und hielt sie hin. Die hinter ihm Stehenden stockten atemlos, denn der Mann gab ohne Umschweife zu: »Jaja, ich hab die Gans 'nuntergeschmissen!« und bekräftigte sogar noch einmal: »Jawohl, ich!« Sekundenlang blieb es stockstill.

»Sie …? Was, Sie!« fasste sich der Wachtmeister als erster und bekam eine härtere Miene: »Was ist denn jetzt das für ein Unfug!« Damit trat er durch die Türe, und die Leute drängten nach. Zuerst kam ein ganz schmaler, dunkler, nach Moder riechender Gang. Der Wachtmeister riss eine zweite Türe auf, und es wurde heller. Da war eine kalte, fast leere Mansarde mit schrägen Wänden und einem dickgefrorenen Fenster, durch welches nur spärliches Licht fiel. Auf der einen Seite stand eine durchgesackte Metallbettstelle, darauf lag ein Berg von undefinierbaren Lumpen. Neben dem Bett stand ein einziger Stuhl, auf dem ein dreckiger, voller Aschenbecher mit einer angerauchten kurzen Pfeife zu sehen war. Auf der anderen Seite befand sich ein runder, niederer, zersprungener eiserner Ofen, sonst nichts. Verkohlte Zeitungsfetzen, Tabakasche und abgebrannte Streichhölzer lagen auf dem Boden herum. Eine schmale Tür stand offen. Durch sie sah man in ein finsteres Loch, aus dem ein gleichmäßiges Wassertropfen drang.

»Wenn der Herr Wachtmeister sich vielleicht überzeugen wollen. Ich meine wegen dem Tatbestand. Da drinnen ist sozusagen meine Küche«, deutete der Mann durch die dunkle Türe, und noch spöttischer setzte er dazu: »Ist ja weiter nicht interessant. Gas abgesperrt, das Elektrische abgesperrt, aber das Wasser rinnt noch... Ich hab' leider kein Streichholz mehr, aber, bitte, wenn der Herr Wachtmeister vielleicht eines haben, bitte!« Seine freche, ironische Sicherheit und die unerwartet trostlose Umgebung machten den Wachtmeister und die Leute sichtlich verlegen. Der Metzgermeister Heinagl zündete ein Streichholz an. Einige Neugierige reckten ihre Köpfe in das dunkle Loch. Nichts war drinnen als ein Ausguss mit einem tropfenden Wasserhahn. Auf dem Boden stand ein verrosteter Spiritusapparat und eine aufgerissene Schachtel mit fettigem Papier. Ein schrecklicher Gestank kam aus dem Loch.

»Pfui Teufel!« machte Heinagl,und das abgebrannte Streichholz fiel ihm aus der Hand. Schnell verglomm es auf dem Boden.

»Woher haben Sie denn die Gans?« wandte sich der Wachtmeister nach einer kurzen Pause wiederum an den Mann, und der verzog höhnisch den Mund.

»Woher ich die hab'? Ja, hm, ich bin dazugekommen wie die dumme Jungfer zum Kind, Herr Wachtmeister ... ganz unverhofft!« fing der ungeniert keck zu erzählen an: »Weitschichtige Verwandte vom Land draußen haben mir damit was Gutes antun wollen. Grad vor einer Stund' hat die Post das Paket gebracht … Sie haben ja die Schachtel gesehen da drinnen, oder?

Der Wachtmeister nickte und machte eine abwehrende Geste, weil der Mann die Schachtel herausholen wollte.

»Hmhm, seltsam! Hmhm«, machten etliche und wussten nichts weiter.

»Ja ja, seltsam, nicht wahr? Komisch, so was!« wandte sich der Mann an die Leute: »Aber was sollt' ich jetzt eigentlich mit dem Viech da machen? Mit jedem im Haus hab ich Feindschaft, der Hauswirt will mich schon lang rauswerfen. Holz hab ich keins, das Gas ist abgesperrt … Braten geht also nicht und roh, wissen Sie, roh – «

»Aber da wirft man doch nicht einfach die wertvolle Gans beim Fenster 'nunter!« unterbrach ihn der Schutzmann ein bisschen weniger streng: »Sowas in heutiger Zeit, das ist doch aufreizend! Das ist doch höherer Unfug!«

»Und außerdem – so ungeschickt schaun Sie doch nicht aus!« wurde er noch um eine Tonlage freundlicher und maß den zerschlampten Menschen: »Außerdem könnten Sie die Gans doch verkaufen oder wo braten lassen…"

»Verkaufen …? Hm, wem denn, Herr Wachtmeister? Wem denn am Weihnachtssonntag, wo sich doch jeder schon eingedeckt hat? … Bekannte hab' ich nicht, und, das müssen Sie doch zugeben, wenn unsereins mit so einer Gans daherkommt und bietet sie an – traut man dem vielleicht?« meinte der Mann lebhafter, aber schon sah er, dass etliche der Umstehenden die Gans mit Kennerblicken musterten, dass die Augen rundherum interessierter wurden. Der Wachtmeister erfasste die Situation ebenso schnell und fragte geradeheraus: »Will von den Herrschaften vielleicht jemand die Gans kaufen?«

»Billig!« setze der Besitzer dazu und versuchte gefroren zu lächeln. Dieses Stichwort wirkte augenblicklich. Schnüffelnd blickten die Leute auf die unerwartete Beute. Zögernd erst, dann aber immer ungenierter drängten sie sich heran, und jeder betappte die nackte, kalte Gans von allen Seiten.

»Ein fettes Bröckerl! ... Was soll's denn kosten?« sagte der Heinagl, zunächst nur so, als sei er nicht allzu interessiert. Dabei schob er seine Hand unter die Gans und wog sie fachmännisch.

»Zehn Mark, meinetwegen!« sagte der Besitzer ahnungslos.

»Ich geb elf! ... Elf sofort!« mischte sich eine aufgedonnerte Frau ein und nestelte schon in ihrer Handtasche. Durch das lange Verweilen der Leute waren auch etliche Inwohner angelockt worden.

»Ich zahl' Ihnen zwölf! ... Zwölf! Mein letztes Wort!« rief der Zigarrenhändler Aubichler, und auf einmal wurde das Überbieten hurtiger.

»Da, Herr! Fünfzehn von mir, da!« bot der Heinagl. Der Aubichler drängte sich vor und wurde herzhafter: »Herr Regler, wir sind doch Nachbarn! ... Feindschaftlich stehn wir doch nicht miteinander ... Da, ich geb' Ihnen zwanzig! Meine Frau macht die Gans, und es soll auch etwas für Sie abfallen!« Er schnitt ein ungewöhnlich mildtätiges Gesicht und fing zu lamentieren an, warum er denn nichts gesagt habe, der Herr Regler, jetzt, wo Weihnachten ist, hätte man ihm doch geholfen. Das brachte den Heinagl in Harnisch.

»Fünfundzwanzig, und mir muss sie g'hören!« überschrie er alle: »Fünfundzwanzig!« Und biderb log er weiter: »Das ist gewiss ehrlich 'zahlt, aber lumpen will ich mich nicht lassen, Herr … Ihre acht, höchstens neun Pfund wiegt die Gans … Meiner Schätzung nach sogar weniger!«

»Weniger, ha! … Gut ihre zehn Pfund hat's, die Gans!« höhnte die aufgedonnerte Frau: »Herr, wenn Sie wollen … Ich zahl' Ihnen siebenundzwanzig und mitessen können's auch!«

»Dreißig, Herrgott! Dreißig, damit Frieden ist! Da! Mir gehört sie, die Gans! Da, Herr Nachbar!« überbot Heinagl alle martialisch, streckte die Scheine hin und packte die Gans. Der Wachtmeister musste dünn lachen. Der Mansardenbewohner Regler hielt die Scheine in der Hand und nickte.

»Da können Sie sich auch einen guten Tag machen, Herr Nachbar!« meinte Heinagl und schaute ihn treuherzig an: »So bin ich durchaus nicht! Für einen armen Menschen hab' ich all'weil ein Herz g'habt!« Fest drückte er die Gans unter seinen Arm.

»Na also! … Sehn Sie, Herr Regler, es ist ja alles ganz gut 'gangen!« schloss der Wachtmeister. Die meisten Leute hatten trotzdem ärgerliche Gesichter und fühlten sich von Heinagl düpiert, aber sie folgten, als der Wachtmeister jetzt aus der Türe ging.

»Ihre zwölf Pfund wiegt die Gans sicher!« konnte sich der Aubichler nicht enthalten zu sagen, und die aufgedonnerte Frau stimmte ihm zu. Aber das hörte schon niemand mehr. Die Türe fiel zu. Über die knarrenden Treppen hinab tappten die vorhin noch so empörten Leute. –

Der Arbeitslose Regler machte sich auch wirklich einen guten Tag, und in der anderen Frühe schrieb er an seine mildtätigen Verwandten auf dem Lande den wahrheitsgetreuen Sachverhalt. Sehr ironisch lasen sich die Zeilen. Die

Spender der Gans, die Apothekerseheleute Querlinger in Aglfing, waren empört darüber.
»Da hast du es wieder mit deiner Mildtätigkeit! ... Lauter Lumpen, so arbeitsscheue Burschen! Was zu essen wollen sie gar nicht, bloß Geld zum Verjubeln!« grantelte der Apotheker seine Frau an. Sie schworen sich, nie mehr wieder auf die rührenden Reden über die Winterhilfe, die das Radio jeden Tag daherschmetterte, zu hören.
Der Metzgermeister Heinagl hingegen wog die Gans daheim sofort. Fast elf Pfund war sie schwer. Er pfiff beinahe lüstern durch die Zähne. Und als er später das Prachtstück wohlig verzehrte – am trauten Familientisch –, da brach wirklich sein Herz durch. »Herrgott, eine Not ist das, Zenzl! Eine Not heutigentags! ... Man macht sich keinen Begriff davon!« beteuerte er. Seine kleinen Augen verschwammen dabei. Er hielt mit beiden Händen den fetten Gansschenkel. Rechts und links aus seinen malmenden Mundwinkeln rann der köstliche Saft...

Als Mister Gott ein Baby war

Anna Fynn

Mister Gott ist jetzt sehr alt, aber früher mal, da war er jung und davor ein Baby und davor war er noch nicht mal geboren, und da gab's noch gar keine Welt und keine Sterne und überhaupt nix. Außer dem Papa und der Mama von Mister Gott. Die waren so groß, dass für nix andres mehr Platz war.

Wenn du was ganz winzig Kleines sehen willst, dann musst du ganz nah rangehen. Aber wenn du einen großen Berg hast, dann kannst du ihn nicht sehen, wenn du so nah rangehst wie an einen Marienkäfer. So war es auch bei dem Papa und der Mama von Mister Gott. Die waren viel zu groß für unseren Grips. Das fanden sie schade. Darum haben sie ein Baby gemacht. Das war ein bisschen kleiner, grad so viel, dass man es auch von nah sehen konnte.

Aber nicht im Finstern. Drum haben sie sich Licht gemacht. Und zum Spielen machten sie ihm Engel. Die haben ihm zur Geburtstagsparty Sterne angezündet. Immer noch einen und noch einen, jedes Jahr. Bis der Himmel ganz voll war mit Sternenkerzen. Und der kleine Babygott, den haben seine Eltern richtig erzogen. Er musste »bitte sehr« und »danke schön« sagen, wenn er etwas haben wollte. Dafür haben sie ihm dann die Welt gemacht. Aber nicht aus Gold oder Zucker, sondern aus Dreck von der Straße, damit er nicht so verwöhnt wird. Seine Mama hat die Dreckpantsche wie Teig in den Händen zu einem Kloß gerollt und draufgespuckt, und der Papa hat ihn dann in die Luft geworfen,

und das war dann die Welt, und der kleine Mister Gott hat sich über den Ball zum Spielen gefreut.
Aber allein spielen ist ja nicht schön, und drum wollte er einen Bruder und eine Schwester. Aber seine Mama hat gesagt, für so was hab ich keine Zeit. Da hat er geheult. Und seine Mama hat nach was geguckt, für ihn zu beruhigen. Ich hab eine gute Idee, hat sie gesagt und ihm einen Spiegel gegeben.
Was siehst du da? Hat sie ihn gefragt.
Er hat reingeguckt und gesagt: Mich.
Aber die Mama hat gesagt: Nein, nicht dich, nur dein Spiegelbild.
Kann ich das haben? Hat der kleine Mister Gott gefragt, weil ihm das Bild gefallen hat.
Klar, mach damit, was du willst, hat die Mama gesagt, weil sie doch froh war, dass er nicht mehr geheult hat.
Und da waren sie alle zufrieden: die Mama, der Papa und der kleine Mister Gott und auch sein Spiegelbild.
Aber ein bisschen später, nach einer Squillion Jahre oder so, da hat Mister Gott gesagt: Nur ein Spiegelbild, das ist viel zu wenig. Und die Mama hat gesagt: Mir hat eins immer gereicht. Was bist du nur für ein verwöhnter Bengel.
Aber der hat gejammert: Wo ich doch immer so allein bin! Warum kann ich denn nicht Sachen zum Spielen haben, Leute und Tiere und Blumen und so, dann könnten wir doch alles zusammen machen, und niemand wäre mehr allein.
Und Mister Gott seine Mama hat gesagt: Hör auf zu heulen und mach dir dein Spielzeug selber. Andere Kinder machen das auch. Und da hat der kleine Mister Gott ganz tief Luft geholt, damit er genug Puste hatte, besonders im Herz

drin. Und dann sind sie alle aus seinem Innern rausgekommen, die Menschen, aber noch ganz klein, und die Blumen, aber ohne Blüten, nur Stengel, und ein Haufen Tiere, Flöhe und Hasen und Elefanten, alle ganz klein, sonst hätten sie in sein Herz drin nicht genug Platz gehabt. Sie fanden's alle furchtbar komisch, auf der Welt zu sein, und alberten immer nur rum. Aber Mister Gott hat mit dem Fuß aufgestampft und gerufen: Macht doch nicht solchen Lärm! Wenn ihr mich nicht hört, dann kann ich euch nichts beibringen, und dann lernt ihr nie, wie man Fußball spielt und wie Musik klingt und wie man Bonbons macht. Und dann wisst ihr auch nicht, wie schön die Welt sein kann.
Da waren sie alle ganz still und haben ihm zugehört, und er hat erst mal Sonntagsschule gehalten. Die Sonne hat gestrahlt, und sie hatten alle Spaß, was zu lernen. Aber dann ist der Regen gekommen, und alle sind weggelaufen, um sich wo drunter zu stellen. Weil aber viel zu wenig Bäume da waren für alle zum Unterstellen, haben sie zu Mister Gott gesagt: Du musst was erfinden, wo es nicht reinregnet, sonst kommen wir nicht wieder. Dann wär er wieder allein gewesen. Drum hat er die Kirche erschafft. Die haben die Menschen ganz praktisch gefunden und sind wieder unter den Bäumen hervorgekommen. Nur die Tiere und die Blumen, die sind im Wald geblieben, weil denen war die Kirche zu dunkel, zuviel Steine und zu wenig Grün drin.
Aber schon bald haben die Menschen sich beschwert, dass nicht jeder eine Kirche für sich allein hat, und drum haben sie ganz viele davon gebaut. Jeder wollte eine eigene haben. Sie wollten auch drin schlafen und essen und Unsinn machen. So sind die Häuser auf die Welt gekommen, auch unsers.

Inzwischen ist der Mister Gott aber groß geworden und älter, und er ist gewachsen und gewachsen. Größer noch wie Fynn und ich auf seinen Schultern drauf. Und er war dann so riesig, dass die Menschen ihn gar nicht mehr gesehen haben, weil er doch alles ausgefüllt hat und überall war mit sein Großsein. So wie man auch die Luft nicht sieht, die man atmen muss, um nicht tot zu sein. Weil sie überall ist und trotzdem keinen Platz wegnimmt.
Viele Leute haben dann einfach gedacht, den Mister Gott gibt's gar nicht mehr, weil sie ihn nicht mehr gesehen haben. Die anderen haben gesagt, Blödsinn, wenn er sich nicht mehr blicken lässt, dann machen wir uns eben selber einen, und sie haben Gottesbilder gebaut aus Stein oder Holz oder Eisen und haben die rumgezeigt, damit alle sehen, es gibt ihn doch noch, und man kann ihn auch in klein haben, sogar fürs Grab oder für die Kommode. Wie sie eine ganz große Menge von so Figuren gemacht hatten, da hat jeder geschrien: Meine sind die schönsten und am ähnlichsten mit Mister Gott. Das hat die anderen geärgert, die wo ihre genauso schön gefunden haben. Da haben sie aufeinander losgedroschen und sich abgeknallt. Nur weil jeder gefunden hat: Ich hab den besten Mister Gott, und eurer ist nicht gut. Wie die meisten tot waren und viele ohne Arme und Beine oder blind, da hat Mister Gott den Kopf geschüttelt und hat gedacht: Hätt ich sie bloß alle in mein Herz drin behalten, statt sie in der Welt rumtoben zu lassen, dann wären sie noch so, wie ich es gewollt hab.
Trotzdem hat er die Menschen liebgehabt. Sie waren ihm nämlich ganz schön ähnlich. Aber er war einfach zu groß für sie. Mister Gott hat das selber gemerkt, wenn er so auf die Menschen runtergeschaut hat. Es muss eben wieder ein

kleines Baby her, hat er gedacht, so mitten in sie rein, so was mögen sie, weil sie's dann nicht erst in den Wolken suchen müssen.
Da ist er gleich zu Maria gerannt, um mit ihr darüber zu reden, aber die hat nicht viel gesagt, weil sie so fromm war und immer gehorsam. Mister Gott fand, das war genau richtig für seinen kleinen Sohn.
Und wie der dann auf der Welt war, haben die Sterne auf einmal heller geblinkt, und die Engel haben Trompete geblasen, und die Menschen sind gelaufen gekommen, weil sie neugierig waren, wie der Sohn von Mister Gott aussieht. Aber so besonders haben sie ihn nicht gefunden, weil sie doch gedacht haben, der kommt mit einer Krone auf'm Kopf und bringt allen was Tolles mit und sie werden alle reich und fröhlich und müssen nicht mehr arbeiten. Nur so'n paar von ihnen, die haben gemerkt, dass jetzt doch alles anders ist, aber dass man auch was für tun muss. Und sie sind dem Sohn von Mister Gott auch nachgelaufen. Und den haben sie Jesus genannt und sind immer um ihn rum gewesen und haben ihm zugehört, weil er so schöne Sachen gesagt hat.
Aber viele andere, die wollten überhaupt nicht auf ihn hören. Die wollten auch nicht, dass die anderen ihm zuhören, und da haben sie ihn einfach umgebracht. Warum Mister Gott das erlaubt hat, wo Jesus doch sein Sohn war, das hat Fynn mir leider nicht erklären können. Das ist eine schwierige Geschichte, hat er gesagt. Und es hätte schon viele Tote gegeben, um herauszukriegen, warum das so sein musste.
Ich möchte gerne mal wissen, wenn Mister Gott doch alles tun kann, was er will, warum tut er dann manchmal nix? Ich glaub, es ist so: Mister Gott tut doch was, aber nicht

außen, sondern innen. Er ist nämlich kein Außenstürmer wie der Jackie von unserm Fußballklub. Er schießt immer von der Mitte ins Tor. Da trifft er direkt ins Herz rein. Und das will er auch, und nicht gegens Schienbein oder gegen den Torpfosten. Mister Gott ist ja in der Seele drin, und der Körper, den man hat, der interessiert ihn gar nicht so sehr. Der ist nämlich gar nicht das Wichtigste am Mensch, auch wenn er manchmal groß und schön ist. Der ist nur der Klotz am Bein der Seele, sagt Fynn. Mister Gott ist nur für unsere Seelen da, aber für jede auf der Welt, auch wenn sie nur ganz klein ist wie bei ein Floh.

Ich würd meine Seele ja gern mal sehen, aber das geht nicht, sagt Fynn. So tief kann keiner in sich reingucken, außer Mister Gott. Da kannst du noch so lange die Augen zumachen oder hinter den Spiegel gucken. Da findest du nix, was du anfassen kannst wie ein Bein oder die Nase. Wenn aber die Seele so was Ähnliches wie die Nase wär, und im Gesicht oder am Fuß, oder wo, dann müsste man auch nicht so viel drüber nachdenken und Bücher schreiben, weil man ja viel mehr von ihr sehen kann. Und was man sehen kann, das kann man viel leichter kapieren.

Meine Weihnachtskrippe

Johannes Derksen

Eigentliche müsste ein »n« am Schlusse stehen; denn ich hatte viele Weihnachtskrippen in meinen 65 Lebensjahren. Aber ich will von meiner persönlichen Krippe erzählen, die mich fast vierzig Jahre lang als Priester begleitet hat.

Als ich 1924 die Sub- und Diakonatsweihe empfangen hatte und damit die Entscheidung für meine Zukunft als Priester gefallen war, hörte ich im Dezember, dass ein alter Schnitzer in Innsbruck seine Krippe verkaufen wollte. Sie sollte 50 Schilling kosten. Das war damals nach der Inflation sehr viel Geld, besonders für einen Studenten, der sehen musste, wie er sein Studium bezahlte. Ich ging also vom Priesterseminar am Inn in die Bahnhofsgegend und fand den Schnitzer hoch oben in seiner Dachkammer. Die Wände waren mit Kohleskizzen bedeckt. Auf seiner Liegestatt lag ein Lammfell als Zudecke. Er selbst sah aus wie ein echter Tiroler Berghirte mit seinem struppigen Haar. Ich sah, wie er aus der Hand heraus die Figuren schnitzte. Er war noch nicht ganz fertig. So schaute ich ihm zu, wie genial die Schafe unter seinen geschickten Händen entstanden. Wir wurden bald handelseinig. Für ihn war es kein Geschäft; für mich waren die dreißig deutsche Mark viel Geld. Er packte mir die ganze Herrlichkeit mit 40 Figuren ein, fast alle zehn Zentimeter hoch, und ich verabschiedete mich. Wie schwer mag dem Schnitzer das Weggeben gewesen sein! Wie froh aber war er, einen Käufer gefunden zu haben.

Die Figuren waren unbemalt und zeigten ihr kernig gewachsenes Holz aus den Tiroler Bergen. Der Stil war nicht einheitlich. Es waren auch Philosophen darunter. Der Künstler wollte wohl damit sagen, dass außer den Hirten – die natürlich aus Tirol waren, ich kannte ja die Typen in ihrem zwerchenen Überwurf genau – auch »Weise« aus allen Völkern zur Krippe kamen.
Ich will nicht von den vierzig Jahren erzählen.
Jetzt, da ich an der Schreibmaschine sitze und tippe, ist Heiliger Abend 1963. Die Übertragung eines evangelischen Gottesdienstes aus dem Radio kündet es. Es ist 18 Uhr. Der Sturm heult draußen. Aber ich muss schreiben, soeben ist es mir eingefallen.
Die Glocken haben geläutet, die Kinder haben im Radio die uralten Weihnachtslieder gesungen.
Ich habe keine sichtbare Gemeinde mehr. Ich bin abgetakelt; und das ist gut so. Ich will mich darein schicken. Ich will dieses Jahr allein, ohne Gemeinde, Weihnachten feiern und habe viel Zeit, zuviel Zeit dazu.
Gestern abend habe ich meine Krippe in meinem Wohnzimmer auf dem schönen Schrank in Augenhöhe aufgebaut. Über dem Stall ein kleiner Weihnachtsbaum, nur mit Strohsternchen geschmückt, kunstvoll gearbeitet von einer Konvertitin, die sie mir im vorigen Jahr schenkte. Sonst geschah das Aufbauen der privaten Krippe am Heiligabend erst um diese Stunden; denn vorher hatte der Diasporapriester keine Zeit dafür. Der Weihnachtsbetrieb ließ keine Ruhe und Stille aufkommen. Dafür waren aber Hunderte aus der Gemeinde beschert worden und viele, viele Dankesbriefe für die empfangenen Gaben handschriftlich hinausgegangen.

Heute morgen habe ich mir einen Kinderfarbkasten gekauft. Als Ruheständler brauche ich auch eine Beschäftigung, soweit es der kranke Körper erlaubt. Also malen. In vierzig Jahren waren die Figuren der Krippe einmal bemalt worden. War das schön, als ich früher an einigen Abenden am runden Tisch mit meinem geliebten Missionspater, der mein Kaplan war, die Figuren bemalte. Das war Freude für uns beide. Er ging so gern auf meine Ideen ein.
Jetzt sind die Farben verblasst. So saß ich denn vor zwei Stunden und habe gepinselt. Nicht kunstgerecht, sondern wie ich alles machen muss, so gut es eben geht. Und es muss gehen, da es ja doch kein anderer für mich tut.
Eigentlich wollte ich eine neue Krippe kaufen, aber dann habe ich der alten Krippe die Treue gehalten. Ich habe dabei an die Seelenruhe des alten Künstlers von Innsbruck gedacht. Er hat die Krippe aus seinem kindlich frommen Gemüt geschnitzt, das wird ihm der Herr in der Herrlichkeit nicht vergessen. Er hätte ja auch anderes schnitzen können, womit er mehr Geld hätte verdienen können. Aber er war noch von der alten Art, trotz Kriegs- und Nachkriegsnöten. Doch wie sehen die Figuren nach vierzig Jahren aus! Dem einen Hirten fehlen die Beine, die Stümpfe stecken in einem Weinkorkstopfen; man wird es im Moos nicht sehen. Ein Schäfchen hat nur noch zwei Beine, anderen fehlen die Ohren. Aber so sind die Schäfchen Seiner Herde ja auch beschädigt. Nur Er, das Lamm Gottes, ist allein untadelig. Und doch hat Er die Mühseligen und Beladenen, die Amputierten und Kriegsverletzten, die seelisch Verkümmerten als Schafe Seiner Herde angenommen, denen Er der Gute Hirte sein will in alle Ewigkeit.

Das Christkind wurde bemalt: das Stroh gelb, die Linnen schneeweiß, der Körper rosarot. Der graue Esel hatte seine Farbe behalten, ebenso der Ochs an der Krippe, er ist bunt gescheckt.
Dieser Hirte bekommt einen braunen Mantel, der junge Hirte einen grünen Leibrock; dem alten Juden, der zu den wenigen gehört, die auf die Hoffnung Israels harrten, male ich einen gelben Spitzhut, den er ehrfürchtig schon in den Händen hält; denn zum König aus dem Stamme Juda muss er unbedeckten Hauptes gehen.
Ich werde heute nicht fertig mit Bemalen. So habe ich die ganze Weihnachtszeit daran eine schöne Beschäftigung, die mich freut.
Zum Abendessen werde ich meinen Talar anziehen, nachher werden wir zwei, die wir uns seit Jahrzehnten gegenseitig in der Diasporaseelsorge geholfen haben, vor der Krippe allein sein.
Mein ganzes Priesterleben habe ich vor Weihnachten für Krippen in den Familien gesorgt, die Jungen angeleitet, Ställe zu basteln. Wie viele Krippen habe ich gekauft und verteilt! Wie oft habe ich zu Weihnachten persönlich mitgebaut an der Krippe! In Krankenhäusern standen wenigstens Papierkrippen unter dem Weihnachtsbaum des Saales. Der katholische Pfarrer hatte sie den Schwestern geschenkt zu einer Zeit, da ich noch bei 33 Weihnachtsfeiern die Ansprache zusammen mit den evangelischen Pfarrern halten durfte.
Die schönste Krippe aber wurde seit 1949 im Portal des Turmes meiner Pfarrkirche, wo sich die Taufkapelle befindet, so gebaut, dass sie nach außen für jedermann sichtbar war und den ganzen Tag von stillen Beschauern besucht

wurde. Davor stand auf einer großen Holztafel das Weihnachtsevangelium, von einem Künstler aufgemalt.

Die Krippe für alle.

Wie viele Mütter mit Kindern sind gekommen, um die Krippe zu betrachten! Ein schönes Wort fiel von evangelischer Seite: »Das ist ja wie in der Schrift.«

Vor der Krippe sangen wir nach der Mitternachtsmesse draußen mit der ganzen Gemeinde »Stille Nacht, heilige Nacht«. Darüber im Bogenfeld des geradezu königlichen Portals die zweite Ankunft in Herrlichkeit.

Das ist nun nicht mehr meine Aufgabe. Ich habe sie meinem Nachfolger als Verkündigung an alle ans Herz gelegt; denn viele Häuser sind nahe der Kirche entstanden, in denen Kinder nicht mehr getauft werden.

Soeben habe ich die weihnachtliche Vesper gebetet und höre jetzt wieder Weihnachtslieder. Welch eine andere Welt, in der Mönche und Priester das heilige Offizium beten und singen. Ich denke an die Zisterziensermönche im finsteren Urwald des jetzigen Erzgebirges vor über siebenhundert Jahren. Damals gab es weder Weihnachtsbaum noch Krippe; denn Franziskus war noch nicht geboren. Die spartanisch lebenden Mönche und Konversen aber feierten doch Weihnachten, aber ohne den Weihnachtsbetrieb unserer geschäftigen Tage. Sie beteten und sangen mit der Inbrunst ihres Herzens. Und ich denke an das erste und bedeutende Kloster im Bistum Meißen, zweihundert Jahre nach der Gründung des Bistums erst entstanden.

Ich will meine kurze Betrachtung schließen.

Wir werden gleich zu zweit die Weihnachtslieder aus unserem »Laudate« singen. Morgen früh aber werde ich an der

Krippe die Hirtenmesse feiern und dabei meines plattdeutschen Gedichtes gedenken, das ich vor drei Jahren in meiner Krankheit niederschrieb:
»Door hej den olden ärmen Hömmel!«
»Da hast du den alten armen Wackelgreis!«
Es ist Lebensabend, wenn ich auch noch viel kann. Aber ich muss mit jedem Weihnachten damit rechnen, dass es meine letzte Weihnacht hier auf Erden ist.
Ich höre im Radio die evangelische Gemeinde singen und beten. Das ist mein Trost. Das religiöse Leben ist nicht tot, auch wenn es noch so scheint.
Und ich will morgen mit St. Martinus sagen:
»Herr, wenn ich Deiner Kirche noch dienen kann, ich verweigere die Arbeit nicht.«
Das kleine Kind mit dem schwachen und doch so starken Arm wird mich segnen. Nein, Er, der Mächtige, der Allherrscher in der Herrlichkeit des Vaters, dessen Leben so arm begonnen hatte, wird mich segnen. Und ich werde vor Ihm niederknien, Ihn in den heiligen Gestalten, die Er eingesetzt hat, hochheben und Ihn empfangen und mit dem Worte aus dem lobpreisenden Psalm 103 bitten:

»Möge mein Dichten Ihm wohlgefallen,
ich aber will mich freuen im Herrn!«
Muss ich für solche Weihnachten nicht dankbar sein?
Die Glocken läuten die Antwort.

Als ich Christtagsfreude holen ging

Peter Rosegger

An meinem zwölften Lebensjahre wird es gewesen sein, als am Frühmorgen des Christabends mein Vater mich an der Schulter rüttelte: Ich solle aufwachen und zur Besinnung kommen, er habe mir was zu sagen. Die Augen waren bald offen; aber die Besinnung! Als ich unter Mithilfe der Mutter angezogen war und bei der Frühsuppe saß, verlor sich die Schlaftrunkenheit allmählich, und nun sprach mein Vater: »Peter, jetzt höre, was ich dir sage! Da nimm einen leeren Sack, denn du wirst was heimtragen! Da nimm meinen Stecken, denn es ist viel Schnee, und da nimm eine Laterne, denn der Pfad ist schlecht und die Stege sind vereist! Du musst hinabgehen nach Langenwang. Den Holzhändler Spreitzegger zu Langenwang, den kennst du; der ist mir noch immer das Geld schuldig, zwei Gulden und sechsunddreißig Kreuzer für den Lärchbaum. Ich lass ihn bitten drum! Schön höflich anklopfen und den Hut abnehmen, wenn du in sein Zimmer trittst! Mit dem Geld gehst nachher zum Kaufmann Doppelreiter und kaufst zwei Maßel Semmelmehl und zwei Pfund Rindschmalz und um zwei Groschen Salz, und das tragst heim!«
Jetzt aber war auch meine Mutter zugegen, ebenfalls schon angekleidet, während meine sechs jüngeren Geschwister noch ringsum an der Wand in ihren Bettchen schliefen. Die Mutter, die redete drein wie folgt: »Mit Mehl und Schmalz und Salz allein kann ich kein Christtagsessen richten. Ich

brauch dazu noch Germ (Bierhefe) um einen Groschen, Weinbeerln um fünf Kreuzer. Etliche Semmeln werden auch sein müssen.

»So kaufest es!«, setzte der Vater ruhig bei. »Und wenn dir das Geld zu wenig ist, so bittest den Herrn Doppelreiter, er möchte die Sachen derweil borgen, und zu Ostern, wenn die Kohlenraitung ist, wollt' ich schon fleißig zahlen. Eine Semmel kannst du unterwegs selber essen, weil du vor Abend nicht heimkommst. Und jetzt kannst gehen, es wird schon fünf Uhr, und dass du noch die Achte-Messe erlangst zu Langenwang!«

Das war alles gut und recht. Den Sack band mein Vater mir um die Mitte; den Stecken nahm ich in die rechte Hand, die Laterne mit der frischen Unschlittkerze in die linke, und so ging ich davon, wie ich zu jeder Zeit in Wintertagen oft davongegangen war. Der durch wenige Fußgeher ausgetretene Pfad war holperig im tiefen Schnee, und es ist nicht immer leicht, nach den Fußstapfen unserer Vorderen zu wandeln, wenn diese zu lange Beine gehabt haben. Noch nicht dreihundert Schritte war ich gegangen, so lag ich im Schnee, und die Laterne, hingeschleudert, war ausgelöscht. Ich suchte mich langsam zusammen, und dann schaute ich die wunderschöne Nacht an. Anfangs war sie ganz grausam finster. Allmählich hub der Schnee an weiß zu werden und die Bäume schwarz, und in der Höhe war helles Sternengefunkel. In den Schnee fallen kann man auch ohne Laterne. So stellte ich sie seithin unter einen Strauch, und ohne Licht ging's nun besser als vorhin. In die Talschlucht kam ich hinab. Das Wasser des Fresenbachs war eingedeckt mit glattem Eise, auf welchem, als ich über den Steg ging, die Sterne des Himmels gleichsam Schlittschuh liefen.

Später war ein Berg zu übersteigen. Auf dem Passe, genannt der »Höllkogel«, stieß ich zur wegsamen Bezirksstraße, die durch Wald und Feld hinabführt in das Mürztal. In diesem lag ein weites Meer von Nebel, in welches ich sachte hineinkam, und die feuchte Luft fing an einen Geruch zu haben, sie roch nach Steinkohlen, und die Luft fing an fernen Lärm an mein Ohr zu tragen; denn im Tale hämmerten die Eisenwerke, rollte manchmal ein Eisenbahnzug über dröhnende Brücken.

Nach langer Wanderung ins Tal gekommen zur Landstraße klingelte Schlittengeschelle. Der Nebel ward grau und lichter, so dass ich die Fuhrwerke und Wandersleute, die für die Feiertage nach ihren Heimstätten reisten, schon auf kleine Strecken weit sehen konnte. Nachdem ich eine Stunde lang im Tal fortgegangen war, tauchte links an der Straße im Nebel ein dunkler Fleck auf, rechts war auch einer, links mehrere, rechts eine ganze Reihe – das Dorf Langenwang. Alles, was Zeit hatte, ging der Kirche zu; denn der Heilige Abend ist voller Vorahnung und Gottesweihe. Bevor noch die Musik anfing, schritt der hagere, gebückte Schulmeister durch die Kirche, musterte die Andächtigen, als ob er jemanden suche. Endlich trat er an mich heran und fragte leise, ob ich ihm nicht die Orgel melken wolle, es sei der Messnerbub krank. Voll Stolz und Freude, also zum Dienste des Herrn gewürdigt zu sein, ging ich mit ihm auf den Chor, um bei der heiligen Messe den Blasebalg der Orgel zu ziehen. Während ich die langen Lederriemen abwechselnd aus dem Kasten zog, in den jeder derselben allemal wieder langsam hineinkroch, orgelte der Schulmeister, und seine Tochter sang also:

»Tauet Himmel, den Gerechten!
Wolken, regnet ihn herab!
Also rief in bangen Nächten
Einst die Welt: ein weites Grab.
In von Gott verhassten Gründen
Herrschten Satan, Tod und Sünden;
Fest verschlossen war das Tor
Zu dem Himmelreich empor.«

Ferner erinnere ich mich, an jenem Morgen nach dem Gottesdienste in der dämmerigen Kirche vor ein Heiligenbild hingekniet zu sein und gebetet zu haben um Glück und Segen zur Erfüllung meiner bevorstehenden Aufgabe. Das Bild stellt die vierzehn Nothelfer dar – einer wird doch dabei sein, der zur Eintreibung von Schulden behilflich ist. Es schien mir aber, als schiebe während meines Gebetes auf dem Bilde einer sich sachte hinter den anderen zurück.

Trotzdem ging ich guten Mutes hinaus in den nebligen Tag, wo alles emsig war in Vorbereitung zum Feste, und ging dem Hause des Holzhändlers Spreitzegger zu. Als ich daran war, zur vorderen Tür hineinzugehen, wollte der alte Spreitzegger, soviel ich mir später reimte, durch die hintere Tür entwischen. Es wäre ihm gelungen, wenn mir nicht im Augenblick geschwant hätte: Peter, geh nicht zur vorderen Tür ins Haus wie ein Herr, sei demütig, geh zur hinteren Tür hinein, wie es dem Waldbauernbuben geziemt! Und knapp an der hinteren Tür trafen wir uns.

»Ah, Bübel, du willst dich wärmen gehen«, sagte er mit geschmeidiger Stimme und deutete ins Haus; »na, geh dich nur wärmen! Ist kalt heut!« Und wollte davon.

»Mir ist nicht kalt«, antwortete ich, »aber mein Vater lässt den Spreitzegger schön grüßen und bitten ums Geld!«
»Ums Geld? Wieso?« fragte er. »Ja, richtig, du bist der Waldbauernbub. Bist früh aufgestanden heute, wenn du schon den weiten Weg kommst. Rast nur ab! Und ich lass deinen Vater auch schön grüßen und glückliche Feiertage wünschen! Ich komm' ohnehin ehzeit einmal zu euch hinauf. Nachher wollen wir schon gleich werden.«
Fast verschlug's mir die Rede; stand doch unser ganzes Weihnachtsmahl in Gefahr von solchem Bescheid.
»Bitt' wohl von Herzen schön ums Geld; muss Mehl kaufen und Schmalz und Salz, und ich darf nicht heimkommen mit leerem Sack!« Er schaute mich starr an. »Du kannst es!« brummte er, zerrte in den Papieren, die wahrscheinlich nicht pure Banknoten waren, zog einen Gulden heraus und sagte: »Na, so nimm derweil das; in vierzehn Tagen wird dein Vater den Rest kriegen! Heute hab' ich nicht mehr.« Den Gulden schob er mir in die Hand, ging davon und ließ mich stehen.
Ich blieb aber nicht stehen, sondern ging zum Kaufmann Doppelreiter. Dort begehrte ich ruhig und gemessen, als ob ich nichts wäre, zwei Maßel Semmelmehl, zwei Pfund Rindschmalz, zu zwei Groschen Salz, um einen Groschen Germ, um fünf Kreuzer Weinbeerln, um fünf Groschen Zucker, um zwei Groschen Safran und um zwei Kreuzer Neugewürz. Der Herr Doppelreiter bediente mich selbst und machte mir alles hübsch zurecht, in Päckchen und Tütchen, die er dann mit Spagat zusammen in ein winziges Paket band und an den Mehlsack hing, dass ich das Ding über die Achsel tragen konnte, vorne ein Bündel und hinten ein Bündel.

Als das geschehen war, fragte ich mit einer nicht minder tückischen Rede als vorhin, was das alles zusammen ausmache. »Das macht drei Gulden und fünfzehn Kreuzer«, antwortete er mit Kreide im Mund.

»Ja, ist schon recht! erwiderte ich hierauf. »Da ist derweil ein Gulden, und das andere wird mein Vater, der Waldhofbauer in Alpl, zu Ostern zahlen.«

Schaute mich der bedauernswerte Mann an und fragte höchst ungleich: »Zu Ostern? In welchem Jahre?«

»Na nächst' Ostern, wenn die Kohlenraitung ist!«

Nun mischte sich die Frau Doppelreiter, die andere Kunden bediente, drein und sagte: »Lass ihm's nur, Mann! Der Waldbauer hat schon öfter auf Borg genommen und nachher allemal ordentlich bezahlt. Lass ihm's nur!«

»Ich lass ihm's ja, werd' ihm's nicht wieder wegnehmen«, antwortete der Doppelreiter. Das war doch ein bequemer Kaufmann! Jetzt fielen mir auch die Semmeln ein, welche meine Mutter noch bestellt hatte.

»Kann man da nicht auch noch fünf Semmeln haben?« fragte ich.

»Semmeln kriegt man beim Bäcker«, sagte der Kaufmann. Das wusste ich nun gleichwohl, nur hatte ich mein Lebtag nichts davon gehört, dass man ein paar Semmeln auf Borg nimmt. Daher vertraute ich der Kaufmännin, die sofort als Gönnerin zu betrachten war, meine vollständige Zahlungsunfähigkeit an. Sie gab mir zwei bare Groschen für Semmeln, und als sie nun beobachtete, wie meine Augen mit den reiffeuchten Wimpern fast unlösbar an den gedörrten Zwetschgen hingen, die sie einer alten Frau in den Korb tat, reichte sie mir auch noch eine Handvoll dieser köstlichen Sachen zu: »Unterwegs zum Naschen!«

Nicht lange hernach, und ich trabte, mit meinen Gütern reich und schwer bepackt, durch die breite Dorfgasse dahin. Überall in den Häusern wurde gemetzgert, gebacken, gebraten, gekellert; ich beneidete die Leute nicht; ich bedauerte sie vielmehr, dass sie nicht ich waren, der mit so großem Segen beladen gen Alpl zog. Das wird morgen ein Christtag werden! Denn die Mutter kann's, wenn sie Sachen hat. Ein Schwein ist ja auch geschlachtet worden daheim. Das gibt Fleischbrühe mit Semmelbrocken, Speckflecke, Würste, Nierenlümperln, Knödelfleisch mit Kren; dann erst die Krapfen, die Zuckernudeln, das Schmalzkoch mit Weinbeerln und Safran! – Die Herrenleut' da in Langenwang haben so was alle Tag. Das ist nichts. Aber wir haben es im Jahr einmal und mit unverdorbenem Magen dazu, das ist was! – Und doch dachte ich auf diesem belasteten Freudenmarsch weniger noch ans Essen als an das liebe Christkind und sein hochheiliges Fest. Am Abend, wenn ich nach Hause komme, werde ich aus der Bibel schon vorlesen; die Mutter und die Magd Mirzel werden Weihnachtslieder singen; dann, wenn es zehn Uhr wird, werden wir uns aufmachen nach Sankt Kathrein und in der Kirche die feierliche Christmette begehen bei Glocken, Musik und unzähligen Lichtern. Und am Seitenaltar ist das Krippel aufgerichtet mit Ochs und Esel und den Hirten und auf dem Berg die Stadt Bethlehem und darüber die Engel, singend: »Ehre sei Gott in der Höhe!« Und beim Heimgehen werde ich mich nicht wieder verirren wie dazumal, als mich die Mooswaberl hat müssen heimbringen. – Solche Gedanken trugen mich anfangs wie Flügel. Doch als ich eine Weile die schlittenglatte Landstraße dahingegangen war, unter den Füßen knirschenden Schnee, musste ich mein Doppelbündel schon einmal wechseln von einer Achsel auf die andere. In der Nähe des Wirtshauses »Zum Sprengzaun« fuhr mir etwas Vierspänniges vor, ein leichtes Schlittlein, mit vier feurigen, hoch auf gefederten Rappen bespannt, auf dem Bock ein Kutscher mit glänzenden Knöpfen und einem Buttenhut. Der Kaiser? Nein, der Herr Wachtler vom Schlosse Hohenwang saß im Schlitten, über und über in Pelze gehüllt und eine Zigarre schmauchend. Ich blieb stehen, schaute dem blitzschnell vorrüberrutschenden Zug eine Weile nach und dachte: Etwas krumm ist es schon eingerichtet auf der Welt! Da sitzt ein starker Mann drin und lässt sich hinziehen mit soviel überschüssiger Kraft, und ich vermag mein Bündel kaum zu schleppen.

Mittlerweile war es Mittagszeit geworden. Durch den Nebel war die milchweiße Scheibe der Sonne zu sehen. Sie war nicht hoch an dem Himmel hinaufgestiegen; denn um vier Uhr wollte sie ja wieder unten sein, zur langen Christnacht. Ich fühlte in meinen Beinen manchmal so ein heißes Prickeln, das bis in die Brust aufstieg. Es zitterten mir die Glieder. Nicht weit von der Stelle, wo der Weg nach Alpl abzweigt, stand ein Kreuz mit dem lebensgroßen Bilde des Heilands. Es stand, wie es heute noch steht: an seinem Fuß Johannes und Magdalena, das Ganze mit einem Bretterverschlag verwahrt, so dass es wie eine Kapelle war. Vor dem Kreuze auf die Bank, die für kniende Beter bestimmt ist, setzte ich mich nieder, um Mittag zu halten. Eine Semmel, die gehörte mir. Meine Neigung zu ihr war so groß, dass ich sie am liebsten in wenigen Bissen verschluckt hätte. Allein das schnelle Schlucken ist nicht gesund. Das wusste ich von anderen Leuten. Und das langsame Essen macht einen längeren Genuss. Das wusste ich schon von mir selber. Also be-

schloss ich, die Semmel recht gemächlich und bedächtig zu genießen und dazwischen manchmal eine gedörrte Zwetschge zu naschen. Es war eine sehr köstliche Mahlzeit. Wenn ich heute etwas recht Gutes haben will, was kostet das für außerordentliche Anstrengungen aller Art! Ach, wenn man nie einen Mangel zu leiden hat, wie wird man da arm!
Und wie war ich so reich damals, als ich arm war. Als ich nach der Mahlzeit mein Doppelbündel wieder auflud, war's ein Spaß mit ihm. Flink ging es voran. Nur nicht allzulange. Als ich später in die Bergwälder hinaufkam und der graue Nebel dicht in den schneebeschwerten Bäumen hing, dacht ich an den Grabler-Hansel. Das war ein Kohlenführer, der täglich von Alpl seine Fuhr' ins Mürztal lieferte. Wenn er auch heute gefahren wäre! Und wenn er jetzt heimwärts mit dem leeren Schlitten des Weges käme und mir das Bündel auflüde! Und am Ende gar mich selber! Dass es so heiß sein kann im Winter. Mitten in Schnee und Eisschollen schwitzen! Doch morgen wird alle Mühsal vergessen sein. – Derlei Gedanken und Vorstellung verkürzten mir unterwegs die Zeit. Auf einmal roch ich starken Tabakrauch. Knapp hinter mir ging, ganz leise auftretend, der »Grüne Kilian«. Der Kilian war früher einige Zeit lang Forstgehilfe in den gewerkschaftlichen Waldungen gewesen. Jetzt war er's nicht mehr und wohnte mit seiner Familie in einer Hütte drüben in der Fischbacher Gegend. Nun ging er nach Hause. Er hatte seinen Korb auf dem Rücken, an dem er nicht schwer zu tragen schien. Sein Gewand war noch ein jägermäßiges, aber hübsch abgetragen, und sein schwarzer Vollbart ließ nicht viel sehen von seinem fahlen Gesicht. Als ich ihn bemerkt hatte, nahm er die Pfeife aus dem Mund, lachte laut und sagte: »Wo schiebst denn hin, Bub?«

»Heimzu«, meine Antwort.
»Was schleppst denn?«
»Sachen für den Christtag.«
»Gute Sachen, der Tausendsapperment! Wem gehörst denn zu?«
»Dem Waldbauern.«
»Zum Waldbauern willst gar hinauf? Da musst gut antauchen.«
»Tu's schon«, sagte ich und tauchte an.
»Nach einem solchen Marsch wirst gut schlafen bei der Nacht«, sprach der Kilian, mit mir gleichen Schritt haltend.
»Heut wird nicht geschlafen bei der Nacht, heut ist Christnacht.«
»Was willst denn sonst tun, als schlafen bei der Nacht?«
»Nach Kathrein in die Mette gehen.«
»Nach Kathrein?« fragte er. »Den weiten Weg?«
»Um zehn Uhr abends gehen wir von Haus fort, und um drei Uhr früh sind wir wieder daheim.«
Der Kilian biss in sein Pfeifenrohr und sagte: »Na, hörst du, da gehört viel Christentum dazu. Beim Tag ins Mürztal und bei der Nacht in die Mette nach Kathrein! Soviel Christentum hab' ich nicht; aber das sage ich dir doch: wenn du dein Bündel in meinen Buckelkorb tun willst, dass ich es dir eine Zeitlang trag' und du dich ausrasten kannst, so hast ganz recht; warum soll der alte Esel nicht auch einmal tragen!«
Damit war ich einverstanden, und während mein Bündel in seinen Korb sank, dachte ich: Der Grüne Kilian ist halt doch ein besserer Mensch, als man sagt!
Dann rückten wir wieder an. Ich huschte frei und leicht neben ihm her. »Ja, ja, Weihnachten!« sagte Kilian fauchend, »da geht's halt drunter und drüber. Da reden sich die Leut'

in eine Aufregung und Frömmigkeit hinein, die gar nicht wahr ist. Im Grund ist der Christtag wie jeder andere Tag, nicht einen Kropf anders. Der Reiche, ja, der hat jeden Tag Christtag: unsereiner hat jeden Tag Karfreitag.« »Der Karfreitag ist auch schön", war meine Meinung.
»Ja, wer genug Fische und Butter und Eier und Kuchen und Krapfen hat zum Fasten!« lachte der Kilian.
Mir kam sein Reden etwas heidentümlich vor. Doch was er noch weiter sagte, das verstand ich nicht mehr; denn er hatte angefangen, sehr heftig zu gehen, und ich konnte nicht recht nachkommen. Ich rutschte auf dem glitschigen Schnee mit jedem Schritt ein Stückchen zurück. Der Kilian hatte Fußeisen angeschnallt, hatte lange Beine, war nicht abgemattet – da ging's freilich voran.
»Herr Kilian!« rief ich.
Er hörte es nicht. Der Abstand zwischen uns wurde immer größer. Bei Wegbiegungen verschwand er mir manchmal ganz aus den Augen, um nachher wieder in größerer Entfernung, halb schon von Nebeldämmerung verhüllt, aufzutauchen. Jetzt wurde mir bang um mein Bündel. Kamen wir doch schon dem Höllkogl nahe. Das ist jene Stelle, wo der Weg nach Alpl und der Weg nach Fischbach sich gabeln. Ich hub an zu laufen. Im Angesicht der Gefahr war alle Müdigkeit dahin. Ich lief wie ein Hündlein und kam ihm immer näher. Was wollte ich aber anfangen, wenn ich ihn eingeholt hätte, wenn ihm der Wille fehlte, die Sachen herzugeben, und mir die Kraft, sie zu nehmen? Das kann ein schönes Ende werden mit diesem Tage; denn die Sachen lasse ich nicht im Stich, und sollte ich ihm nachlaufen müssen bis hinter den Fischbacher Wald zu seiner Hütte! Als wir denn beide so merkwürdig schnell vorwärtskamen, holten

wir ein Schlittengespann ein, das vor uns mit zwei grauen Ochsen und einem schwarzen Kohlenführer langsam des Weges schlich. Der Grabler-Hansel! Mein »Grüner Kilian« wollte schon an dem Gespann vorüberhuschen, da schrie ich von hinten her aus Leibeskräften: »Hansel, Hansel! Sei so gut, leg mir meine Christsachen auf den Schlitten! Der Kilian hat sie im Korb, er soll sie dir geben!« Mein Geschrei muss wohl sehr angstvoll gewesen sein; denn der Hansel sprang sofort von seinem Schlitten und nahm eine tatbereite Haltung an.
Und wie der Kilian merkte, ich hätte hier einen Bundesgenossen, riss er sich den Korb vom Rücken und schleuderte das Bündel auf den Schlitten. Noch knirschte er etwas von »dummen Bären« und »Undankbarkeit«; dann war er auch schon davon.
Der Hansel rückte das Bündel zurecht und fragte, ob man sich draufsetzen dürfe. Das bat ich nicht zu tun.
So tat er's auch nicht. Wir setzten uns hübsch nebeneinander auf den Schlitten, und ich hielt auf dem Schoß sorgfältig mit beiden Händen die Sachen für den Christtag.
So kamen wir endlich nach Alpl. Als wir zur ersten Fresenbrücke gekommen waren, sagte der Hansel zu den Ochsen »Oha!« und zu mir »So!« Die Ochsen verstanden und blieben stehen. Ich verstand nicht und blieb sitzen; aber nicht mehr lange; es war so zum Aussteigen, denn der Hansel musste links in den Graben hinein und ich rechts den Berg hinauf.
«Dank dir's Gott, Hansel!«
«Ist schon gut, Peter!«
Zur Zeit, da ich mit meiner Last den steilen Berg hinansteig gegen mein Vaterhaus, begann es zu dämmern und zu schneien. Und zuletzt war ich doch daheim.

«Hast alles?« fragte die Mutter am Kochherd mir entgegen.
«Alles!«
«Brav bist. Und hungrig wirst sein.«
Beides ließ ich gelten. Sogleich zog die Mutter mir die klinghart gefrorenen Schuhe von den Füßen; denn ich wollte, dass sie frisch eingefettet würden für den nächtlichen Mettengang. Dann setzte ich mich in der warmen Stube zum Essen.
Aber siehe, während des Essens geht es zu Ende mit meiner Erinnerung! – Als ich wieder zu mir kam, lag ich wohlausgeschlafen in meinem warmen Bette, und zum kleinen Fenster herein schien die Morgensonne des Christtages.

Der große Lobgesang der Tiere

Johannes Jourdan

Fast überall in der Welt wurde das Weihnachtsfest gefeiert. Da kamen auch die Tiere zusammen, um ihren Schöpfer zu loben. Es war ein riesengroßer, vierstimmiger Chor. Der Pfau war der Dirigent. Wenn er seine prächtigen Schwanzfedern ganz weit ausstreckte, sang der Chor mit voller Kraft und mit allen schönen Gefühlen, die in Tierherzen wohnen. Doch was war das? Auf einmal ließ der Pfau sein prächtiges Federrad wieder zusammenfallen. Die Tiere verstummten. Nur einer sang weiter: »Iah – Iah.«
O weh! Das klang ja schauerlich! Das hielt ja niemand aus. Der Elefant, der ja nun auch nicht gerade der angenehms-

te Sänger ist, versetzte mit seinem Rüssel dem Esel einen leichten Schlag. »He, du singst falsch!« – »Du machst unser Lied kaputt mit deinem Geschrei!« riefen die anderen Tiere. Da erschrak der Esel und schaute sich ängstlich um. Es hatte ihm doch so viel Freude gemacht.

»Kannst du nicht anders singen? Immer nur dieses blöde Iah – Iah!«

»Sag doch was! Lass dir doch nicht alles gefallen!«, flüsterte das Maultier dem Esel zu. »Auch bei den Menschen spielst du immer den dummen Esel und lässt dich schlagen. Und dann sagst du auch noch ›Ja – Ja‹ dazu.«

Aber der Esel schwieg und trauerte still in sich hinein. Er hörte gerade noch, dass alle beschlossen: Der Esel darf nicht mehr mitsingen. Dann ging das Konzert der Tiere weiter, mindestens drei Stunden lang. Es klang wunderbar. Das hörte auch der Esel, der so gern mitgesungen hätte zum Lob seines Schöpfers. Er hatte so viele schöne Worte in seinem Herzen und hätte sie gern herausgelassen, damit Gott sich daran freut. Als alle Tiere längst fortgegangen, fortgekrochen oder fortgeflogen waren, stand der Esel noch immer dort. Da spürte er plötzlich einen leichten Klaps auf seinem Rücken, und eine Menschenstimme sprach zu ihm: »Na, Alterchen, du schläfst wohl im Stehen?«

Da machte der Esel die Augen auf und sah einen alten Mann mit einem langen, weißen Bart.

»Warum bist du so traurig?« Die Stimme des alten Mannes klang freundlich. Da erzählte ihm der Esel nun die ganze Geschichte von den Tieren, die ihm beim Lobgesang nicht mitsingen lassen wollten.

»Mach dir nichts daraus«, sagte der Alte, »die anderen Tiere sind bloß neidisch auf dich.« Das verstand der Esel nicht.

»Wieso neidisch?« fragte er verwundert, »die anderen können doch viel schöner singen als ich.«
»Es ist eben alles Geschmackssache«, antwortete der alte Mann. »Geschmackssache …, davon verstehe ich auch etwas«, sagte der Esel, »mir schmeckt Hafer auch besser als Disteln.«
»Die anderen lassen sich wenigstens nicht alles gefallen«, fuhr der Alte fort. »Das Pferd schlägt mit seinen Hufen aus, der Hund beißt, und das Lama spuckt sogar, wenn es geärgert wird. Du bist oft viel zu geduldig und zu gutmütig und lässt dich ausnutzen. Ich gebe ja zu, manchmal hast du auch einen Dickkopf und bewegst dich nicht von der Stelle.«
»Aber schließlich mache ich dann doch, was die Menschen von mir wollen«, antwortete der Esel. »Warum sollten die anderen Tiere dann neidisch auf mich sein?«
»Das ist eine uralte Geschichte«, sagte der alte Mann mit dem langen, weißen Bart. »Ich will sie dir erzählen, damit du verstehst, warum sie neidisch sind.«
»Da bin ich aber gespannt«, meinte der Esel und machte ein kluges Gesicht dabei. Er wusste ja, wenn man richtig zuhört, sieht man immer klug und schön aus.
»Die Geschichte, die ich erzählen werde, ist passiert, als Jesus mit seinen Freunden nach Jerusalem unterwegs war. Er rief zwei seiner Jünger zu sich und sagte: ›Geht in das nächste Dorf. Dort werdet ihr einen Esel angebunden finden. Den bindet los und bringt ihn zu mir. Wenn euch jemand fragt, was ihr da macht, sagt einfach, dass euer Herr den Esel braucht.‹«
»Das ist ja eine tolle Geschichte!« rief der Esel, und dabei wurde er schon ein ganz klein wenig stolz.
»Ja, du kannst wirklich stolz sein«, sagte der Mann. »Stell' dir einmal vor, ein paar Stunden später ritt Jesus wie ein

König in die Stadt Jerusalem ein. Der Esel hat ihn getragen. Die Leute haben Hosianna gerufen und in die Hände geklatscht. Überall haben sie Blumen auf seinen Weg gestreut und ihm mit Palmenzweigen zugewunken. Aus ihren Umhängetüchern haben sie einen Teppich ausgebreitet, über den der Esel mit Jesus auf dem Rücken gegangen ist.«
»Das ist ja toll!« sagte der Esel noch einmal. Diese Worte kamen ganz tief aus seinem Herzen wie ein Seufzer der Erleichterung.
»Ich will dir noch eine andere Geschichte erzählen«, sagte der alte Mann, der so viel wusste und eine so freundliche Stimme hatte. »Viele Jahre davor hatte es noch einen anderen Esel gegeben. Auf ihm hat Maria, die Mutter Jesu, gesessen und den kleinen Jesus im Arm gehalten. Alles geschah heimlich und mitten in der Nacht. Der Esel wusste genau, dass es sein musste und dass er nicht ausruhen durfte, obwohl er den ganzen Tag schwer gearbeitet hatte. Er ist auch kein einziges Mal stehengeblieben, sondern immer weitergetrabt, weil er wusste, dass die Soldaten des Königs Herodes das Kind umbringen wollten. Darum hat er seine Füße auch ganz leise auf den Boden gesetzt. Niemand sollte ihn hören, und außerdem sollte die Mutter mit dem Kind nicht so durchgerüttelt werden oder gar herunterfallen. Nur wenn sie an einen Brunnen kamen, hat er angehalten... Am Ende war der Esel sehr glücklich und hat laut Iah – Iah gemacht, minutenlang, ganz laut, denn er musste seinem Herzen Luft machen. Das war das Größte in seinem Leben. Vielleicht wäre ohne ihn die Flucht nach Ägypten nicht geglückt. Gott im Himmel und alle Engel haben sich damals über den Lobgesang des Esels gefreut.«

PREDIGT DES EHRWÜRDIGEN PFARRERS JUNGHANS AUS DEM JAHRE 1644

Weil es die Gänse in der lieben Weihnachtszeit gar übel haben, wollen wir unsere Weihnachtsgans betrachten: erstens im Leben, zweitens im Tode.

Wir werden sehen, was wir an ihr christlich lernen können, was Gott uns an derselben zu studieren gegeben hat. Was also das Leben der Gans anlangt, so haben wir zu lernen: Erstens ihre Tugenden. Unter diesen steht die Geselligkeit an erster Stelle. Gänse halten nicht allein zusammen und lieben also die Gesellschaft, sondern sie halten sich auch gern zu den Menschen. Das soll uns zu Gemüte führen, dass wir uns auch zu unseresgleichen und zu Besseren, denn wir selbst sind, halten sollen. Die Gänse gesellen sich aber nicht zu Adler, Geier, Habicht und dergleichen Raubvögeln; also sollen wir uns zu frommen Herzen gesellen, nicht aber zu gottloser Gesellschaft uns halten. Denn es heißt: Bei den Frommen bist du fromm, bei den Reinen bist du rein, aber bei den Verkehrten bist du verkehrt.

An zweiter Stelle steht unter den Tugenden der Gans: die Reinlichkeit. Eine Gans ist gern an reinen Orten und badet sich oft im Wasser. Darum befleißigt euch der Reinlichkeit und trachtet danach, dass ihr sowohl am Leibe als auch im Gemüt rein seid. Vor allem wisset aber, ihr Frauen und Mädchen, dass euer vornehmster Schmuck und euer zierlichstes Kleid Scham und Zucht ist, aber nicht Gold und Perlen oder köstliches Gewand oder silberne und goldene Zöpfe, die heutigen Tages bei den Modedamen so beliebt sind.

An dritter Stelle steht unter den Tugenden der Gans nun die Wachsamkeit. Weil die Gänse so sehr hitzig sind, so schlafen sie wenig und wachen schnell beim kleinsten Geräusche auf. Solches soll uns eine feine Aufmunterung sein zur Wachsamkeit, einem jeden in seinem Amte, Stande und Beruf. Im geistlichen Stande soll keiner des großen Gottes Worte vergessen: »Du Menschenkind, ich habe dich zum Wächter gesetzt«, da soll keiner ein stummer Hund sein, sondern getrost rufen und seine Kirchenkinder aus dem Sündenschlaf aufrütteln. Im weltlichen Regierungsstand aber soll jeder für seine Untertanen wachen und sie vor aller Gefahr behüten.
An vierter Stelle steht unter den Tugenden der Gans: die Schamhaftigkeit. Manchem, der sich Christ nennt, sollte es die Schamröte ins Gesicht jagen, dass er in dieser Tugend von einem Vogel übertroffen wird; denn was für unverschämte Worte, ja Taten werden oft im Beisein kleiner Kinder, vor züchtigen Ohren und Augen geredet und vorgenommen? Will doch Scheu und Scham fast verlöschen.
An fünfter Stelle endlich steht unter den Tugenden der Gans: eine natürliche Verschlagenheit, welche sonderlich an den wilden Gänsen wahrzunehmen ist und die sich in vorsichtigem Stillschweigen bei Gefahr offenbart. Wollte Gott, mancher Mensch wäre so klug, dass er sich ein Schloss an seinen Mund legte und ein fest Siegel auf seinen Mund drückte. Die natürliche Verschlagenheit der Gans aber zeigt sich auch in kluger Mäßigung und Enthaltung von Speisen, die der Gänsenatur zuwider sind. Die hitzigen Lorbeerblätter rühren die Gänse zum Beispiel nicht an, und sollten sie Hungers sterben. Sie sind also auch in dieser Hinsicht klüger als manche Menschen, die maßlos viel Essen und Trinken in sich hineinschütten.

Nachdem wir also die Tugenden der Gans kennen gelernt haben, wollen wir uns sodann ihre Laster vergegenwärtigen.
Dazu gehört zunächst die Schwatzhaftigkeit; denn des Schnatterns und Datterns ist ziemlich viel bei den Gänsen. Wir sagen daher wohl auch von einem Schwatzmaul: du schnatternde Gans. Solch Laster aber steht dem Menschen übel; nur Narren haben allen Vorrat im Munde.
Als zweites Laster der Gans sei das viele Trinken genannt. So närrisch sind die Gänse, dass sie, wenn sie andere trinken sehen, sofort mittrinken, wenngleich sie auch gar keinen Durst haben. Dies Laster haben nun in heutiger Zeit viele von den Gänsen gelernt, also, dass sie einander zu Gefallen saufen, auch wenn sie nicht dürstet ... Die Trunkenheit aber macht einen Narren noch toller, so dass er trotzt und ochst, bis er wohl gebläut, geschlagen und verwundet wird.
Als drittes Gänselaster haben wir uns die Gefräßigkeit zu vergegenwärtigen; denn wegen des vielen Fressens werden die Leiber der Gänse derart beschwert, dass sie sich nicht mehr wie andere Vögel von der Erde erheben können. Also sind auch die Fresser, Völler und Dummen, sie füllen sich derart mit irdischen Dingen an, dass sie ihr Gemüt niemals zum Himmel schwingen können. Seht, so haben wir an einer Gans, solange sie lebt, zu lernen; doch nun lasset uns sie auch noch nach ihrem Tode betrachten.
Wie wir wissen, geben die Gänse von Martini ab einen guten Braten. Verständige Köchinnen wissen ihm einen lieblichen Geschmack zu geben und füllen ihn mit guten Äpfeln und Beifuß.

Ferner liefert uns die tote Gans die Federn für unsere Betten. Was aber gibt es Besseres als ein gutes weiches Federbett, wenn man abends müdegearbeitet und abgeeselt ist? Sanfte Ruh gönnt uns Gott, und darum hat er uns auch die Nacht zum Schlafen gemacht.
Sodann gewinnt man von der toten Gans gar mancherlei Arzneien. Die mitternächtigen Völker mischen, wie Claus Magnus in lib. 39, cap. 6 schreibt, Gänsefett mit Butter und benutzen dies Gemisch zum Blutstillen oder zur Heilung von Geschwüren und Ausschlag. Gegen das Schwären der Ohren wenden sie es an. Tun sie noch Honig zu ihrem Gemisch, so sollen sie damit den Biss eines wütigen Hundes heilen.
Die Schreibfedern, die so manchen zu hohen Ehren gebracht haben, verdanken wir ebenfalls der toten Gans. Marcus Tullius Cicero und Terentius Varro waren nur von unbedeutendem Geschlecht, und doch sind sie durch ihre Schreibfedern Bürgermeister von Rom geworden. Martini Lutheri Schreibfeder reichte von Wittenberg bis Rom, und auch sie war von einer Gans genommen. Eine Gänsefeder kann viel zustande bringen; darum heißt es auch im Rätselreim von ihr:
»Weil ich leb', so schweige ich; bin ich tot, so kann ich nicht. Wenn man meinen Kopf schneid' ab, zugespitzt den Hals mir hat, da fang ich zu schreien an, dass alle Welt mich hören kann. Ohne mich kann kein König regieren, zu hoher Ehr tu manch' Armen ich führen.«
Weil ihr nunmehr die Gans gründlich im Leben und im Tode habt kennen gelernt, so befleißigt euch, daraus den nötigen Nutzen zu ziehen. Dann wird die duftende, braungebratene Weihnachtsgans euch noch einmal so gut munden und bekommen.

Die Mutter am Christabend

Johann Peter Hebel

Er schläft, er schläft! Das ist einmal ein Schlaf!
So recht, du lieber Engel du!
Tu mir die Lieb' und lieg in Ruh,
Gott gönnt es meinem Kind im Schlaf!

Erwach mir nicht, ich bitt', ich bitt'!
Die Mutter geht mit stillem Tritt,
sie geht mit zartem Muttersinn
und holt den Baum zur Kammer hin.

Was häng' ich dir denn an?
'nen Pfefferkuchenmann,
ein Kätzelchen, ein Spätzelchen,
und Blumen bunt und süß und weich,
und alles ist von Zuckerteig.

Genug, du Mutterherz!
Viel Süßigkeit bringt Schmerz.
Gib sparsam wie der liebe Gott.
Tagtäglich nützt kein Zuckerbrot.

Jetzt rote Äpfel her,
die schönsten, die ich haben kann!
Es ist auch nicht ein Fleckchen dran,
wer hat sie schöner, wer?
Es ist wahr, es ist 'ne Pracht,
was so ein Apfel lacht.

Der Zuckerbäcker wär' ein Mann,
der solche Äpfel machen kann!
Den hat nur Gott gemacht.
Was hab' ich denn noch mehr?

Ein Tüchelchen, hübsch weiß und rot,
es ist eins von den schönen,
o Kind, vor bittren Tränen
bewahr' dich Gott, bewahr dich Gott!

Was häng' ich sonst noch hin?
Dies Büchlein, Kind, ist auch noch dein,
da leg' ich Bilder dir hinein,
Gebete sind von selber drin.

Jetzt wär' genug wohl da? –
Jetzt hast Du alles Gute –
Der Tausend! Ja, 'ne Rute,
die fehlt noch, da ist sie ja!

Vielleicht – sie freut dich nicht,
vielleicht – sie schlägt die Haut dir wund,
so manchem war es schon gesund,
sei gut, so schlägt sie nicht.

Jetzt wär' er ausstaffiert,
wie'n Kirmesbaum geziert.
Dann heißt es, wann der Tag erwacht,
das Christkind hat den Baum gebracht.

Rief da der Wächter nicht
schon elf? Wie doch die Zeit verrinnt!

Man merkt die Stunden nicht,
wenn's Herz an etwas Nahrung findt.

Jetzt – Gott behüte dich,
ein ander Mal denn mehr!
Heut war es, wo der heil'ge Christ
ein Kind wie du geworden ist.
Werd auch so brav wie er!

DIE BESCHERUNG

Hanns Dieter Hüsch

Dass mir keiner ins Schlafzimmer kommt! Alle Jahre wieder ertönt dieser obligatorische Imperativ aus dem Munde meiner Frieda, wenn es darum geht, am Heiligen Abend Pakete und Päckchen in geschmackvolles Weihnachtspapier zu schlagen, wenn es darum geht, den Rest der Familie in Schach zu halten, damit auch ja keiner einen voreiligen Blick auf die Geschenke werfen kann.
Ich dagegen habe es etwas einfacher: Ich schmücke den Baum! Punkt 17.00 Uhr begebe ich mich auf die Veranda und hole den schönen Baum herein.

Es ist wirklich ein schöner Baum, sagt die Frieda. Doch, sage ich, der Baum ist schön. Dann kommt die kleinere Frieda auch noch und sagt, dass der Baum schön ist.
Und nachdem wir alle noch ein paarmal um den schönen Baum herumgegangen sind, sagt die Frieda: Mein Gott! Es ist ja schon halb sechs!
Und damit beginnt offiziell in allen Familien, die sich bei diesem Fest noch bürgerlicher Geheimnistuerei bedienen, der nervöse Teil der Bescherung.
Deshalb stecke ich mir vorbeugend – einmal im Jahr – zunächst mal eine Zigarre an und überlege in aller Ruhe, welche formalen Prinzipien ich dieses Mal zur Ausschmückung des schönen Baumes anwende.
Habe ich dann den Baum nach einigen Schnitzereien mit einem Sägemesser glücklich in den Christbaumständer gezwängt, weiß ich auch schon, wie ich's mache:
Dieses Mal werde ich endlich dem Prinzip huldigen: Je schlichter, desto vornehmer! Zwei, drei Kugeln, vier bis fünf Kerzen, hie und da einen Silberfaden, aus! Schließlich ist das ja ein Baum und keine Hollywoodschaukel.
Das soll natürlich nicht heißen, dass wir nicht genug Kugeln und Kerzen, Lametta und Engelshaar, Glöckchen und Trompetchen hätten. Im Gegenteil. Ich könnte damit drei Bäume, Pardon, drei schöne Bäume schmücken.
Und schon erhebt sich die Frage: Nur bunte Kugeln oder nur silberne? Nur weiße Kerzen oder nur rote? Engelshaar oder kein Engelshaar? Ja, was sollen meine intellektuellen Freunde denken, wenn die am 2. Feiertag zu Besuch kommen und sehen dann meinen Mischmasch aus Sentimentalität und Kunstgewerbe.

In diese meine präzisen ästhetischen Überlegungen hinein platzt die Frieda mit dem Ruf: Wie weit bist du? Um sechs ist Bescherung!
Das schaffe ich nicht, rufe ich zurück, ich kann ja den Baum nicht übers Knie brechen.
Wir haben zu Hause, sagt die Frieda, immer um sechs Uhr die Bescherung gehabt.
Wir haben die Bescherung, sage ich, immer um halb acht gehabt.
Wir haben sie um sechs gehabt, sagt die Frieda.
Um sechs Uhr schon Bescherung, sage ich, warum dann nicht schon gleich um vier oder im Oktober. Wir haben die Bescherung immer um halb acht gehabt, manche Leute haben ja die Bescherung erst am anderen Morgen.
Und wann sollen wir essen, fragt die Frieda.
Nach der Bescherung, sage ich.
Also um 9.00 Uhr, sagt die Frieda, bis dahin sind wir ja verhungert. Wer hat übrigens das Marzipan gegessen, das hier auf der Truhe lag?
Ich nicht, ruft die kleinere Frieda, aus der Küche.
Also, sagt die Frieda, also, wenn du jetzt nicht den Baum in einer Viertelstunde fertig hast, dann könnt ihr euch eure Bescherung sonstwo hinstecken!
Vielleicht fängt schon mal einer an zu singen, sage ich, desto leichter geht mir der Baum von der Hand. Und alle ästhetischen Überlegungen nun über den Haufen werfend, überschütte ich den schönen Baum mit allem, was wir haben, so dass man schließlich vor lauter Glanz und Gloria keinen Baum mehr sieht, und die Frieda kommt herein und sagt: Nun hast du's ja doch wieder so gemacht wie im vorigen Jahr, das nächste Mal schmücke ich den Baum!

Ja, sage ich, wenn ihr mir keine Zeit lasst, dann kann natürlich kein Kunstwerk entstehen.
Nun steh hier mal nicht im Weg, sagt die Frieda, geh jetzt mal raus, ich muss nämlich jetzt hier die Geschenke packen und aufbauen!
Ja, wo soll ich denn hingehen, frage ich, darf ich vielleicht ins Wohnzimmer?
Nein, ruft da meine Schwägerin, die inzwischen eingetrudelt ist, dass mir keiner ins Wohnzimmer kommt, ich bin noch nicht fertig. Und in die Küche darf ich auch nicht, da bastelt nämlich die kleinere Frieda noch an diesen entzückenden Kringelschleifchen für jedes Päckchen herum.
Die Frieda kommt aus dem Christbaumzimmer und sagt: Augen zu! Ich halte mir die Augen zu und sage: Ins Bad nur über meine Leiche, da hab ich nämlich meine Geschenke versteckt!
Und so geht das die ganze nächste halbe Stunde: Dreh dich mal um, guck nur nicht unter den Teppich, wer hat den Schlüssel vom Kleiderschrank, ich brauche noch geschmackvolles Weihnachtspapier, der Klebestreifen ist alle, willst du wohl von der Tür da weggehen, such lieber mal die Streichhölzer, meine Mutter hat das alles alleine gemacht, das ist gemein, du hast geguckt, die paar Minuten wirste wohl noch warten können.
Bis es dann endlich soweit ist, aber selbst dann kommt bei uns keine Ordnung zustande, dann heißt es nämlich: Wer packt zuerst aus? Du! Nein, ich nicht, zuerst das Kind, dann du. Nein, du dann. Wieso ich? Also, dann du und dann ich. Ich zuletzt, bitte.
Nun werden Sie vielleicht fragen, mit Recht fragen:

Wird denn bei Ihnen gar nicht gesungen, wird denn bei Ihnen nur eingepackt und ausgepackt?
Doch, doch natürlich eine Strophe wird schon gesungen, aber dann fällt das Singen meist auseinander. Aber, wissen Sie, beim Einpacken und Auspacken, da sind wir alle so nervös und verlegen, dabei merkt man die Liebe und den Frieden und den Menschen ein Wohlgefallen viel stärker als beim Singen. Und auch der Baum, der kann dann sein, wie er will, groß oder klein, dürr oder dicht, bunt oder schlicht, die Frieda sagt dann jedesmal – auch dieses Mal wieder –: Also, der Baum, … also, der Baum … der Baum ist wunderschön!!!

MARY

Stefan Heym

Die Nacht war kalt und sternenklar. An der Anlegestelle der Fährdampfer an der Südspitze der steinernen Insel Manhattan stauten sich die schmutzigen Eisschollen, und am Horizont ragten die glitzernden Wolkenkratzer auf wie ein Gebiss, das am seidigen Schwarz des Himmels nagt. Auf dem letzten Fährdampfer nach Ellis Island – jener kleinen Gefängnisinsel im Hafen von New York, wo die des

Landes verwiesenen eingesperrt waren – befanden sich an diesem Heiligabend nur wenige Passagiere. Einer von ihnen war ein ältlicher, graubärtiger Mann in einem zerschlissenen Kaftan und mit Schuhen, die einst bessere Zeiten gesehen hatten.

Sein Gesicht war sorgendurchfurcht, und er murmelte etwas, vielleicht Gebete, vielleicht Flüche – jedenfalls blieb, was er sagte, dem Einwanderungsbeamten neben ihm unverständlich. In Begleitung des Mannes war eine junge, hochschwangere Frau, deren große, traurige Augen ins Leere starrten.

»He, Joe!«, sagte der Beamte.

Der Mann zuckte zusammen.

»Macht euch fertig, du und deine Tochter. Wir sind gleich da!«, sagte der Mann. Der Beamte betrachtete die Schwellung unter dem dünnen Mantel Marys. Er schien zu grinsen.

»Na wenn schon!«, sagte er.

»Herrgott noch mal!«, schimpfte der Schreiber in der Kanzlei von Ellis Island. »Nicht mal am Heiligabend hat man seine Ruhe. Dabei wartet meine Frau schon auf mich mit dem Essen. Ihr hättet das Pack auch noch drüben behalten können, wenigstens bis nach den Feiertagen! Außerdem sind wir hier überfüllt, jede Zelle ist doppelt belegt, nichts wie Rote und Ausländer. Manchmal denk ich schon, die ganzen Vereinigten Staaten sind nur noch von Roten und Ausländern bevölkert. Wo soll ich hin mit dem Zuwachs?«

Der Beamte, der den Zuwachs gebracht hatte, zuckte die Achseln. »Geht mich doch nichts an. Unterschreib die Quittung hier, das ist alles. Ich muss zurück nach New York mit dem Fährdampfer; meine Familie wartet auch. So eine elende Kälte!«

»Also«, sagte der Schreiber, »für heute werde ich sie in die Garage stecken; die ist auch verschließbar. Morgen wird man weitersehen.«
»Ist die Garage geheizt?«, fragte der Beamte.
»Nein«, sagte der Schreiber.
Der Beamte zog die Brauen hoch und blickte einen Moment lang auf den Mann und die zarte Frau, die in der Ecke des Büros warteten.
»Hätte nicht streiken sollen, der Alte«, sagte er schließlich. »Dann brauchte er jetzt nicht zu frieren.«
»Die Garage ist noch viel zu gut für dieses rote Gesindel«, sagte der Schreiber.
Der Mann mit dem Bart, den der Einwanderungsbeamte Joe genannt hatte, kam plötzlich auf ihn zu, stürzte vor ihm auf die Knie, und seine mageren Hände verkrallten sich in dem flauschigen Uniformmantel,
»Geben Sie uns wenigstens etwas Stroh!«, bat er mit halberstickter Stimme. »Sie sehen doch – meine Frau wird bald –«
»Na, weil du's bist, Joe, sagte der Beamte; und zu dem Schreiber: »Gib ihm schon 'ne Matratze und paar Decken mit.« Und beeindruckt von seiner eigenen Großzügigkeit ging er zu der Frau, hob mit zwei Fingern ihr Kinn, sah ihr ins Gesicht und sagte: »tsk, tsk, heute muss man sich's gut überlegen, bevor man Kinder kriegt…«
Die Garagentür, die fest verschlossen war, knarrte in den Angeln. Joseph blickte auf, eine große Helligkeit verbreitete sich auf einmal, jemand hatte die Bogenlampe, die hoch unter dem Dach hing, angeknipst. Im Licht dieser Lampe erblickte Joseph drei Männer, Arbeiter offensichtlich. Sie schienen unschlüssig zu zögern.

Dann hörte der eine, der ein westindischer Neger war, das leise Wimmern von der Matratze her, und seine sanften, dunklen Augen hefteten sich auf die in Decken gehüllte Gestalt der Frau. »Dort«, sagte er.
Die anderen beiden nickten. Einer war ein hochgewachsener, breitschultriger Pole mit hervortretenden Backenknochen und einem gutmütigen, gerne lächelnden Mund. Der andere war klein und zierlich und hatte mandelförmige Augen, die blinzelten fröhlich. Er war in Amerika geboren, aber sein Vater war aus der Provinz Human in China gekommen.
»Wir haben den Stern gesehen«, sagte der Pole.
»Welchen Stern?«, fragte Joseph.
»Nun, man weiß doch – den Stern, der die Geburt des Kindes anzeigt...«
Joseph wusste wirklich nicht, aber er war viel zu verschüchtert, um weitere Fragen zu stellen.
»Wir bringen Geschenke«, sagte der Chinese.
Der Neger erklärte: »Drüben in der Baracke haben wir gehört, dass ihr angekommen seid, und dass deine Frau –«
Das Kind schrie kräftig auf.
»Ein Junge?«, fragte der Chinese.
Joseph nickte.
»Lungen hat der!«, sagte der Pole. »Donnerwetter! Der wird tüchtig wachsen und Muskeln haben und denen noch zu schaffen machen, den großen Herren! ...«
Der Neger stieß ihn an. »Die Geschenke!«, flüsterte er.
»Ach ja«, sagte der Chinese. »Also, wir haben eine Sammlung in der Baracke gemacht. Gold bringen wir zwar nicht, und auch keine Myrrhen.«
Er breitete die Schätze vor Mary aus, die Schätze der Armen, die von dem wenigen, was sie haben, geben: ein paar

Tücher, als Windeln verwertbar, ein bereits abgetragenes wollenes Kinderkleidchen; eine blauweißkarierte, weiche Decke, um den Kleinen warm einzuwickeln, und eine Klapper, damit er auch etwas zum Spielen habe. Und schließlich ein paar Dollar.

»Können wir ihn mal sehen?«, fragte der Pole.

Mary lüftete einen Zipfel der Decke. Das Kind schlief.

Die drei blickten es an. »Wie soll er heißen?«, fragte der Pole nach einer Weile.

»Joshua«, sagte Joseph. »Und Zimmermann soll er werden.«

»Warum Zimmermann?«, fragte der Neger.

»Das ist doch klar«, sagte der Chinese. »Zimmerleute braucht man zum Bauen, und Bauen braucht man zum Frieden.«

»Ja«, sagte der Pole, der religiös war. »Jesus war auch gelernter Zimmermann, und man nannte ihn den Fürsten des Friedens. Jetzt müssen wir aber gehen. Die Polizei darf nicht wissen, dass wir hier waren.«

Sie gingen und schlossen die Garagentür. Mary wiegte ihr Kind.

Kleiner Kursus in Weihnachtssprüchen

Erich Kästner

I. Für Anfänger

Ich bin ganz klein
und kann Euch gar nichts schenken.
Doch wenn ich groß bin,
schenk ich Euch ein Haus.
Ein schönes Haus,
das könnt Ihr Euch ja denken.
Mit einem Garten und mit grünen Bänken.
Lacht mich nicht aus!

Und in dem Haus sind viele, viele Räume.
Dort stehn zum Weihnachtsfest,
im Glanz des Lichts,
zweihundertneunundsiebzig Tannenbäume!
Ich bin noch klein
und schenk Euch meine Träume,
sonst nichts.

II. Für Fortgeschrittene

Nun habt Ihr mir so schön beschert.
Die Lichter brennen. Und ich denke:
Bin ich auch soviel Liebe wert?
Ich weiß, dass ich Euch manchmal kränke,

und manchmal habt Ihr Euch beschwert…
Und nun gibt's überall Geschenke!

Dass ich Euch liebe, wisst Ihr zwar,
und manchmal spürt Ihr auch, – wie sehr.
Vergesst, wenn es nicht stets so war!
Heut' ist der schönste Tag im Jahr,
und ich verspreche Euch daher:
Von nun an lieb ich Euch noch mehr!

Das ist die beste meiner Gaben,
die anderen sind schrecklich klein.
Der Tannenbaum, der Kerzenschein,
und was darunter liegt, ist mein.
Und Ihr sollt meine Liebe haben!
Wollt Ihr damit zufrieden sein?

III. Für besonders Faule

Der Weihnachtsmann hat viel gebracht.
Nun fängt man »Stille, heilige Nacht«
zu singen an.

Ich sagte gern ein Festgedicht, –
doch tu ich's nicht.
Warum? Ihr wisst es.
Ich bin zu faul dazu.
Das ist es…

Schöne Bescherung

Gerhard Polt

Wie man weiß, ist der Höhepunkt des Heiligen Abends die Bescherung. Der Zeitpunkt, wann sie stattfindet, kann variieren. Sie kann stattfinden vor der Weihnachtsansprache des bayerischen Ministerpräsidenten oder auch nachher, das wäre dann vor der Rede des Bundeskanzlers und der des Bundespräsidenten. Manche Menschen bescheren erst, nachdem sie alle Reden zu sich genommen haben und der wahre Weihnachtsfrieden dann echt eingekehrt ist. Für ein Kind ist besagter Zeitpunkt Weichen stellend, und gar schicksalhaft kann sich die Dramaturgie eines Heiligen Abends auf das individuelle Glück eines solchen auswirken.

Ich wohnte im dritten Stock, und unter mir im zweiten – genau unter mir – wohnte mein Kindkollege Herbert K.

Unwiderruflich war es Heiliger Abend geworden. Durch die Zimmerdecke des Altbaus drangen die Entzückungsschreie meines Spezis. Es wurde beschert.

»Ja hört das denn gar nicht mehr auf!«, dachte ich gequält und vergaß fast, dass ich selber ja die Bescherung noch vor mir hatte. Mich überfiel eine abgesicherte Ahnung, dass dieses Fest so ablaufen würde wie jedes Jahr, und ich fing an zu schwitzen. Kaum waren die Freudenschreie unten versickert, ging's bei mir oben los. Nur, fürchte ich, nicht so lang.

Der Baum brennt. Ich selbst, im Taumel der Beschorenheit, zähle nochmal die Leistungen des Christkinds nach – da klingelt's auch schon an der Türe. Ich zucke zusammen, atme durch und öffne. Unvermeidlich wie eine Naturkatastrophe steht er vor mir, der Herbert K., mit strengem, prüfendem Blick, einen Notizblock und einen Bleistift in der Hand.

»Und?«, fragt er. »Wie schaut's aus heuer?«

»Äh … sehr gut!«, antworte ich windelweich. »Doch … ziemlich gut!«

»Na ja, dann schaun mer amal!«, sagt er und betritt wie ein Gerichtsvollzieher unser Weihnachtszimmer. Ich reihe alle Präsente auf, lüfte auf Wunsch manche Verpackung, um eine realistische Preisvorstellung zu ermöglichen.

Herbert K. notiert.

»Da hab ich noch eine Weiche für die Eisenbahn!«, sage ich mit enger Stimme.

»Die hab ich schon!«, kommt die trockene Antwort. »Ist das alles?«

»Na ja, ist doch nicht schlecht, oder?«, höre ich mich, verzweifelt Zustimmung heischend, sagen. Doch Herbert K. rechnet bereits, flink wie in der Schule.

»Einundsechzigmarkfünfzig! Vielmehr wie voriges Jahr ist es auch nicht!«, konstatiert er.

Ich weiß, dass er Recht hat. Besondere ökonomische Kausalitäten meiner Familie haben sich heuer folgenschwer fürs Christkind ausgewirkt.

»So, jetzt gehma nunta!«, fordert Herbert. Stumm folge ich in den zweiten Stock. Schweren Herzens betrete ich den festlichen Raum. Die Präsente sind pyramidenartig aufgetürmt. Wortlos drückt mir mein Freund das bereits vorbereitete Notizblatt in die Hand.

»Du kannst alles nachkontrollieren! Zweihundertzehnmark gradaus!«

»Nein, nein, ich glaub's schon!«, winke ich ab. Da erhellt ein Hoffnungsstrahl meine Gedanken.
»Du, ich hab's fast vergessen! Ich krieg noch fünfzig Mark von einem Onkel, wenn er kommt!«
Unerbittlich werde ich abgeschmettert. »Was nicht unterm Baum liegt, wird nicht berechnet!«
Da hatte ich die Bescherung. Im Radio beendete der Ministerpräsident gerade seine Ansprache und wünschte allen – auch den Kindern – fröhliche Weihnachten. Bis zum nächsten Jahr.

Der Gang zur Christmette

Eugen Roth

Seit wir einigermaßen erwachsen waren, haben wir Weihnachten schon immer am Abend des dreiundzwanzigsten Dezember gefeiert. Wir haben wohl gewusst, dass das eigentlich nicht recht war; und wir waren für unsere Sonderlichkeit auch gestraft genug, denn die wahre Stimmung hat sich nie richtig einstellen wollen. Es ist eben das Geheimnis solcher Feste, dass sie an den Tag und an die Stunde gebunden sind, auf die sie fallen – und Weihnachten gar. Da muss man das große Gefühl haben, dass jetzt in der ganzen Christenheit die Geburt des Herrn begangen wird, dass dies die Heilige Nacht ist, in der überall die Lichter strahlen und die Glocken läuten und in der Millionen Herzen, die sonst wohl kalt und verstockt sein mögen, um den

Frieden bitten, den Gott den Menschen verheißen hat, die eines guten Willens sind.
Aber wir sind halt allzu leidenschaftliche Skifahrer gewesen, meine Brüder und ich, und die zwei Feiertage allein haben nicht ausgereicht, auch von München aus nicht, um tief in den Tiroler Bergen, wo es nicht so überlaufen war und wo man sich auf den Schnee hat verlassen können, eine große Gipfelfahrt zu unternehmen. Und eine solche ist unser Weihnachtswunsch gewesen, Jahr um Jahr; sogar mitten im Krieg haben wir daran festgehalten, wenn es uns mit dem Urlaub hinausgegangen ist, und schon im Oktober haben wir unsere Pläne geschmiedet und, mit dem Finger auf der Landkarte, die Freuden einer solchen schönen Abfahrt vorgekostet.
Oft freilich ist der Dezember föhnig gewesen und ohne Schnee; dann haben wir daheim bleiben müssen. Aber am dreiundzwanzigsten Dezember haben wir trotzdem gefeiert. Wenn es dann gegen Mitternacht gegangen ist, dann haben wir mehr als einmal ein frevles Spiel getrieben; der eine oder andre ist zum Schein aufgebrochen, um in die Christmette zu gehen. Und einmal ist es meinen Brüdern wirklich gelungen, mich zu übertölpeln, und ich habe erst vor den fest verschlossenen Domtüren gemerkt, dass wir allein in der ganzen Stadt das Weihnachtsfest um einen Tag zu früh begangen haben.
In dem Jahr aber, in dem das geschehen ist, was ich jetzt erzählen will, hat es Schnee genug gegeben. In den Bergen ist er schon im November liegen geblieben, und in der Woche vor den Feiertagen ist er gefallen, lautlos, in dicken Flocken, schier ohne Aufhören. Fast zuviel Schnee ist es gewesen, zu viel neuer Schnee; und wie wir im Zuge geses-

sen sind, meine Brüder und ich, am Samstagmittag, hat es noch immer geschneit; wir sind dann gegen Abend in die Kleinbahn umgestiegen, und der Schnee ist weiter gefallen, weiß und still. Eine Abteilung Kaiserjäger ist aus Innsbruck gekommen und hat den Bahnhof ausgeschaufelt; und im frühen Licht der Bogenlampen haben sich wunderliche Berge überall aufgetürmt, rieselnd und glitzernd wie Plättchen von Metall, mächtige Haufen dieses wunderlichsten aller Stoffe, der Luft wie dem Wasser gleich verwandt, so nass wie trocken, so schwer wie leicht und lange noch dem Himmel zugehöriger als der Erde, bis dann doch das Irdische ihn zwingt, seinen Gesetzen zu gehorchen.
Das Züglein ist so recht wie aus einer Spielzeugschachtel gewesen; und ob es mit dem vielen Schnee fertig werden würde, hat ungewiss genug hergesehen. Mühsam ist es in das Zillertal hineingekeucht, die Lokomotive hat gefaucht und gepfiffen, sie hat Rauch und Feuerfunken in die schwere Luft gewirbelt, aber sie hat's dann doch geschafft mit Ächzen und Stöhnen.
Draußen ist es schon finster gewesen, aber blass vom Schnee. In weißen Bauschen ist er auf den Dächern gelegen, jeder Zaun und jeder Pfahl hat eine verwegene Mütze getragen, die Bäume haben geseufzt unter der lockeren Last. Nach Schnee hat's gerochen, still ist es gewesen vor lauter Schnee, die Luft hat geschwirrt von Schnee, von unersättlich fallendem Schnee.
Manchmal haben die Lichter eines Dorfes, eines Bahnhofs aus dem Zauberkreis dieses mattglänzenden Nichts geleuchtet, dann sind Bauern in den Zug gestiegen, vermummte Weiber und klirrende Knechte. Sie haben sich geplustert wie die Hennen, sie haben sich das Eis aus den Bärten

gewischt und haben alle vom Schnee geredet, vom vielen, vom zu vielen Schnee, wie er seit den neunziger Jahren so nicht mehr gefallen wäre.
Endlich, am späten Abend, sind wir um den Tisch im Wirtshaus gewesen und haben, bei einem Schöpplein Roten, die Karte vor uns ausgebreitet, noch einmal unsere Bergfahrt überprüft.
Dieses Jahr hat es lange Feiertage gegeben, der Samstag, an dem wir abgefahren sind, ist der zweiundzwanzigste gewesen, morgen, am Sonntag, wollten wir in Hintertaxbach sein, am Dienstag, also am ersten Weihnachtsfeiertage, auf dem Gipfel und von da ins andere Tal hinunter. Am zweiten Feiertag talaus, weit zur Bahn, wo wir noch den letzten Zug erreichen mussten. Und weil die Nacht klar geworden ist und wir ein Anziehen der Kälte zu spüren gemeint haben, sind wir mit der Hoffnung auf Pulverschnee und schönes Wetter eingeschlafen.
Aber am Sonntag früh hat es schon wieder stumm und hartnäckig vom Himmel geschüttet, es ist lauter geworden, der Schnee ist in Klumpen an unseren Brettern gehangen, kein Wachsen hat geholfen. Nach drei Stunden haben wir es einsehen müssen, dass der Schnee zu mächtig gewesen ist, wir sind auf dem ungespurten Weg bis über die Knie eingesunken, auf einem Weg, der im Sommer ein bequemes Sträßchen ist, und auch im Winter sonst eine ausgefahrene glatte Schlittenbahn.
Kein Mensch ist uns begegnet, still ist es gewesen, geisterhaft still. Wir selber haben auch nicht mehr viel geredet, stumm sind wir hintereinander hergestapft, die Landschaft hing weich und weiß unter den warmen Bäuchen des unendlichen Gestöbers, Schnee hat sich uns auf die Wimpern

gesetzt, Schnee ist uns in die Augen geflogen, Schnee hat uns jeden Blick verhängt, Schnee ist uns in den Hals geschmolzen, Schnee hat jede Falte unserer Kleider verklebt, Schnee ist blendend und schmerzhaft aus dem Nichts auf uns zugetrieben, in dem oben und unten, vorn und hinten zaubrisch vertauscht schienen.

Einmal haben wir uns in dem nebeldichten Getriebe verleiten lassen, eine vermeintliche Schneise hinunterzufahren; wir sind aber in verschneite Felsen und Jungfichten gekommen, und ich bin gar in eine Grube gefallen, zwischen die aufwippenden Äste des Dickichts, und nun ist der Schnee rings um mich und hoch über mich geflossen, wie Wasser oder wie Sand, und wenn ich heute lache in der Erinnerung an mein wildes Dreinschlagen und Nach-Luft-Schnappen, damals habe ich ein paar atemlose Augenblicke lang das würgende Gefühl gehabt, im Schnee zu ertrinken, und der Schweiß ist mir aus allen Poren geschossen, bis ich wieder, tief schnaufend, fest auf den Beinen gestanden bin. Und lange haben wir gebraucht, um die fünfzig, sechzig Meter verlorener Steigung zurückzugewinnen.

Jedenfalls haben wir eingesehen, dass wir so unser heutiges Ziel nicht erreichen würden, und wie, noch vor dem Abenddämmern, ein einsames, armseliges Wirtshaus am Wege gestanden ist, haben wir klein beigegeben und um Nachtlager gefragt.

Eigentlich hätten wir, nach altem Brauch, an diesem dreiundzwanzigsten Dezember unser Weihnachten feiern müssen; aber wir sind verdrossen gewesen wie nach einer verlorenen Schlacht, und in der kalten, unfreundlichen Stube hat keine rechte Frömmigkeit aufkommen wollen. So haben wir uns nach einem lahmen Kartenspiel frierend in die winterfeuchten Betten gelegt und auf den nächsten Tag gehofft. Der ist dann wirklich flaumenweich und rosig aufgegangen, die Kälte hat uns früh herausgetrieben, die Welt hat anders ausgeschaut. Tiefblau ist der Himmel geworden, glitzernd weiß ist der Schnee gelegen, wie mit blauen Flämmchen überspielt, als ob er brenne von innen her. Und von den knirschenden Bäumen sind stäubend die kristallenen Massen gerutscht, und die befreiten grünen Äste haben schwarzgrün im goldenen Licht geschaukelt.

Wir sind zeitig aufgebrochen, zügiger als am Tage vorher sind wir gewandert. Und jetzt haben auch Pflug und Schlitten von Ort zu Ort gegriffen, und am späten Mittag sind wir, schier unverhofft, in Hintertaxbach gewesen.

Das kleine Dorf, holzbraun, fast schwarz unter den riesigen Hauben von Schnee, hat sich am Berg hingeduckt, der in steilen, fast waldlosen Randstufen gegen Südwesten das Tal abschließt. Nur das Gasthaus ist stattlicher gewesen und aus Stein gebaut.

Heute stehen steinerne Häuser genug dorten, und die wuchtigen roten Postkraftwagen laden zwischen Weihnachten und Ostern ganze Scharen von noblen Sportlern aus, die mit großen Koffern von weither angereist kommen. Aber damals ist Hintertaxbach noch kein Fremdenort gewesen, höchstens ein bescheidenes Bad im Sommer. Im Winter ist es völlig verlassen gewesen, jedenfalls waren wir die einzigen Gäste. Die eigentliche Front des Hauses ist während der toten Zeit dicht geschlossen gewesen, aber der Wirt hat es sich nicht nehmen lassen, uns dreien ein Staatszimmer im ersten Stock einzuräumen. Wenn ich sage Staatszimmer, so meine ich das schon richtig. Es ist nämlich ein heilkräftiges Wasser dort geflossen, und in den siebziger Jahren hat es so hergeschaut, als ob man es mit dem weltberühmten Gastein aufnehmen könnte. Und eine Zeitlang ist eine echte Erzherzogin zu Besuch gekommen und hat eine verschollene kaiserlich-königliche Pracht zurückgelassen, die jetzt, im wachsenden Verfall, einen fast gespenstigen Eindruck gemacht hat.

Der Wirt selber hat auf der Rückseite des Hauses gewohnt, behaglich warm in zwei Stuben, aus deren einer uns der bunte Schimmer eines altmodisch und überreich geputzten Christbaumes begrüßt hat. Für die ebenso spärlichen wie sparsamen einheimischen Gäste, die Bauern, Holzknechte und Fuhrleute, hat er eine gemütliche Schenke eingerichtet, in die auch wir uns zu einem späten Mittagessen gesetzt haben, während unser wintermodriges Zimmer gelüftet und geheizt worden ist.

Wir haben dann droben unsre noch immer feuchten Überkleider aufgehängt, die Rucksäcke ausgepackt und es uns so bequem wie möglich gemacht. Denn unsere kühnen Pläne haben wir aufgeben müssen, weil ja doch ein ganzer Tag verloren gewesen ist und weil es auch bei dem vielen Schnee nicht ratsam geschienen hat, über die lawinengefährliche Platte zu gehen. Wir sind bescheiden geworden, höchstens zu der Scharte wollten wir noch aufsteigen, sonst aber für diesmal faul und gemütlich sein und am zweiten Feiertag auf dem Wege zurückkehren, den wir gekommen waren.

Wir sind dann durch den Ort geschlendert, der im frühen Dämmern schon still geworden ist. Vor den Haustüren haben die Bewohner den Schnee weggeschöpft, zwischen den riesigen weißen Hügeln sind von Haus zu Haus Wege gelaufen wie Mausgänge; und die Straße ist an mannsho-

hen Mauern bis zum Gasthaus gegangen, dann ist die Welt zu Ende gewesen. Ein richtiges Kirchdorf ist Hintertaxbach nicht, nur eine Kapelle ist zwischen den schwarzbraunen Holzhäusern gestanden, ganz und gar eingeschneit, ein Kirchenkind sozusagen.
Unvermutet sind wir um eine Ecke gegangen und mitten in einen Schwarm spielender Buben und Mädel gestoßen; wie sie uns gesehen haben, sind sie kichernd auseinandergelaufen. Aber ein Bürschlein, von acht Jahren vielleicht, haben wir doch erwischt, und das hat sich jetzt zappelnd unter unsern Händen gewunden. Die Kinder haben nicht recht gewusst, ob es Ernst oder Spaß ist, was wir da treiben, sie haben aus der sicheren Entfernung neugierig hergeäugt, was wir wohl mit unserem Gefangenen anstellen würden.
Der Knirps ist schnell zutraulich geworden, wie wir ihn mit Schokolade gefüttert haben. Auch die anderen haben wieder Schneid gekriegt, und bald sind wir von Kindern umringt gewesen. Sie haben miteinander gewispert und getuschelt und immer wieder eines nach vorn gestoßen, dass es den Wortführer machen soll. Und das eine hat gefragt, woher wir kämen, und das andere, ob das wahr ist, dass man mit solchen Brettern, wie wir sie mitgebracht haben, auf den Berg steigen und wieder herunterrutschen kann? Und ein drittes hat ganz keck wissen wollen, ob das stimmt, dass in der Stadt die Häuser so groß sind wie die Berge und die Berge so klein wie die Häuser?
Wir haben ihnen Rede und Antwort gestanden, so gut es gegangen ist, und dann haben auch wir die Kinder ausgefragt, ob das Christkind heut abend kommt und was es wohl Schönes bringt. Aber da haben sie nur verlegen gelacht, und das eine hat gesagt, sie hätten ihr Sach schon vom

Nikolo gekriegt; und ein andres hat eifrig berichtet, dass er ihnen Äpfel und Kletzen in die Schuhe gesteckt hat, und wieder eins hat uns eine goldene Nuss gezeigt, die es im Bett gefunden hat. Und ein ganz geschnappiges Dirndl hat uns erzählt, die Mutter hätte gesagt, dass das Christkindl nur dort hinflöge, wo ein Baum stünde, und einen Baum hätte nur der Wirt. Wir haben also die Wahrheit aus erster Quelle erfahren, dass tief in den Bergen, wo alles erst später hinkommt, das Gute wie das Schlechte, der Christbaum bis in die jüngste Zeit noch nicht Brauch gewesen ist.
Wir fragen die Kinder, ob sie ein Weihnachtslied singen können, aber sie kichern bloß; wir helfen ihnen drauf; ob sie in der Schule oder daheim nicht was gelernt haben, vom Stall in Betlehem und vom Stern, von den Hirten oder den Heiligen Drei Königen. Sie winden sich geschämig, und eins versteckt sich hinterm andern. Und schließlich sagt die Geschnappige: Ja, singen könnten sie schon.
Also, sagen wir, dann singen wir am Abend, und wer mittun mag, darf nach dem Gebetläuten in die Wirtsstube kommen, und vielleicht bringt doch das Christkindl noch was, wenn sie alle schön brav sind. Die Kinder geben keine Antwort, sie drucksen an einem verlegenen Lachen herum und verschwinden in den Häusern. Es ist inzwischen völlig Nacht geworden, die Sterne sind aufgegangen, kalt, hoch und klar ist der Himmel gestanden nach all den wolkigen Tagen. Im ganzen Dorf ist kein Laut zu hören gewesen, und wenn nicht da und dort ein winziges Viereck geleuchtet hätte, wären wir ganz aus der Menschenwelt gewesen, mitten in dem ungeheuren Schweigen der starrenden Berge. Wir haben uns dann in die Wirtsstube gesetzt, haben gegessen und getrunken, wie man so nur im alten Österreich essen und

trinken kann, heiß von der Pfanne und kühl aus dem Keller, wir haben gescherzt darüber, dass wir jetzt doch einmal Weihnachten am vierundzwanzigsten feiern, wie es sich gehört. Und der Wirt ist bei uns gesessen, ein verständiger alter Mann, wir sind ins Reden gekommen und haben eigentlich nicht mehr daran gedacht, dass die Kinder wirklich noch erscheinen würden. Aber auf einmal ist die Tür aufgegangen und die Kinder sind hereinspaziert, sechse, sieben oder acht, im Gänsemarsch, voran der Knirps, den wir am Nachmittag gefangen hatten. »Jetzt samma da!« sagt er und pflanzt sich erwartungsvoll vor uns auf…

Der Glaube von Kindern ist unbestechlich, und es ist eine üble Sache, ihnen nicht zu halten, was man versprochen hat. Die Verlegenheit ist an uns gewesen, wir haben uns da selber, wie mein ältester Bruder lachend gemeint hat, eine rechte Bescherung eingebrockt, denn es ist gar nicht so leicht, mit einem halben Dutzend Bauernkinder was anzufangen, für Zwanzigjährige gar. Sie sind, Mädel und Buben, stumm auf der Bank gesessen und haben uns angeschaut wie die Schwalben. Es ist aber dann doch alles besser gegangen, als wir gedacht haben. Wir haben alle Süßigkeiten geholt, die wir dabei gehabt haben, ein Päckchen Kakao ist auch dabei gewesen. Milch hat's genug gegeben; und vor den dampfenden Tassen sind die Kinder immer munterer geworden. Wir haben ihnen Geschichten vom Christkind erzählt, so gut wie wir es gewusst haben – und haben, beschämt genug, gemerkt, wie arm der Verstand der Verständigen vor einem Kindergemüt doch ist. Aber dann haben wir ein paar bewährte, unfehlbare Zauberstücklein zum besten gegeben, die auf den Handrücken gelegte und heimlich in die Haut geklemmte Zündholzschachtel, die geisterhaft

auf- und niedersteigt, das Geheimnis mit dem ausgerissenen und wieder anwachsenden Daumen, das jeder erfahrene Onkel kennt, und die mit zahnlosen Kiefern Brot mulfernde alte Frau, dargestellt durch die bloße Hand, der ein umgebundenes Taschentuch und ein mit einem verkohlten Hölzchen aufgemaltes Auge in der Tat ein beängstigendes Aussehen verleiht.
Immer mutiger sind die Kinder geworden, immer gesprächiger, immer seliger. Sie haben fest geglaubt, dass wir echte Zauberer sind, und wir haben uns durch ihre Begeisterung zu immer verwegeneren Künsten verleiten lassen, bis wir selber gespürt haben, dass es hohe Zeit ist, wieder in die Frömmigkeit des Weihnachtsabends umzustimmen. Von unserem Spielen verlockt, sind auch ein paar Knechte und Mägde aus dem Haus in die Stube gekommen, der Wirt selber ist ja ein einschichtiger Mann gewesen, ohne Frau und Kinder. Er hat drüben den Baum angezündet, wir sind hinübergegangen, ich habe meine Querpfeife mitgebracht, und mein Bruder hat die verstaubte Gitarre gestimmt. Mit dem Singen freilich ist es zuerst nicht viel gewesen, weil die Kinder herkömmliche Lieder nicht gekonnt haben; aber in dem Lichterschein ist es dann doch ein inniges Musizieren geworden, und zum Schluss haben sich gar der Wirt und die Köchin als Sänger alter Tiroler Weisen gezeigt, so dass jetzt wir Städter die Beschenkten gewesen sind. Sie haben von König David gesungen und seiner Weissagung, vom bösen Herodes und von den Hirten auf dem Feld, vom Kasper, Melchior und Balthasar, ich hab mir nur ein paar Bruchstücke merken können, vom frohen Getümmel, Schalmeien vom Himmel und dass die Hirten schon gemeint haben, ganz Betlehem brennt, so stark ist der Schein gewesen und

der Braus in der Heiligen Nacht. Die Lieder sind hundert Jahre alt gewesen, und älter, von Mund zu Mund sind sie gegangen, und wie sie jetzt erklungen sind, von den zwei alten, brüchigen Stimmen, aber herzhaft und ohne Fehl, vor den Kindern und Kerzen, in der großen Bergstille, das ist schön gewesen, und ich schäme mich nicht zu sagen, rührselig, denn das ist ein gutes Wort, und erst wir haben es zu einem schlechten gemacht.

So pünktlich, wie er sie gebracht hat, hat unser Knirps seine Schar wieder fortgeführt. Jeder hat jedem Kind die Hand gegeben, sie sind, wieder im Gänsemarsch, hinausgetrippelt, ohne Dank und fast ohne Gruß, aber mit einem unvergesslichen Leuchten in den Augen.

Der Seppei, sagt der Wirt, wie sie gegangen sind, wär ein armes Bürschel, die Lahn hätte ihm vor drei Jahren den Vater verschüttet. Das ganze Häusl, sagt er, hätte der Schnee begraben, drei, vier Meter hoch wäre die Grundlawine gewesen. Die Mutter wäre mit dem Buben grade im Geißenstall gewesen, und den hätte der Schnee aufgehoben und auf den Rücken genommen und ganz sanft an die zwanzig Meter ins Tal hinausgetragen.

Wir sind in die Gaststube zurück und haben uns noch eine Weile über den Schnee unterhalten, der Wirt, nur noch flüchtig am Tisch stehend, hat uns erzählt, wie schier Jahr um Jahr die Lawinen sich ihre Opfer holen, die kleinen Holzhäuser und die Ställe überrennend, Fuhrleute mit Ross und Wagen in die Tobel reißend, im Auswärts gar, wenn die Berge in Aufruhr kommen und die schweren Schlaglawinen niederbrechen und sich rauschend und polternd bis in die Gassen des Dorfes wälzen.

Ein Wort hat das andere gegeben, wir haben auch noch allerhand Erlebnisse berichtet, von Schneebrettern und Eisbrüchen, lauter Dingen, die scheußlich zu erleben sind, aber gut zu erzählen, wenn man noch einmal davongekommen ist. Und zum Schluss haben wir den Wirt, der nur mit halbem Ohr zugehört hat, gefragt, ob er, seiner Erfahrung nach, auch jetzt, im Frühwinter, eine Lawine für möglich halte. Der Wirt schüttelt den Kopf und sagt: Ausgeschlossen! Und: ausgeschlossen nicht, sagt er gleich darauf, gar nicht ausgeschlossen, im Gegenteil, wahrscheinlich sogar bei dem vielen lockeren Schnee und der Kälte obendrein. Bis ins Dorf hinein wird wohl keine kommen. Aber, sagt er, und rundet das Gespräch mit einem Scherz ab, bei Weibern und anderen Naturgewalten weiß man nie, was sie vorhaben. Und, eine gute Nacht wünschend, fragt er, mehr beiläufig, ob die Herren vielleicht mit in die Christmette gehen möchten, nach Kaltenbrunn. Um halb elf Uhr würde aufgebrochen, denn eine Stunde Wegs müsste man bei dem Schnee rechnen. Ein Winterabend ist lang, wenn man sich um fünf Uhr schon an den Tisch setzt; und so ist es jetzt auf neun gegangen. Ich bin, wie das oft so geht, auf einmal bleiern müde gewesen. Meine Brüder haben nach kurzem Zögern zugesagt, sie haben die anderthalb Stunden noch aufbleiben wollen, und wie ich mich nun angeschickt habe, hinaufzugehen, um mich schlafen zu legen, haben sie mich einen Schwächling gescholten und einen faden Kerl, der keinen Sinn für Poesie hat. Beinahe hätten sie mich noch umgestimmt. Ich habe, einen seligen Augenblick lang, das liebliche Bild wie im Traum vor mir aufsteigen sehen, die Mitternacht im Schnee, das honigsüße Kerzenlicht, den Orgelbraus des Gloria und die vielen Wanderer auf dem Wege. Bauern aus allen Weilern und Einöden, heute so fromm wie die Hirten vor zweitausend Jahren. Aber der Teufel muss mich geritten haben in der gleichen Sekunde, ich habe nein gesagt, und um meiner Ablehnung einen scherzhaften Ton zu geben, sage ich, dass ich heute daheim bleiben will, für damals, wo sie mich vor die versperrte Kirchentür gesprengt haben. Und meinen Schutzengel, sag ich, will ich ihnen mitgeben, zum Schlafen brauch ich ihn nicht, und es ist dann einer mehr zum Hallelujasingen.

Vielleicht hätten meine Brüder gelacht und das lästerliche Wort wäre so ohne Wirkung geblieben, wie es im Grund gemeint war. Aber der Wirt hat einen roten Kopf gekriegt, er hat ein feindseliges Gesicht gemacht und hat nachdrücklich gesagt, dass der Herr seinen Schutzengel so leichtsinnig in Urlaub schicke, möchte ihn am Ende gereuen. Halten zu Gnaden, sagt er, aber so was höre er ungern. Und ist ohne Gruß hinausgegangen. Nun ist die Stimmung verdorben gewesen, und wie ich jetzt, als Säckelmeister, unwirsch die Kellnerin rufe, um zu zahlen, erhebt er keinen Einspruch. Sie lassen mich gehen, ohne Vorwurf, aber auch ohne Trost; und dass ich dem alten Mann innerlich recht geben muss, dass ich selber nicht weiß, warum ich so dumm dahergeredet habe, ist bitter genug, um mir das Herz bis zum Rande zu füllen.

Ich bin droben noch eine Weile in der Finsternis am offenen Fenster gestanden und habe mit mir gehadert. Die stille, heilige Nacht hat über dem lautlosen Tal gefunkelt, ein Licht, das von den Sternen gekommen ist, hat die weißen Tafeln des beglänzten Schnees und die bläulichen Schatten der Dunkelheit mit einem wunderlichen Feuer umspielt, und ich habe, wie es in solchen Augenblicken geschieht, durch die Landschaft hindurch weit in mein Leben und ins Wandern der Planeten gespäht, viele Gestalten, verhüllt und schwer zu deuten, haben mich mit Traumesgewalt sprachlos angeschaut, und der Himmel hat mir erlaubt, das törichte und vermessene Wort zu vergessen. Ich bin dann versucht gewesen, doch noch hinunterzugehen und zu sagen, dass ich mitkommen wollte in die Christmette. Aber ich habe den Mut zu dem ersten, schweren Schritt nicht gefunden, und das Gute ist ungetan geblieben, wie es oft ungetan bleibt im Leben.

Es ist gewesen, als wäre ein Sausen in den Sternen, aber es hat wohl nur der Schnee leise gebraust und gesotten, der die Luft ausgestoßen und sich gesetzt hat. Morgen würde ein strahlender Tag werden.

Ich habe das Fenster geschlossen und das Licht angedreht, ich habe mich ausgezogen und in eines der großen, wiegenden Betten gelegt. Und noch einmal hat es mich getrieben, wieder aufzustehen und mitzupilgern zur Mitternachtsmesse. Aber ich habe trotzig das Licht gelöscht. Zuletzt habe ich noch die Berge gesehen, steil und schwarzdrohend im Viereck des Fensters. Ich habe weinen wollen, nachträglich, wie ein gescholtenes Kind, aber da bin ich schon eingeschlafen.

Eiskalt rührt es mich an; traumtrunken haue ich um mich; Blödsinn! will ich lallen, aus tiefem Schlaf tauche ich rasend schnell empor. Die Brüder, denke ich, Schnee, rohe Bande! Und ehe ich wach bin, höre ich rumpelnden Lärm, das sind die Brüder nicht! Das Fenster klirrt, ein Stoß geht durch das Haus, ein Schwanken und Fallen, ein Knistern und Fauchen. Ein geisterhaft weißer Hauch schießt herein, kein Hauch mehr, ein knatterndes Vorhangtuch, Sturm. Die Fenster platzen auf, Sturm, denke ich, noch immer nicht wach, Schneesturm?

Aber da peitscht es schon herein, wilde, weiße, wogende Flut: Schnee – Schnee! Ins Zimmer, ins Bett, ins Hemd, ins Gesicht, in die Augen, in den Mund – ich schreie, ich fahre auf, ich wehre mich. Und jetzt erst, wo es wie mit nassen Handtüchern auf mich einschlägt, begreife ich: Die Lawine! Im gleichen Augenblick ist es auch schon vorbei. Nur noch ein Seufzen geht durch das Zimmer, es ist, als schwände eine weiße, wehende Gestalt. Von drunten höre ich es dumpf poltern, und noch einmal bebt und ächzt das Haus. Dann ist es dunkel und still.

Ich bin jetzt ganz wach. Eine heiße Quelle von Angst schießt aus mir heraus. Ich habe das Gefühl, als ob bärenstarke Männer auf meiner Brust knieten und mich an Armen und Beinen hielten. Ich versuche, mich loszureißen, ich bekomme eine Hand frei, ich wische mir übers Gesicht, ich spucke den Schnee aus dem Mund. Ich bin völlig durchnässt, ich schlottere vor Kälte und glühe zugleich vor Anstrengung, mich aus der Umklammerung dieser unbarmherzigen Fäuste zu befreien. Es gelingt, Glied um Glied, der linke Fuß ist wie in Gips eingeschlossen, ich zerre ihn mit beiden Händen heraus, des Schmerzes nicht achtend. Ich krieche aus dem Bett, ich tappe im Finstern, mit bloßen Füßen. Ich taste die Gegenstände ab, mit unbeholfenen, erstarrenden Händen, aber die Unordnung verwirrt mich noch mehr, ich kenne mich überhaupt nicht mehr aus; es ist für einen Schlaftrunkenen in einem vertrauten Raum schon schwer, Richtung zu halten, aber hier erst, zwischen umgestürzten Stühlen und queren Tischen, eingemauert im Eis, mit nackten Füßen im zerworfenen, glasharten Schnee! Natürlich habe ich den Lichtschalter gesucht, aber es ist eine sinnlose Sucherei, ich werde immer kopfloser.

Ich nehme mich plötzlich zusammen, ich sage laut vor mich hin: Nur Ruhe! Und jetzt finde ich den Lichtschalter wirklich. Ich drehe ihn mit klammen Fingern, aber es ist vergebens. Es bleibt stockdunkel. Ich kämpfe meine Erregung nieder. Ich werde doch zum Teufel eine Zündholzschachtel auftreiben. In der Rocktasche ist eine, im Rucksack. Ich wandre also wieder im Zimmer herum, meine Füße schmerzen mich, es ist nirgends ein trockenes Plätzchen zu ertasten. Aber auch nirgends eine Spur von einem Kleidungsstück oder von einem der drei Rucksäcke.

Aber den Türgriff habe ich unvermutet in der Hand. Ich drücke ihn nieder, ich rucke und reiße. Oben geht wippend ein Spalt auf, aber unten weicht die Türe nicht einen Zoll. Ich fange an, scheußlich zu frieren, ich kann kaum noch stehen. Aber es ist wenigstens nicht mehr so undurchdringlich finster, die Augen gewöhnen sich an die Nacht, ich sehe das matte Viereck des Fensters, den graugeballten Schnee und die schwärzlichen Umrisse der durcheinandergeworfenen Möbel. Ich stolpere also gegen den blassen Schein, und schon fahre ich mit der ausgestreckten Hand in die Glasscherben. Ich blute. Ich heule aus Verzweiflung, so herumzulaufen, wie ein blinder Maulwurf. Und mit einemal wird mir klar, dass meine Lage weit ernster sein kann, als ich bedacht habe. Ich weiß ja nicht, wieviel Uhr es ist. Es kann elf Uhr sein, und die anderen sind ahnungslos auf dem Weg in die Mette. Oder ist es schon gegen Morgen – und die Lawine hat die Heimkehrenden in der Gaststube drunten überrascht, und sie sind schon tot, während ich hier droben auf ihre Hilfe warte?

Ich überlege, ob ich schreien soll. Es hat wohl keinen Sinn. Wenn die Lawine niemand wahrgenommen hat, dann hört auch keiner mein Rufen. Aber ich will doch nichts unversucht lassen. So wunderlich es klingen mag, ich muss erst eine drosselnde Beschämung überwinden, ehe ich mich richtig zu schreien getraue. Dann tut es freilich gut, die eigene Stimme zu hören. ich rufe sechsmal, wie es die Vorschrift ist; dann schweige ich und horche … Lautlose, schwarze Stille. Der Vers fällt mir ein und geht mir nicht aus dem Kopf: »Wie weit er auch die Stimme schickt, nichts Lebendes wird hier erblickt!« Das ganze Gedicht rast in wirbelnden Fetzen durch mein Hirn, ich ärgere mich über den Blödsinn, es nützt nichts: »So muss ich hier verlassen sterben.« Ich bin nahe am Weinen und lache zugleich, ich setze zu neuem Rufen an – da höre ich irgendwo aus dem Hause eine Uhr schlagen.

Nie habe ich so bang auf einen Uhrenschlag gelauscht: Eins, zwei, drei – vier! Und dann voller und tiefer: Eins – zwei …

Und jetzt vernehme ich rufende Stimmen und sehe den huschenden Schein von Laternen draußen über den Schnee gehen. Meine Brüder haben mir später erzählt, dass ich immer wieder gebrüllt hätte: »Eine Lawine, eine Lawine!« – als ob sie es nicht selber gesehen hätten, was geschehen war.

Sie sind dann von rückwärts ins Haus gedrungen und haben die Tür eingeschlagen. Ich habe meinen älteren Bruder noch mit erschrockenem Gesicht auf mich zukommen gesehen, dann hat mich das Bewusstsein verlassen.

Wie ich wieder aufgewacht bin, da bin ich auf den Kissen und Decken in der Stube des Wirts gelegen, und am Christbaum haben die Kerzen gebrannt. Das ist freilich nur so gewesen, weil das Licht nicht gegangen ist, aber für mich hat es doch eine tiefe und feierliche Bedeutung gehabt. Meine Brüder sind besorgt und doch lächelnd dagestanden, und jetzt ist auch der

Wirt mit einem Krug heißen Weins gekommen, ich habe wortlos getrunken und bin gleich wieder eingeschlafen.
Am Vormittag bin ich dann überraschend munter gewesen, nur meine Füße haben mir wehgetan und die Hand, die ich mir mit den Glasscherben zerschnitten habe. Ich bin in allerhand drollige Kleidungsstücke gesteckt worden, und wir haben lachen müssen über meinen wunderlichen Aufzug. Meine eigenen Sachen sind noch im Schnee vergraben gewesen. Beim Frühstück, das zugleich unser Mittagessen war, denn es ist schon spät gewesen, ist es dann ans Erzählen gegangen. Ich habe zu meiner Überraschung gehört, dass zwischen dem Losbruch der Lawine und der Heimkehr meiner Brüder kaum mehr als eine Viertelstunde gelegen ist. Die Pilger haben, fast schon bei den ersten Häusern des Dorfes, einen wehenden Schein gesehen und später noch ein dumpfes Poltern gehört. Sie haben daraufhin wohl ihre Schritte beschleunigt, aber keiner, auch nicht der Wirt, hat sich denken können, dass die Lawine so stark gewesen ist, wie sich nachher gezeigt hat.
Nach dem Essen haben wir die Verwüstungen angeschaut, die die Staublawine angerichtet hat. Im Erdgeschoß sind die Räume gemauert voll Schnee gestanden. Vom Gesinde, das hier schläft, wäre nicht einer lebend davongekommen. Sie sind aber alle in der Christmette gewesen. Im ersten Stock waren die Fenster eingedrückt, oft mitsamt den Fensterstöcken. In manche Zimmer hat man bloß von außen mit einer Leiter einsteigen können. Der Schnee, der leichte Schnee, der wie ein Geisterhauch hingeweht ist, jetzt ist er zu Eis gepresst worden, der Luftdruck hat ihn mit Gewalt in alle Winkel geworfen.
Wir haben von dem geschwiegen, was uns zuinnerst bewegt hat. Wir haben sogar gescherzt, wie wir unsere Kleider und

unsre Habseligkeiten aus dem Schnee gescharrt haben, soweit sie noch zu finden waren, oft genug an entlegenen Orten. Am Nachmittag sind wir talaus gewandert, der Wirt war in seinen Räumen beschränkt, ihm ist nur die leidlich erhaltene Rückfront seines Hauses geblieben.
Wie wir zu ihm getreten sind, um nach unserer Schuldigkeit zu fragen und um Abschied von ihm zu nehmen, hat er grad eine Scheibe in den Rahmen gekittet. Er hat angestrengt auf seine Arbeit geblickt, wohl nur, damit er mich nicht noch einmal hat anschauen müssen. Fürs Übernachten, sagte er mit brummigem Humor, könnte er billigerweise nicht was verlangen, denn übernachtet hätten wir ja wohl nicht. Aber wenn einer der Herren einen Stutzen Geld übrig hätte, könnte er gern was in den Opferstock von Kaltenbrunn legen, zum Dank, dass der Herrgott in der Christnacht so viele Engel unterwegs gehabt hätte: ein gewöhnlicher Schutzengel hätte vielleicht nicht genügt diesmal.
Er ist weggegangen, ehe wir ihm die Hand geben konnten. Am Abend sind wir in Kaltenbrunn gewesen und haben uns für die Nacht einquartiert. Die Kirche ist hoch über dem Dorf gestanden, kaum hat sich die weiße Wand vom weißen Schnee abgehoben in der Finsternis. Aber die Glocken haben gerade den Feierabend eingeläutet. Ich bin die hundert Stufen hinaufgestiegen und habe den Messner gesucht; aber er ist nirgends zu finden gewesen, die Glocken waren still.
Da bin ich wieder, wie damals vor Jahren, an der verschlossenen Kirchentür gestanden; freilich nicht einen Tag zu früh, sondern einen Tag zu spät. Und doch inbrünstig diesmal vor Gnade, dass ich so habe stehen dürfen und dass es nicht zu spät gewesen ist für immer.

Ein Gleichnis

Eugen Roth

Ein Mensch beäugt im halben Traum
Die Lichter still am Weihnachtsbaum.
Und Wehmut schleicht sich ihm ins Herze,
Wie Kerze niederbrennt um Kerze.
Oft sind es grad die starken, stolzen,
Die unverhofft hinweggeschmolzen.
Zuletzt sind sechse oder sieben
Als arme Stümpflein übrig blieben.
Der Mensch, nicht aberglaubenfrei,
Sucht eins, dass es das seine sei.
Hoch oben flackert eins und lischt,
Tief unten raucht eins und verzischt.
Ein drittes blau nach Luft noch schnappt –
Schon ist sein Wachs davongeschwappt.
Doch seines, wie's auch knisternd keucht,
Erhebt sich neu zu Goldgeleucht.
Die Schatten werden riesengroß –
Das eine – seine – hält sich bloß.
Ein letztes Tasten noch des Lichts –
Dann kommt das ungeheure Nichts.
Der Mensch entreißt sich seinem Wahn –
Und knipst die Deckenlampe an...

Die Heilige Nacht

Peter Rosegger

Die langen Adventsnächte waren bei uns immer sehr kurz. Bald nach zwei Uhr begann es im Hause unruhig zu werden. Oben auf dem Dachboden hörte man die Knechte, wie sie sich ankleideten und umhergingen, und in der Küche brachen die Mägde Späne ab und schürten am Herde. Dann gingen sie alle auf die Tenne zum Dreschen.

Auch die Mutter war aufgestanden und hatte in der Stube Licht gemacht; bald darauf erhob sich der Vater, und sie zogen Kleider an, die nicht ganz für den Werktag und auch nicht ganz für den Feiertag waren. Dann sprach die Mutter zur Ahne, die im Bett lag, einige Worte, und wenn ich, erweckt durch die Unruhe, auch irgendeine Bemerkung tat, so gab sie mir bloß zur Antwort: »Sei du nur schön still und schlaf!« – Dann zündeten meine Eltern eine Laterne an, löschten das Licht in der Stube aus und gingen aus dem Hause. Ich hörte noch die äußere Tür gehen, und ich sah an den Fenstern den Lichtschimmer vorüber flimmern, und ich hörte das Ächzen der Tritte im Schnee, und ich hörte auch das Rasseln des Kettenhundes. – Dann wurde es wieder ruhig, nur das dumpfe, gleichmäßige Pochen der Drescher war zu vernehmen, und ich schlief wieder ein.

Der Vater und die Mutter gingen in die fast drei Stunden entfernte Pfarrkirche zur Rorate. Ich träumte ihnen nach.

Je mehr wir dem Feste nahten, um so unruhiger wurde es im Haus. Die Knechte trieben das Vieh aus dem Stall und gaben frische Streu hinein und stellten die Barren und Krippen zurecht; der Halterbub striegelte die Ochsen, dass sie ein glattes Aussehen bekamen; der Futterbub mischte mehr Heu in das Stroh als gewöhnlich und bereitete davon einen ganzen Stoß in der Futterkammer. Die Kuhmagd tat das gleiche. Das Dreschen hatte schon einige Tage früher aufgehört, weil man durch den Lärm die nahen Feiertage zu entheiligen geglaubt hätte.

Im ganzen Haus wurde gewaschen und gescheuert, selbst in die Stube kamen die Mägde mit ihren Wasserkübeln und Strohwischen und Besen hinein. Ich freute mich immer sehr auf dieses Waschen, weil ich es gern hatte, wie alles drunter und drüber gekehrt wurde, und weil die Glasbilder im Tischwinkel, die braune Schwarzwälderuhr mit ihrer Metallschelle und andere Dinge, die ich sonst immer nur von der Höhe zu sehen bekam, herabgenommen und mir näher gebracht wurden, so dass ich alles viel genauer und von verschiedenen Seiten betrachten konnte. Endlich nahm das Waschen und Scheuern und Glätten ein Ende, im Haus wurde es ruhiger, fast still, und der Heilige Abend war da.

Das Mittagmahl am Heiligen Abend wurde nicht in der Stube eingenommen, sondern in der Küche, wo man sich um das Nudelbrett herumsetzte und das einfache Fastengericht still, aber mit gehobener Stimmung verzehrte.

Der Tisch in der Stube war mit einem schneeweißen Tuch bedeckt, und vor dem Tisch stand mein Schemel, auf welchen sich zum Abend, als die Dämmerung einbrach, die Ahne hinkniete und still betete.

Mägde gingen leise durch das Haus und bereiteten ihre Festtagskleider vor, und die Mutter tat in einen großen Topf Fleischstücke, goß Wasser dazu und stellte sie zum Herdfeuer. Ich schlich in der Stube auf den Zehenspitzen herum und hörte nichts als das lustige Prasseln des Feuers in der Küche. Ich blickte auf meine Sonntagshöschen und auf das Jöpperl und auf das schwarze Filzhütlein, das schon an einem Nagel an der Wand hing, und dann blickte ich durch das Fenster in die hereinbrechende Dunkelheit hinaus. Wenn kein ungestümes Wetter eintrat, so durfte ich in der Nacht mit dem Großknecht in die Kirche gehen. Und das Wetter war ruhig, und es würde auch, wie der Vater sagte, nicht allzu kalt werden, weil auf den Bergen Nebel lag.

Unmittelbar vor dem »Rauchengehen«, in welchem Haus und Hof nach alter Sitte mit Weihwasser und Weihrauch besegnet werden, hatten der Vater und die Mutter einen kleinen Streit. Die Mooswaberl war da gewesen, hatte glückselige Feiertage gewünscht, und die Mutter hatte ihr für den Festtag ein Stück Fleisch geschenkt. Darüber war der Vater etwas ungehalten; er war sonst ein Freund der Armen und gab ihnen nicht selten mehr, als unsere Verhältnisse erlauben wollten, aber der Mooswaberl sollte man seiner Meinung nach kein Almosen reichen. Die Mooswaberl war ein Weib, welches gar nicht in die Gegend gehörte, welches unbefugt in den Wäldern umherstrich, Moos und Wurzeln sammelte, in halb verfallenen Köhlerhütten Feuer machte und schlief. Daneben zog sie bettelnd zu den Bauernhöfen, wollte Moos verkaufen, und da sie keine Geschäfte machte, weinte sie und verfluchte das Leben. Kinder, die sie ansah, fürchteten sich entsetzlich vor ihr, und viele wurden gar krank; Kühen tat sie an, dass sie rote Milch gaben.

Wer ihr eine Wohltat erwies, den verfolgte sie einige Minuten und sagte ihm: »Tausend und tausend Vergeltsgott bis in den Himmel hinauf.«

Wer sie aber verspottete oder sonst auf irgendeine Art beleidigte, zu dem sagte sie: »Ich bete dich hinab in die unterste Hölle!«
Die Mooswaberl kam oft zu unserem Haus und saß gern vor demselben auf dem grünen Rasen oder auf dem Querbrett des Zaunstiegels (Überstieg über den Zaun), trotz des heftigen Bellens und Rasselns unseres Kettenhundes, der sich gegen dieses Weib besonders unbändig zeigte. Aber die Mooswaberl saß so lange vor dem Haus, bis die Mutter ihr eine Schale Milch oder ein Stück Brot oder beides hinaustrug. Meine Mutter hatte es gern, wenn das Weib sie durch ein tausendfaches Vergeltsgott bis in den Himmel hinauf wünschte. Als man draußen im Dorf vor Jahren das Schulhaus gebaut hatte, war dieses Weib mit ihrem Mann in die Gegend gekommen und hatte dabei geholfen, bis einst der Mann bei einer Steinsprengung getötet wurde. Seit dieser Zeit arbeitete sie nicht mehr, und sie zog auch nicht fort, sondern trieb sich umher, ohne dass man wusste, was sie tat und was sie wollte. Zum Arbeiten war sie nicht mehr zu bringen; sie schien geisteskrank zu sein.
Der Richter hatte die Mooswaberl schon mehrmals aus der Gemeinde gewiesen, aber sie war immer wieder zurückgekommen. »Sie würde nicht mehr zurückgekommen sein«, sagte mein Vater, »wenn sie in dieser Gegend nichts gebettelt bekäme. So wird sie hierbleiben, und wenn sie alt und krank ist, müssen wir sie auch hegen und pflegen; das ist ein Kreuz, welches wir uns selbst an den Hals gebunden haben.«
Die Mutter sagte nichts zu solchen Worten, sondern sie gab der Mooswaberl, wenn sie kam, immer das gewohnte Almosen, und heute etwas mehr, zu Ehren des hohen Festes.

Darum also war der kleine Streit zwischen Vater rund Mutter, der aber sogleich verstummte, als zwei Knechte mit dem Rauch- und Weihwassergefäß in das Haus kamen.
Nach dem Rauchen stellte der Vater ein Kerzenlicht auf den Tisch, Späne durften heute nur in der Küche gebrannt werden. Das Nachtmahl wurde schon wieder in der Stube eingenommen. Der Großknecht erzählte während desselben wundersame Geschichten.
Nach dem Abendmahl sang die Mutter ein Hirtenlied. So wonnevoll ich sonst diesen Liedern lauschte, heute dachte ich immer nur an den Kirchgang, und ich wollte durchaus schon den Sonntagsstaat anziehen. Man sagte, es sei noch später Zeit dazu, aber endlich gab die Ahne meinem Drängen doch nach und zog mich an. Der Stallknecht kleidete sich sehr sorgsam in seinen Festtagsanzug, weil er nach dem Mitternachtsgottesdienst nicht nach Hause gehen, sondern im Dorf den Morgen abwarten wollte. Gegen neun Uhr waren auch die anderen Knechte und Mägde bereit und zündeten am Kerzenlicht eine Spanlunte an. Ich hielt mich an den Großknecht, und meine Eltern und meine Großmutter, welche daheim blieben, um das Haus zu hüten, besprengten mich mit Weihwasser und sagten, dass ich nicht fallen und nicht erfrieren möge.
Dann gingen wir.
Es war sehr finster, und die Lunte, welche der Stallknecht vorantrug, warf ihr rotes Licht in einer großen Scheibe auf den Schnee und auf den Zaun und auf die Steinhaufen und Bäume, an denen wir vorüberkamen. Mir kam dieses rote Leuchten, das zudem noch durch die großen Schatten unserer Körper unterbrochen war, grauenhaft vor, und ich hielt mich sehr ängstlich an den Großknecht, so dass dieser ein-

mal sagte: »Aber hörst, meine Joppe musst du mir lassen, was tät ich denn, wenn du mir sie abrissest?«

Der Pfad war eine Zeitlang sehr schmal, so dass wir hintereinander gehen mussten, wobei ich nur froh war, dass ich nicht der letzte war, denn ich bildete mir ein, dass dieser unendlichen Gefahren wegen der Gespenster ausgesetzt sein müsse.

Eine schneidende Luft ging, und die glimmenden Splitter der Lunte flogen weithin, und selbst als sie auf die harte Schneekruste fielen, glommen sie noch eine Weile fort.

Endlich kamen wir zu einer breiten Straße, wo wir nebeneinander gehen konnten und wo wir dann und wann ein Schuttengeschelle hörten. Dem Stallknecht war die Lunte bereits bis zu der Hand herabgebrannt, und er zündete nun eine neue an, die er vorrätig hatte. Auf der Straße sah man nun auch mehrere andere Lichter, große rote Fackeln, die heranloderten, als schwämmen sie in der schwarzen Luft, und hinter denen nach und nach mehrere Gesichter auftauchten, von Kirchengehern, die sich nun auch zu uns gesellten.

Als wir eine lange Weile auf der Straße fortgegangen waren, hörte ich auf den Baumwipfeln plötzlich ein leises Klingen. Als ich horchen wollte, hörte ich es nicht, aber bald darauf hörte ich es wieder und deutlicher als das erste Mal. Es war der Ton des kleinen Glöcklein vom Turm der Kirche. Die Lichter, die wir nun auf den Bergen und im Tal sahen, wurden immer häufiger, und nun merkten wir es auch, dass sie alle der Kirche zueilten. Auch die kleinen, ruhigen Sterne der Laternen schwebten heran, und auf der Straße wurde es immer lebhafter. Das kleine Glöcklein wurde durch ein größeres abgelöst. An der Kirche steckten die Leute die Lunten umgekehrt in den Schnee, dass sie erloschen, nur eine wurde zwischen zwei Steine der Friedhofsmauer geklemmt und brennen gelassen.

Jetzt klang auf dem Turm in langsamem, gleichmäßigem Wiegen schon die große Glocke. Aus den schmalen, hohen Kirchenfenstern fiel heller Schein. Ich wollte in die Kirche, aber der Großknecht sagte, es habe noch Zeit, und blieb stehen und sprach und lachte mit anderen Burschen und stopfte sich eine Pfeife an. Endlich klangen alle Glocken zusammen, in der Kirche begann die Orgel zu tönen, und nun gingen wir hinein.

Das sah ganz anders aus als an den Sonntagen. Die Lichter, die auf dem Altar brannten, waren hell weiße, funkelnde Sterne, und der vergoldete Tabernakel strahlte gar herrlich zurück. Die Ampel des Ewigen Lichtes war rot. Der obere Raum der Kirche war so dunkel, dass man die schönen Verzierungen des Schiffes nicht sehen konnte. Die dunklen Gestalten der Menschen saßen in den Stühlen oder standen daneben; die Weiber waren sehr in Tücher eingeschlagen und husteten. Viele hatten Kerzen vor sich brennen und sangen aus ihren Büchern mit, als auf dem Chor das Tedeum ertönte. Der Großknecht führte mich durch die zwei Reihen der Stühle gegen einen Nebenaltar, wo schon mehrere Leute standen. Dort hob er mich auf einen Schemel zu einem Glaskasten empor, der, von zwei Kerzen beleuchtet, zwischen zwei aufgesteckten Tannenwipfeln stand und den ich früher, wenn ich mit den Eltern in die Kirche kam, nie gesehen hatte. Als mich der Großknecht auf den Schemel gehoben hatte, sagte er mir leise ins Ohr: »So, jetzt kannst das Krippel anschauen.« Dann ließ er mich stehen, und ich schaute durch das Glas. Da kam ein Weiblein zu mir und sagte leise: »Ja, Kind, wenn du das anschauen willst, so muss dir's auch jemand auslegen.« Und sie erklärte mir die kleinen Gestalten.

Außer der Mutter Maria, welche über den Kopf ein blaues Tuch geschlagen hatte, das bis zu den Füßen hinabging, waren alle Gestalten, welche Menschen vorstellen sollten, so gekleidet wie unsere Knechte oder wie ältere Bauern. Der heilige Joseph selbst trug grüne Strümpfe und eine kurze Gamslederhose.

Als das Tedeum zu Ende war, kam der Großknecht wieder, hob mich von dem Schemel, und wir setzten uns in einen Stuhl. Dann ging der Kirchenmann herum und zündete alle Kerzen an, die in der Kirche waren, und jeder Mensch, auch der Großknecht, zog nun ein Kerzlein aus dem Sack und zündete es an und klebte es vor sich auf das Pult. Jetzt war es so hell in der Kirche, dass man auch die vielen schönen Verzierungen an der Decke genau sehen konnte.

Auf dem Chor stimmte man Geigen und Trompeten und Pauken, und als an der Sakristeitür das Glöcklein klang und der Pfarrer in funkelndem Messkleid, begleitet von Ministranten und rot bemäntelten Windlichtträgern, über den purpurroten Fußteppich zum Altare ging, da rauschte die Orgel in ihrem ganzen Vollklang, da wirbelten die Pauken und schmetterten die Trompeten.

Weihrauch stieg auf und hüllte den ganzen lichterstrahlenden Hochaltar in einen Schleier. – So begann das Hochamt, und so strahlte und tönte und klang es um Mitternacht. Beim Offertorium waren alle Instrumente still, nur zwei helle Stimmen sangen ein liebliches Hirtenlied, und während des Benediktus jodelten eine Klarinette und zwei Flügelhörner langsam und leise den Wiegengesang. Während des Evangeliums und der Wandlung hörte man auf dem Chor den

Kuckuck und die Nachtigall wie mitten im sonnigen Frühling. Als endlich das Amt seinem Ende nahte, erloschen nach und nach die Kerzlein in den Stühlen, und der Kirchenmann ging wieder herum und dämpfte mit seinem Blechkäppchen an den Wänden und Bildern und Altären die Lichter aus. Die am Hochaltar brannten noch, als auf dem Chor der letzte freudenreiche Festmarsch erscholl und sich die Leute aus der weihrauchduftenden Kirche drängten.

Als wir in das Freie kamen, war es trotz des dichten Nebels, der sich von den Bergen niedergesenkt hatte, nicht mehr ganz so finster wie vor Mitternacht. Es musste der Mond aufgegangen sein; man zündete keine Fackeln mehr an. Es schlug ein Uhr, aber der Schulmeister läutete schon die Betglocke zum Christmorgen.

Ich warf noch einen Blick auf die Kirchenfenster; aller Festglanz war erloschen, ich sah nur mehr den matten, rötlichen Schimmer des Ewigen Lichtes.

Als ich mich dann wieder an den Rock des Großknechtes halten wollte, war der Knecht nicht mehr da, einige fremde Leute waren um mich, die miteinander sprachen und sich sofort auf den Heimweg machten. Mein Begleiter musste schon voraus sein; ich eilte ihm nach, lief schnell und an mehreren Leuten vorüber, auf dass ich ihn bald einhole. Ich lief, so sehr es meine kleinen Füße konnten, ich kam durch den finsteren Wald, und ich kam über Felder, über welche scharfer Wind blies, so dass ich, wie warm mir sonst war, von Nase und Ohren fast nichts mehr fühlte. Ich kam an Häusern und Baumgruppen vorüber, die Leute, die früher noch auf der Straße gegangen waren, verloren sich rasch nach und nach, und ich war allein, und den Großknecht hatte ich noch immer nicht erreicht. Ich dachte, dass er auch hinter mir sein könne, doch ich beschloss, geradewegs nach Hause zu eilen. Auf der Straße lagen hier und da schwarze Punkte: die Kohlen der Spanfackeln, welche die Leute auf dem Kirchweg abgeschüttelt hatten. Die Gesträuche und Bäumchen, die neben dem Weg standen und unheimlich aus dem Nebel emportauchten, beschloss ich gar nicht anzusehen, ich fürchtete mich davor. Besonders in Angst war ich oft, sooft ein Pfad quer über die Straße ging, weil das ein Kreuzweg war, an dem in der Christnacht gern der Böse steht und klingende Schätze bei sich hat, um arme Menschenkinder dadurch mit sich zu locken. Der Stallknecht hatte zwar gesagt, er glaube nicht daran, aber geben musste es denn doch dergleichen Dinge, sonst könnten die Leute nicht soviel davon sprechen. – Ich war aufgeregt, ich wendete meine Augen nach allen Seiten, ob nicht irgendwo ein Gespenst auf mich zukomme. Endlich nahm ich mir vor, gar nicht mehr an solches Zeug zu denken, aber je fester ich das beschloss, desto mehr dachte ich daran.

Nun war ich zum Pfad gekommen, der mich von der Straße abwärts durch den Wald und in das Tal führen sollte. Ich bog ab und eilte unter den langästigen Bäumen dahin. Die Wipfel rauschten stark, und dann und wann fiel ein Schneeklumpen neben mir nieder. Stellenweise war es auch so finster, dass ich den Pfad verlor. Anfangs war der Boden hübsch glatt; aber allmählich begann er steil und steiler zu werden, und unter dem Schnee war viel Gestrüpp und hohes Heidekraut. Die Baumstämme standen nicht mehr so regelmäßig, sondern zerstreut, manche schief hängend, manche mit aufgerissenen Wurzeln an anderen lehnend, manche mit wild und wirr aufragenden Ästen am Boden liegend. Das hatte ich nicht gesehen, als wir aufwärts gingen. Ich konnte oft kaum weiter, ich musste mich durch das Gesträuch und Geäst durchschwingen. Oft brach der Schnee ein, das steife Heidekraut reichte mir bis zur Brust.

Schneeschollen fielen mir in das Rocksäcklein, Schnee legte sich an die Höschen und Strümpfe, und das Wasser rann mir in die Schuhe hinab. Zuerst war ich durch das Klettern über das Gefälle und das Kriechen im Gesträuch müde geworden, aber nun war auch die Müdigkeit verschwunden; ich achtete nicht den Schnee, und ich achtete nicht das Heidekraut und Gesträuch, das mir oft rauh über das Gesicht fuhr, sondern ich eilte weiter. Oft fiel ich zu Boden, aber ich raffte mich schnell auf. Auch alle Gespensterfurcht war weg; ich dachte an nichts als an das Tal und an unser Haus. Ich wusste nicht, wie lange ich mich so durch die Wildnis fortwand, aber ich fühlte mich kräftig und behendig, die Angst trieb mich vorwärts.

Plötzlich stand ich vor einem Abgrund. In dem Abgrund lag grauer Nebel, aus welchem einzelne Baumwipfel emportauchten. Um mich hatte sich der Wald gelichtet, über mir war es heiter, und am Himmel stand der Halbmond. Mir gegenüber und weiter im Hintergrund waren nichts als seltsame, kegelförmige Berge.

Unten in der Tiefe musste das Tal mit der Mühle sein; mir war, als hörte ich das Tosen des Baches, aber es war das Rauschen des Windes in den jenseitigen Wäldern. Ich ging rechts und links und suchte einen Fußsteig, der mich abwärts führte, und ich fand eine Stelle, an welcher ich mich durch Geröll, welches vom Schnee befreit dalag, und durch Wacholdergesträuche hinabzulassen versuchte. Das gelang mir auch eine Strecke, doch noch zur rechten Zeit hielt ich mich an eine Wurzel, fast wäre ich über eine senkrechte

Wand gestürzt. Nun konnte ich nicht mehr vorwärts. Ich ließ mich aus Mattigkeit zu Boden. In der Tiefe lag der Nebel mit den schwarzen Baumwipfeln. Außer dem Rauschen des Windes in den Wäldern hörte ich nichts. Ich wusste nicht, wo ich war. – Wenn jetzt ein Reh käme, ich würde es fragen nach dem Weg, vielleicht könnte es ihn mir weisen, in der Christnacht reden ja Tiere menschliche Sprache!
Ich erhob mich, um wieder aufwärts zu klettern; ich machte das Geröll locker und kam nicht vorwärts. Mich schmerzten Hände und Füße. Nun stand ich still und rief, so laut ich konnte, nach dem Großknecht. Meine Stimme fiel von den Wäldern und Wänden lang gezogen und undeutlich zurück. Dann hörte ich wieder nichts als das Rauschen des Windes. Der Frost schnitt mir in die Glieder.
Nochmals rief ich mit aller Macht den Namen des Großknechtes.
Wieder nichts als der lang gezogene Widerhall. Nun überkam mich eine fürchterliche Angst. Ich rief schnell hintereinander meine Eltern, meine Ahne, alle Knechte und Mägde unseres Hauses. Es war vergebens.
Nun begann ich kläglich zu weinen.
Bebend stand ich da, und mein Körper warf einen langen Schatten schräg abwärts über das nackte Gestein. Ich ging an der Wand hin und her, um mich etwas zu erwärmen, ich betete laut zum heiligen Christkind, dass es mich erlöse.
Der Mond stand hoch am dunklen Himmel.
Ich konnte nicht mehr weinen und beten, ich konnte mich auch kaum mehr bewegen, ich kauerte mich zitternd an einen Stein und dachte: Nun will ich schlafen, das ist alles nur ein Traum, und wenn ich erwache, bin ich daheim oder im Himmel.

Da hörte ich plötzlich ein Knistern über mir im Wacholdergesträuch, und bald darauf fühlte ich, wie mich etwas berührte und emporhob. Ich wollte schreien, aber ich konnte nicht, die Stimme war wie eingefroren. Aus Furcht und Angst hielt ich die Augen fest geschlossen. Auch Hände und Füße waren mir wie gelähmt, ich konnte sie nicht bewegen. Mir war warm, und mir kam vor, als ob sich das ganze Gebirge mit mir wiegte. –

Als ich zu mir kam und erwachte, war noch Nacht, aber ich stand an der Tür meines Vaterhauses, und der Kettenhund bellte heftig. Eine Gestalt hatte mich auf den festgetretenen Schnee gleiten lassen, pochte dann mit dem Ellbogen gewaltig an die Tür und eilte davon. Ich hatte diese Gestalt erkannt – es war die Mooswaberl gewesen.

Die Tür ging auf, und die Ahne stürzte mit den Worten auf mich zu: »Jesus Christus, da ist er ja!«

Sie trug mich in die warme Stube, aber von dieser schnell wieder zurück in das Vorhaus; dort setzte sie mich auf einen Trog, eilte dann hinaus vor die Tür und machte durchdringliche Pfiffe.

Sie war ganz allein zu Hause. Als der Großknecht von der Kirche zurückgekommen war und mich daheim nicht gefunden hatte, und als auch die anderen Leute kamen und ich bei keinem war, gingen sie alle hinab in den Wald und in das Tal und jenseits hinauf zur Straße und nach allen Richtungen. Selbst die Mutter war mitgegangen und hatte überall, wo sie ging und stand, meinen Namen gerufen.

Nachdem die Ahne glaubte, dass es mir nicht mehr schädlich sein konnte, trug sie mich wieder in die warme Stube, und als sie mir die Schuhe und Strümpfe auszog, waren diese ganz zusammen- und fast an die Füße gefroren. Hierauf

eilte sie nochmals ins Freie und machte wieder ein paar Pfiffe und brachte dann in einem Kübel Schnee und stellte mich mit bloßen Füßen in diesen Schnee.
Als ich in dem Schnee stand, fühlte ich in den Zehen einen so heftigen Schmerz, dass ich stöhnte, aber die Ahne sagte: »Das ist schon gut, wenn du Schmerz hast, dann sind dir die Füße nicht erfroren.«
Bald darauf strahlte die Morgenröte durch das Fenster, und nun kamen nach und nach die Leute nach Hause, zuletzt aber der Vater, und zuallerletzt, als schon die rote Sonnenscheibe über der Wechselalpe aufging und als die Ahne unzählige Male gepfiffen hatte, kam die Mutter. Sie ging an mein Bettlein, in welches ich gebracht worden war und an welchem der Vater saß. Sie war ganz heiser.
Sie sagte, dass ich nun schlafen sollte, und verdeckte das Fenster mit einem Tuch, auf dass mir die Sonne nicht in das Gesicht scheine. Aber der Vater meinte, ich solle noch nicht schlafen, er wolle wissen, wie ich mich von dem Knecht entfernt habe, ohne dass er es merkte, und wo ich herumgelaufen sei? Ich erzählte sofort, wie ich den Pfad verloren hatte, wie ich in die Wildnis kam, und als ich von dem Mond und von dem Felsenabgrund erzählte, da sagte der Vater halblaut zu meiner Mutter: »Weib, sagen wir Gott Lob und Dank, dass er da ist, er ist auf der Trollwand gewesen!«
Nach diesen Worten gab mir die Mutter einen Kuss auf die Wangen, wie sie es nur selten tat, und dann hielt sie ihre Schürze vor das Gesicht und ging davon.
»Ja, du Donnersbub, und wie bist denn heimgekommen?« fragte mich der Vater. Darauf sagte ich, dass ich das nicht wisse, dass ich nach langem Schlafen und Wiegen auf einmal vor der Haustür gewesen und dass die Mooswaberl

neben mir gestanden. Der Vater fragte mich noch einmal über diesen Umstand, aber ich antwortete, dass ich nichts Genaueres darüber sagen könne.
Nun sagte der Vater, dass er in die Kirche zum Hochgottesdienst gehe, weil heute der Christtag sei, und dass ich schlafen solle.
Ich muss darauf viele Stunden geschlafen haben, denn als ich erwachte, war draußen Dämmerung, und in der Stube war es fast finster. Neben meinem Bett saß die Ahne und nickte, von der Küche herein hörte ich das Prasseln des Herdfeuers.
Später, als die Leute beim Abendmahl saßen, war auch die Mooswaberl am Tisch.
Auf dem Kirchhof, über dem Grabhügel ihres Mannes, war sie während des Vormittagsgottesdienstes gekauert, da trat nach dem Hochamt mein Vater zu ihr hin und nahm sie mit in unser Haus.

Die Leihgabe

Wolfdietrich Schnurre

Am meisten hat Vater sich jedes Mal zu Weihnachten Mühe gegeben. Da fiel es uns allerdings auch besonders schwer, drüber wegzukommen, dass wir arbeitslos waren. Andere Feiertage, die beging man oder man beging sie nicht; aber auf Weihnachten lebte man zu, und war es erst da, dann hielt man es fest; und die Schaufenster, die brach-

ten es ja oft noch nicht mal im Januar fertig, sich von ihren Schokoladenweihnachtsmännern zu trennen.
Mir hatten es vor allem immer die Zwerge und Kasperles angetan. War Vater dabei, sah ich weg; aber das fiel meist mehr auf, als wenn man hingesehen hätte; und so fing ich dann allmählich doch wieder an, in die Läden zu gucken. Vater war auch nicht gerade unempfindlich gegen die Schaufensterauslagen, er konnte sich nur besser beherrschen. Weihnachten, sagte er, wäre das Fest der Freude; das Entscheidende wäre jetzt nämlich: nicht traurig zu sein, auch dann nicht, wenn man kein Geld hätte.
»Die meisten Leute«, sagte mein Vater, »sind bloß am ersten und zweiten Feiertag fröhlich und vielleicht nachher zu Silvester nochmal. Das genügt aber nicht; man muss mindestens schon einen Monat vorher mit Fröhlichsein anfangen. Zu Silvester«, sagte Vater, »da kannst dann getrost wieder traurig sein; denn es ist nie schön, wenn ein Jahr einfach so weggeht. Nur jetzt, so vor Weihnachten, da ist es unangebracht, traurig zu sein.« Vater selber gab sich auch immer große Mühe, nicht traurig zu sein um diese Zeit; doch er hatte es aus irgendeinem Grund da schwerer als ich; wahrscheinlich deshalb, weil er keinen Vater mehr hatte, der ihm dasselbe sagen konnte, was er mir immer sagte.
Es wäre bestimmt auch alles leichter gewesen, hätte Vater noch eine Stelle gehabt. Er hätte jetzt sogar wieder als Hilfspräperator gearbeitet; aber sie brauchten keine Hilfspräperatoren im Augenblick. Der Direktor hatte gesagt, aufhalten im Museum könnte Vater sich gern, aber mit Arbeit müsste er warten, bis bessere Zeiten kämen.
»Und wann, meinen Sie, ist das?«, hatte Vater gefragt.
»Ich möchte Ihnen nicht wehtun«, hatte der Direktor gesagt.

Frieda hatte mehr Glück gehabt; sie war in einer Großdestille am Alexanderplatz als Küchenhilfe eingestellt worden und war dort auch gleich in Logis. Uns war es ganz angenehm, nicht dauernd mit ihr zusammen zu sein; sie war jetzt, wo wir uns nur mittags und abends mal sahen, viel netter.

Aber im Grunde lebten auch wir nicht schlecht. Denn Frieda versorgte uns reichlich mit Essen, und war es zu Hause zu kalt, dann gingen wir ins Museum rüber; und wenn wir uns alles angesehen hatten, lehnten wir uns unter dem Dinosauriergerippe an die Heizung, sahen aus dem Fenster oder fingen mit dem Museumswärter ein Gespräch über Kaninchenzucht an.

An sich war das Jahr also durchaus dazu angetan, in Ruhe und Beschaulichkeit zu Ende gebracht zu werden. Wenn Vater sich nur nicht solche Sorge um einen Weihnachtsbaum gemacht hätte.

Es kam ganz plötzlich.

Wir hatten eben Frieda aus der Destille abgeholt und sie nach Hause gebracht und uns hingelegt, da klappte Vater den Band Brehms Tierleben zu, in dem er abends immer noch las, und fragte zu mir rüber: »Schläfst du schon?«

»Nein«, sagte ich, denn es war zu kalt zum Schlafen.

»Mir fällt eben ein«, sagte Vater, »wir brauchen ja einen Weihnachtsbaum.« Er machte eine Pause und wartete meine Antwort ab.

»Findest du?«, sagte ich.

»Ja«, sagte Vater, »und zwar so einen richtigen, schönen; nicht so einen murkligen, der schon umkippt, wenn man bloß mal eine Walnuss dranhängt.«

Bei dem Wort Walnuss richtete ich mich auf. Ob man nicht vielleicht auch ein paar Lebkuchen kriegen könnte zum Dranhängen?
Vater räusperte sich. »Gott –« sagte er, »warum nicht; mal mit Frieda reden.«
»Vielleicht«, sagte ich, »kennt Frieda auch gleich jemand, der uns einen Baum schenkt.«
Vater bezweifelte das. Außerdem: So einen Baum, wie er ihn sich vorstellte, den verschenkte niemand, der wäre ein Reichtum, ein Schatz wäre der.
Ob er vielleicht eine Mark wert wäre, fragte ich.
»Eine Mark – ?!« Vater blies verächtlich die Luft durch die Nase: »Mindestens zwei.«
»Und wo gibt's ihn?«
»Siehst du«, sagte der Vater, »das überleg ich auch gerade.«
»Aber wir können ihn doch gar nicht kaufen«, sagte ich; »zwei Mark: Wo willst du die denn jetzt hernehmen?«
Vater hob die Petroleumlampe auf und sah sich im Zimmer um. Ich wusste, er überlegte, ob sich vielleicht noch was ins Leihhaus bringen ließe; es war aber schon alles drin, sogar das Grammophon, bei dem ich so geheult hatte, als der Kerl hinter dem Gitter mit ihm weggeschlurft war.
Vater stellte die Lampe wieder zurück und räusperte sich. »Schlaf mal erst; ich werde mir den Fall durch den Kopf gehen lassen.«
In der nächsten Zeit drückten wir uns bloß immer an den Weihnachtsbaumverkaufsständen herum. Baum auf Baum bekam Beine und lief weg; aber wir hatten noch immer keinen.
»Ob man nicht doch – ?«, fragte ich am fünften Tag, als wir gerade wieder im Museum unter dem Dinosauriergerippe an der Heizung lehnten.

»Ob man was?«, fragte Vater scharf.
»Ich meine, ob man nicht doch versuchen sollte, einen gewöhnlichen Baum zu kriegen?«
»Bist du verrückt?!« Vater war empört. »Vielleicht so einen Kohlstrunk, bei dem man nachher nicht weiß, soll es ein Handfeger oder eine Zahnbürste sein? Kommt gar nicht infrage.«
Doch was half es; Weihnachten kam näher und näher. Anfangs waren die Christbaumwälder in den Straßen noch aufgefüllt worden; aber allmählich lichteten sie sich, und eines Nachmittags waren wir Zeuge, wie der fetteste Christbaumverkäufer vom Alex, der Kraftriemen-Jimmy, sein letztes Bäumchen, ein wahres Streichholz von einem Baum, für drei Mark fünfzig verkaufte, aufs Geld spuckte, sich aufs Rad schwang und wegfuhr.
Nun fingen wir doch an, traurig zu werden. Nicht schlimm; aber immerhin, es genügte, dass Frieda die Brauen noch mehr zusammenzog, als sie es sonst zu tun pflegte, und dass sie uns fragte, was wir denn hätten.
Wir hatten uns zwar daran gewöhnt, unseren Kummer für uns zu behalten, doch diesmal machten wir eine Ausnahme, und Vater erzählte es ihr.
Frieda hörte aufmerksam zu. »Das ist alles?« Wir nickten. »Ihr seid aber komisch«, sagte Frieda; »wieso geht ihr denn nicht einfach in den Grunewald einen klauen?«
Ich habe Vater schon häufig empört gesehen, aber so empört wie an diesem Abend noch nie.
Er war kreidebleich geworden. »Ist das dein Ernst?«, fragte er heiser.
Frieda war sehr erstaunt. »Logisch«, sagte sie; »das machen doch alle.«

»Alle – !«, echote Vater dumpf, »alle – !« Er erhob sich steif und nahm mich bei der Hand. »Du gestattest wohl«, sagte er darauf zu Frieda, »dass ich erst den Jungen nach Hause bringe, ehe ich dir hierauf die gebührende Antwort erteile.«
Er hat sie ihr niemals erteilt. Frieda war vernünftig; sie tat so, als ginge sie auf Vaters Zimperlichkeit ein, und am nächsten Tag entschuldigte sie sich. Doch was nützte das alles; einen Baum, gar einen Staatsbaum, wie Vater ihn sich vorstellte, hatten wir deshalb noch lange nicht.
Aber dann – es war der dreiundzwanzigste Dezember, und wir hatten eben wieder unseren Stammplatz unter dem Dinosauriergerippe bezogen – hatte Vater die große Erleuchtung.
»Haben Sie einen Spaten?«, fragte er den Museumswärter, der neben uns auf seinen Klappstuhl eingenickt war.
»Was?!«, rief der und fuhr auf. »Was habe ich?«
»Einen Spaten, Mann«, sagte Vater ungeduldig; »ob Sie einen Spaten haben.«
Ja, den hätte er schon.
Ich sah unsicher an Vater empor. Er sah jedoch leidlich normal aus; nur sein Blick schien mir eine Spur unsteter zu sein als sonst.
»Gut«, sagte er jetzt, »wir kommen heute mit Ihnen nach Hause, und Sie borgen ihn uns.«
Was er vorhatte, erfuhr ich erst in der Nacht.
»Los«, sagte Vater und schüttelte mich, »steh auf!«
Ich kroch schlaftrunken über das Bettgitter. »Was ist denn bloß los!«
»Pass auf«, sagte Vater und blieb vor mir stehen: »Einen Baum stehlen, das ist gemein; aber sich einen borgen, das geht.«

»Borgen – ?«, fragte ich blinzelnd.
»Ja«, sagte Vater. »Wir gehen jetzt in den Friedrichshain und graben eine Blautanne aus. Zu Hause stellen wir sie in die Wanne mit Wasser, feiern morgen dann Weihnachten mit ihr, und nachher pflanzen wir sie wieder am selben Platz ein. Na – ?« Er sah mich durchdringend an.
»Eine wunderbare Idee«, sagte ich.
Summend und pfeifend gingen wir los; Vater den Spaten auf dem Rücken, ich einen Sack unter dem Arm. Hin und wieder hörte Vater auf zu pfeifen, und wir sangen zweistimmig »Morgen, Kinder, wird's was geben« und »Vom Himmel hoch, da komm ich her«. Wie immer bei solchen Liedern hatte Vater Tränen in den Augen, und auch mir war schon ganz feierlich zumute.
Dann tauchte vor uns der Friedrichshain auf, und wir schwiegen.
Die Blautanne, auf die Vater es abgesehen hatte, stand inmitten eines strohgedeckten Rosenrondells. Sie war gut anderthalb Meter hoch und ein Muster an ebenmäßigem Wuchs. Da der Boden nur dicht unter der Oberfläche gefroren war, dauerte es auch gar nicht lange, und Vater hatte die Wurzeln freigelegt. Behutsam kippten wir den Baum darauf um, schoben ihn mit den Wurzeln in den Sack, Vater hängte seine Joppe über das Ende, das raussah, wir schippten das Loch zu, Stroh wurde darüber gestreut, Vater lud sich den Baum auf die Schulter, und wir gingen nach Hause.
Hier füllten wir die große Zinkwanne mit Wasser und stellten den Baum rein.
Als ich am nächsten Morgen aufwachte, waren Vater und Frieda schon dabei, ihn zu schmücken. Er war jetzt mit Hilfe einer Schnur an der Decke befestigt, und Frieda hatte aus

Stanniolpapier allerlei Sterne geschnitten, die sie an seinen Zweigen aufhängte; sie sahen sehr hübsch aus. Auch einige Lebkuchenmänner sah ich hängen.
Ich wollte den beiden den Spaß nicht verderben; daher tat ich so, als schliefe ich noch. Dabei überlegte ich mir, wie ich mich für ihre Nettigkeit revanchieren könnte.
Schließlich fiel es mir ein: Vater hatte sich einen Weihnachtsbaum geborgt, warum sollte ich es nicht fertig bringen, mir über die Feiertage unser verpfändetes Grammophon auszuleihen? Ich tat also, als wachte ich eben erst auf, bejubelte vorschriftsmäßig den Baum, und dann zog ich mich an und ging los.
Der Pfandleiher war ein furchtbarer Mensch; schon als wir zum ersten Mal bei ihm gewesen waren und Vater ihm seinen Mantel gegeben hatte, hätte ich den Kerl sonst was zufügen mögen; aber jetzt musste man freundlich zu ihm sein.
Ich gab mir auch große Mühe. Ich erzählte ihm was von zwei Großmüttern und »gerade zu Weihnachten« und »letzter Freude auf alte Tage« und so, und plötzlich holte der Pfandleiher aus und haute mir eine runter und sagte ganz ruhig:
»Wie oft du sonst schwindelst, ist mir egal; aber zu Weihnachten wird die Wahrheit gesagt, verstanden?«
Darauf schlurfte er in den Nebenraum und brachte das Grammophon an. »Aber wehe, ihr macht was an ihm kaputt! Und nur für drei Tage! Und auch bloß, weil du's bist!«
Ich machte einen Diener, dass ich mir fast die Stirn an der Kniescheibe stieß; dann nahm ich den Kasten unter den einen, den Trichter unter den anderen Arm und rannte nach Hause.

Ich versteckte beides erst mal in der Waschküche. Frieda allerdings musste ich einweihen, denn die hatte die Platten; aber Frieda hielt dicht.
Mittags hatte uns Friedas Chef, der Destillenwirt, eingeladen. Es gab eine tadellose Nudelsuppe, anschließend Kartoffelbrei mit Gänseklein. Wir aßen, bis wir uns kaum noch erkannten, darauf gingen wir, um Kohlen zu sparen, noch ein bisschen ins Museum zum Dinosauriergerippe, und am Nachmittag kam Frieda und holte uns ab.
Zu Hause wurde geheizt. Dann packte Frieda eine Riesenschüssel voll übrig gebliebenem Gänseklein, drei Flaschen Rotwein und einen Quadratmeter Bienenstich aus, Vater legte für mich seinen Band Brehms Tierleben auf den Tisch, und im nächsten unbewachten Augenblick lief ich in die Waschküche runter, holte das Grammophon rauf und sagte Vater, er sollte sich umdrehen.
Er gehorchte auch; Frieda legte die Platten raus und steckte die Lichter an, und ich machte den Trichter fest und zog das Grammophon auf.
»Kann ich mich umdrehen?«, fragte Vater, der es nicht mehr aushielt, als Frieda das Licht ausgeknipst hatte.
»Moment«, sagte ich, »dieser verdammte Trichter – denkst du, ich krieg das Ding fest?«
Frieda hüstelte.
»Was denn für ein Trichter?«, fragte Vater.
Aber da ging es schon los. Es war »Ihr Kinderlein kommet«; es knarrte zwar etwas, und die Platte hatte wohl auch einen Sprung, aber das machte nichts. Frieda und ich sangen mit, und da drehte Vater sich um. Er schluckte erst und zupfte sich an der Nase, aber dann räusperte er sich und sang auch mit.

Als die Platte zu Ende war, schüttelten wir uns die Hände, und ich erzählte Vater, wie ich das mit dem Grammophon gemacht hätte.
Er war begeistert. »Na – ?«, sagte er nur immer wieder zu Frieda und nickte dabei zu mir rüber: »Na – ?«
Es wurde ein schöner Weihnachtsabend. Erst sangen und spielten wir die Platten durch; dann spielten wir sie noch mal ohne Gesang; dann sang Frieda noch mal alle Platten allein; dann sang sie mit Vater noch mal, und dann aßen wir und tranken den Wein aus, und darauf machten wir noch ein bisschen Musik; und dann brachten wir Frieda nach Hause und legten uns auch hin.
Am nächsten Morgen blieb der Baum noch aufgeputzt stehen. Ich durfte liegen bleiben, und Vater machte den ganzen Tag Grammophonmusik und pfiff zweite Stimme dazu.
Dann, in der folgenden Nacht, nahmen wir den Baum aus der Wanne, steckten ihn, noch mit dem Stanniolpapier geschmückt, in den Sack und brachten ihn zurück in den Friedrichshain.
Hier pflanzten wir ihn wieder in sein Rosenrondell. Darauf traten wir die Erde fest und gingen nach Hause. Am Morgen brachte ich dann auch das Grammophon weg.
Den Baum haben wir noch häufig besucht; er ist wieder angewachsen. Die Stanniolpapiersterne hingen noch eine ganze Weile in seinen Zweigen, einige sogar bis in den Frühling.
Vor ein paar Monaten habe ich mir den Baum wieder einmal angesehen. Er ist gute zwei Stock hoch und hat den Umfang eines mittleren Fabrikschornsteins. Es mutet merkwürdig an, sich vorzustellen, dass wir ihn mal zu Gast in unserer Wohnküche hatten.

Unter dem Tannenbaum

Theodor Storm

1
Eine Dämmerstunde

Es war das Arbeitszimmer eines Beamten. Der Eigentümer, ein Mann in den Vierzigern, mit scharf ausgeprägten Gesichtszügen, aber milden, lichtblauen Augen unter dem schlichten, hellblonden Haar, saß an einem mit Büchern und Papieren bedeckten Schreibtisch, damit beschäftigt, einzelne Schriftstücke zu unterzeichnen, welche der danebenstehende alte Amtsbote ihm überreichte. Die Nachmittagssonne des Dezembers beleuchtete eben mit ihrem letzten Strahl das große schwarze Tintenfass, in das er dann und wann die Feder tauchte. Endlich war alles unterschrieben.

»Haben Herr Amtsrichter sonst noch etwas?« fragte der Bote, indem er die Papiere zusammenlegte.

»Nein, ich danke Ihnen.«

»So habe ich die Ehre, vergnügte Weihnachten zu wünschen.«

»Auch Ihnen, lieber Erdmann.«

Der Bote sprach einen der mitteldeutschen Dialekte; in dem Tone des Amtsrichters war etwas von der Härte jenes nördlichsten deutschen Volksstammes, der vor wenigen Jahren, und diesmal vergeblich, in einem seiner alten Kämpfe mit dem fremden Nachbarvolk geblutet hatte. – Als sein Untergebener sich entfernte, nahm er unter den Papieren einen

angefangenen Brief hervor und schrieb langsam daran weiter.
Die Schatten im Zimmer fielen immer tiefer. Er sah nicht die schlanke Frauengestalt, die hinter ihm mit leisen Schritten durch die Tür getreten war; er bemerkte es erst, als sie den Arm um seine Schulter legte. – Auch ihr Antlitz war nicht mehr jung; aber in ihren Augen war noch jener Ausdruck von Mädchenhaftigkeit, den man bei Frauen, die sich geliebt wissen, auch noch nach der ersten Jugend findet.
»Schreibst du an meinen Bruder?« fragte sie, und in ihrer Stimme, nur etwas gemildert, war dieselbe Klangfarbe wie in der ihres Mannes.
Er nickte. »Lies nur selbst!« sagte er, indem er die Feder fortlegte und zu ihr emporsah.
Sie beugte sich über ihn herab; denn es war schon dämmerig geworden. So las sie, langsam wie er geschrieben hatte:
»Ich bin wieder gesund und arbeitsfähig – glücklicherweise; denn das ist die Not der Fremde, dass man den Boden, worauf man steht, sich in jeder Stunde neu erschaffen muss. So schlecht es immer sein mag, darin habt Ihr es doch gut daheim; und wer wäre nicht gern geblieben, wenn er nur ein Stück Brot und jenes unentbehrliche ›sanfte Ruhekissen‹ des alten Sprichworts sich hätte erhalten können.«
Sie legte schweigend die Hand auf seine Stirn, während er, der ihren Augen gefolgt war, das Blatt umwandte. Dann las sie weiter:
»Der guten und klugen Frau, die Du vorige Weihnachten bei uns hast kennenlernen, bin ich so glücklich gewesen, durch die Vermittlung eines Vergleichs mit ihrem Gutsnachbarn, einen wirklichen Dienst zu leisten; der schöne, so sehr von ihr begehrte Wald ist seit kurzem endlich in ihren Besitz

gelangt. Hätten wir morgen für Deinem Freund Harro nur eine Tanne aus diesem Walde; denn hier ist viele Meilen in die Runde kein Nadelholz zu finden. Was aber ist ein Weihnachtsabend ohne jenen Baum mit seinem Duft voll Wunder und Geheimnis!«

»Aber du«, sagte der Amtsrichter, als seine Frau gelesen hatte, »du bringst in deinen Kleidern den Duft des echten Weihnachtsabends!«

Sie langte lächelnd in den Schlitz ihres Kleides und legte ein großes Stück braunen Weihnachtskuchen vor ihm auf den Tisch. »Sie sind eben vom Bäcker gekommen«, sagte sie, »probier nur; deine Mutter backt sie dir nicht besser!«

Er brach einen Brocken ab und prüfte ihn genau; aber er fand alles, was ihn als Knaben daran entzückt hatte; die Masse war glashart, die eingerollten Stückchen Zucker wohl zergangen und kandiert. »Was für gute Geister aus diesem Kuchen steigen«, sagte er, sich in seinen Arbeitsstuhl zurücklehnend; »ich sehe plötzlich, wie es daheim in dem alten steinernen Hause Weihnacht wird. – Die Messingtürklinken sind wo möglich noch blanker als sonst; die große gläserne Flurlampe leuchtet heute noch heller auf die Stuckschnörkel an den sauber geweißten Wänden; ein Kinderstrom um den andern, singend und bettelnd, drängt durch die Haustür; vom Keller herauf aus der geräumigen Küche zieht der Duft des Gebäckes in ihre Nasen, das dort in dem großen kupfernen Kessel über dem Feuer prasselt. – Ich sehe alles; ich sehe Vater und Mutter – Gott sei gedankt, sie leben beide! Aber die Zeit, in die ich hinabblicke, liegt in so tiefer Ferne der Vergangenheit! – Ich bin ein Knabe noch! – Die Zimmer zu beiden Seiten des Flurs sind erleuchtet; rechts ist die Weihnachtsstube. Während ich vor der Tür stehe, horchend, wie es drinnen in dem Knittergold und in den Tannenzweigen rauscht, kommt von der Hoftreppe herauf der Kutscher, eine Stange mit einem Wachslichtendchen in der Hand. – ›Schon anzünden, Thomas?‹ Er schüttelt schmunzelnd den Kopf und verschwindet in die Weihnachtsstube. – Aber wo bleibt denn Onkel Erich? – Da kommt es draußen die Treppe hinauf; die Haustür wird aufgerissen. Nein, es ist nur sein Lehrling, der die lange Pfeife des ›Herrn Ratsverwandters‹ bringt; ihm nach quillt ein neuer Strom von Kindern; zehn kleine Kehlen auf einmal stimmen an: ›Vom Himmel hoch, da komm ich her!‹ Und schon ist meine Großmutter mitten zwischen ihnen, die alte, geschäftige Frau, den Speisekammerschlüssel am kleinen Finger, einen Teller voll Gebäckes in der Hand. Wie blitzschnell das verschwindet! Auch ich erwische mein Teil davon, und eben kommt auch meine Schwester mit dem Kindermädchen, festlich gekleidet, die langen Zöpfe frisch geflochten. Ich aber halte mich nicht auf; ich springe drei Stufen auf einmal die Treppe nach dem Hofe hinab.«

Es war allmählich dunkel geworden; die Frau des Amtsrichters hatte leise einen Aktenstoß von einem Stuhl entfernt und sich an die Seite ihres Mannes gesetzt.

»Drüben in dem Seitengebäude ist das Arbeitszimmer meines Vaters. Auf die Vordiele dort fällt heute kein Lichtschein aus dem Türfenster der Schreiberstube; der alte Tausendkünstler ist von meiner Mutter drinnen bei den Weihnachtsgeheimnissen angestellt. Aber ich tappe mich im Dunkeln vorwärts; denn gegenüber in seinem Zimmer höre ich Schritte meines Vaters. Er arbeitet schon nicht mehr. Ich öffne leis die Tür; wie deutlich sehe ich ihn vor mir, ihn selbst und das große verräucherte Gemach, in dem der harte Schlag der alten Wanduhr pickt! Mit einer feierlichen Unruhe geht er zwischen den mit Papieren bedeckten Tischen umher, in der einen Hand den Messingleuchter mit der brennenden Kerze, die andere vorgestreckt, als solle jetzt alles Störende ferngehalten werden. Er öffnet die Schublade seines kleinen Stehpults und nimmt eine große goldene Tabatiere aus der Fischhautkapsel, einst ein Geschenk der Urgroßmutter an ihren Bräutigam, dann nach des Urgroßvaters Tode eine Ehren- und Vertrauensgabe an ihn. Aber er ist noch nicht fertig; aus dem Geldkörbchen werden blanke Silbermünzen für die Dienstboten hervorgesucht, eine Goldmünze für den Schreiber. ›Ist Onkel Erich schon da?‹ fragt er, ohne sich nach mir umzusehen. – ›Noch nicht, Vater! Darf ich ihn holen?‹ – ›Das könntest du ja tun‹ Und fort renne ich durch das Wohnhaus auf die Straße, um die Ecke am Hafen entlang, und während ich drunten aus der Dämmerung das Pfeifen des Windes in den Tauen der Schiffe höre, habe ich das alte Giebelhaus mit dem Vorbau erreicht. Die Tür wird aufgerissen, dass die Klingel weithin durch Flur und Pesel schallt. – Vor dem Ladentisch steht der alte Kommis, der das Detailgeschäft leitet. Er sieht mich etwas grämlich an. ›Der Herr ist in seinem Kontor‹, sagt er trocken; er liebt die wilde naseweise Range nicht. Aber, was geht's mich an. – Fort mach ich hinten zur Hoftür hinaus, über zwei kleine finstere Höfe, dann in ein uraltes seltsames Nebengebäude, in welchem sich das Allerheiligste des Onkels befindet. Ohne Unfall komme ich durch den engen dunklen Gang und klopfe an eine Tür. – ›Herein!‹ Da sitzt der kleine Herr in einem feinen braunen Tuchrock an einem mächtigen Arbeitspult; der Schein der Kontorlampe fällt auf seine freundlichen kleinen Augen und auf die mächtige Familiennase, die über den frischgestärkten Vatermördern hinausragt. – ›Onkel, ob du nicht kommen wolltest?‹ sage ich, nachdem ich Atem geschöpft habe. – ›Wollen wir uns noch einen Augenblick setzen!‹ erwidert er, indem seine Feder summierend über das Folium des aufgeschlagenen Hauptbuchs hinabgleitet. – Mir wird ganz behaglich zu Sinne, ich werde nicht ein bisschen ungeduldig; aber ich setze mich auch nicht; ich bleibe stehen und besehe mir die Englands- und Westindienfahrer des Onkels, deren Bilder an der Wand hängen. Es dauert auch nicht lange, so wird das Hauptbuch herzhaft zugeklappt, das Schlüsselbuch rasselt, und: ›Sieh so‹, sagt der Onkel, ›fertig wären wir!‹ Während er sein spanisches Rohr aus der Ecke langt, will ich schon wieder aus der Tür; aber er hält mich zurück. ›Ah, wart doch mal ein wenig! Wir hätten hier wohl noch so etwas mitzunehmen.‹ Und aus einer dunklen Ecke des Zimmers holt er zwei wohlversiegelte, geheimnisvolle Päckchen. – Ich wusste es wohl, in solchen Päckchen steckte ein Stück leibhaftigen Weihnachtens; denn der Onkel hatte einen Bruder in Hamburg, und er trat nicht mit leeren Händen an den Tannenbaum. So nie gesehenes, märchenhaftes Zuckerzeug, wie er mitten in der Bescherung noch mir und meiner Schwester auf unsere Weihnachtsteller zu legen pflegte, ist mir später niemals wieder vorgekommen.

Bald darauf steige ich an der Hand des Onkels die breite Steintreppe zu unserm Haus hinauf. Ein paar Augenblicke verschwindet er mit seinen Päckchen in die Weihnachtsstube; es ist noch nicht angezündet, aber durch die halbgeöffnete und rasch wieder geschlossene Tür glitzert es mir entgegen aus der noch drinnen herrschenden ahnungsvollen Dämmerung. Ich schließe die Augen, denn ich will nichts sehen, und trete in das gegenüberliegende, festlich erleuchtete Zimmer, das ganz von dem Duft der braunen Kuchen und des heute besonders fein gemischten Tees erfüllt ist. Die Hände auf dem Rücken, mit langsamen Schritten geht mein Vater auf und nieder. ›Nun, seid ihr da?‹ fragt er stehenbleibend. – Und schon ist auch Onkel Erich bei uns; mir scheint, die Stube wird noch einmal so hell, da er eintritt. Er grüßt die Großmutter, den Vater; er nimmt meiner Schwester die Tasse ab, die sie ihm auf dem gelblackierten Brettchen präsentiert. ›Was meinst du‹, sagt er, indem er seinen Augen einen bedenklichen Ausdruck zu geben sucht, ›es wird wohl heute nicht viel für uns abfallen!‹ Aber er lacht dabei so tröstlich, dass diese Worte wie eine goldene Verheißung klingen. Dann, während in dem blanken Messingkomfort der Teekessel saust, beginnt er eine seiner kleinen Erzählungen von den Begebenheiten der letzten Tage, seit man sich nicht gesehen. War es nun der Ankauf eines neuen Spazierstocks oder das unglückliche Zerbrechen einer Mundtasse, es floss alles so sanft dahin, dass man ganz davon erquickt wurde. Und wenn er gar eine Pause machte, um das bisher Erzählte im behaglichen Gelächter nachzugenießen, wer hätte da nicht mitgelacht! Mein Vater nimmt vergeblich seine hektische Prise; er muss endlich doch mit einstimmen. Dies harmlose Geplauder – es ist mir das erst später klargeworden – war die Art, wie der tätige Geschäftsmann von der Tagesarbeit ausruhte. Es klingt mir noch lieb in der Erinnerung, und mir ist, als verstünde das jetzt niemand mehr. – Aber während der Onkel so erzählt, steckt plötzlich meine Mutter, die seit Mittag unsichtbar gewesen ist, den Kopf ins Zimmer. Der Onkel macht ein Kompliment und bricht seine Geschichte ab; die Tür und die gegenüberliegende Tür werden weit geöffnet. Wir treten zögernd ein;

und vor uns, zurückgestrahlt von dem großen Wandspiegel, steht der brennende Baum mit seinen Flittergoldfähnchen, seinen weißen Netzen und goldenen Eiern, die wie Kinderträume in den dunklen Zweigen hängen.« –

»Paul«, sagt die Frau, »und wenn wir ihn noch so weit herbeischaffen sollten, wir müssen wieder einen Tannenbaum haben. Der arme Junge hat sich selbst einen Weihnachtsgarten gebaut; er ist nur eben wieder fort, um Moos aus dem Eichenwäldchen zu holen.«

Der Amtsrichter schwieg einen Augenblick. – »Es tut nicht gut, in die Fremde zu gehen«, sagte er dann, »wenn man daheim schon am eigenen Herd gesessen hat. – Mir ist noch immer, als sei ich hier nur zu Gaste und morgen oder übermorgen sei die Zeit herum, dass wir alle wieder nach Hause müssten!«

Sie fasste die Hand ihres Mannes und hielt sie fest in der ihrigen, aber sie antwortete nichts darauf.

»Gedenkst du noch an einen Weihnachten?« hub er wieder an. »Ich hatte die Studentenjahre hinter mir und lebte nun noch einmal, zum letzten Mal, eine kurze Zeit als Kind im elterlichen Hause. Freilich war es dort nicht mehr so heiter, wie es einst gewesen; es war Unvergessliches geschehen, die alte Familiengruft unter der großen Linde war ein paarmal offen gewesen; meine Mutter, die unermüdlich tätige Frau, ließ oft mitten in der Arbeit die Hände sinken und stand regungslos, als habe sie sich selbst vergessen. Wie unsere alte Margret sagte, sie trug ein Kämmerchen in ihrem Kopf, drin spielte ein totes Kind. – Nur Onkel Erich, freilich ein wenig grauer als sonst, erzählte noch seine kleinen freundlichen Geschichten, und auch die Schwester und die Großmutter lebten noch. Damals war jener Weihnachtsabend; ein junges schönes Mädchen war zu der Schwester auf Besuch gekommen. Weißt du, wie sie hieß?«

»Ellen«, sagte sie leise und lehnte den Kopf an die Brust ihres Mannes.
Der Mond war aufgegangen und beleuchtete ein paar Silberfäden in dem braunen seidigen Haar, das sie schlicht gescheitelt trug, schmucklos in einer Flechte um den Schildpattkamm gelegt.
Er strich mit der Hand über dies noch immer selten schöne Haar. »Ellen hatte auch beschert bekommen«, sprach er weiter; »auf dem kleinen Mahagonitische lagen Geschenke von meiner Mutter und was von ihren Eltern von drüben aus dem Schwesterland herübergeschickt war. Sie stand mit dem Rücken gegen den brennenden Baum, die Hand auf die Tischplatte gestützt; sie stand schon lange so; ich sehe sie noch« – und er ließ seine Augen eine Weile schweigend auf dem schönen Antlitz seiner Frau ruhen –, »da war meine Mutter unbemerkt zu ihr getreten; sie fasste sanft ihre Hand und sah ihr fragend in die Augen. – Ellen blickte nicht um, sie neigte nur den Kopf; plötzlich aber richtete sie sich rasch auf und entfloh ins Nebenzimmer. Weißt du es noch? Während meine Mutter leise den Kopf schüttelte, ging ich ihr nach; denn seit einem kleinen Zank am letzten Abend waren wir vertraute Freunde. Ellen hatte sich in der Ofenecke auf einen Stuhl gesetzt; es war fast dunkel dort; nur eine vergessene Kerze mit langer Schnuppe brannte in dem Zimmer. ›Hast du Heimweh, Ellen?‹ fragte ich. – ›Ich weiß es nicht!‹ – Eine Weile stand ich schweigend vor ihr. ›Was hast du denn da in der Hand?‹ – ›Willst du es haben?‹ – Es war eine Börse von dunkelroter Seide. ›Wenn du sie für mich gemacht hast‹, sagte ich; denn ich hatte die Arbeit in den Tagen zuvor in ihren Händen gesehen und wohl bemerkt, wie Ellen sie, sobald ich näher kam, in ihrem Nähkästchen

verschwinden ließ. – Aber Ellen antwortete nicht und gab mir auch nicht ihr Angebinde. Sie stand auf und putzte das Licht, dass es plötzlich ganz hell im Zimmer wurde. ›Komm‹, sagte sie, ›der Baum brennt ab, und Onkel Erich will noch Zuckerzeug bescheren!‹ Damit wehte sie sich mit ihrem Schnupftuch ein paarmal um die Augen und ging in die Weihnachtsstube zurück, und als wir dann später am Pochbrett saßen, war sie die Ausgelassenste von allen. Von meinem Weihnachtsgeschenk war weiter nicht die Rede. – Aber weißt du, Frau?« – und er ließ ihre Hand los, die er bis dahin festgehalten – »die Mädchen sollten nicht so eigensinnig sein; das hat mir damals keine Ruh gelassen; ich musste doch die Börse haben, und darüber – «

»Darüber, Paul? – Sprich nur dreist heraus!«

»Nun, hast du denn von der Geschichte nichts gehört? Darüber bekam ich nun auch noch das Mädchen in den Kauf.«

»Freilich«, sagte sie, und er sah bei dem hellen Mondschein in ihren Augen etwas blitzen, das ihn an das übermütige Mädchen erinnerte, das sie einst gewesen, »freilich weiß ich von der Geschichte, und ich kann sie dir auch erzählen; aber es war ein Jahr später, nicht am Weihnachts-, sondern am Neujahrsabend, und auch nicht hüben, sondern drüben.«

Sie räumte das Tintenfass und einige Papiere beiseite und setzte sich ihrem Manne gegenüber auf den Schreibtisch.

»Der Vetter war bei Ellens Eltern zum Besuch, bei dem alten prächtigen Kirchspielvogt, der damals noch ein starker Nimrod war. – Ellen hatte noch niemals einen so schönen und langen Brief bekommen als den, worin der Vetter sich bei ihnen angemeldet; aber so gut wie mit der Feder wusste er mit der Flinte nicht umzugehen. Und dennoch, tat es die Landluft oder der schöne Gewehrschrank im Zimmer des

Kirchspielvogts, es war nicht anders, er musste alle Tage auf die Jagd. Und wenn er dann abends durchnässt mit leerer Tasche nach Hause kam und die Flinte schweigend in die Ecke setzte – wie behaglich ergingen sich da die Stichelreden des alten Herrn! – ›Das heißt Malheur, Vetter; aber die Hasen sind heuer alle wild geraten!‹ – Oder: ›Mein Herzensjunge, was soll die Diana einmal von dir denken!‹ Am meisten aber – du hörst doch, Paul?«

»Ich höre, Frau.«

»Am meisten plagte ihn die Ellen; sie setzte ihm heimlich einen Strohkranz auf, sie band ihm einen Gänseflügel vor den Flintenlauf; eines Vormittags – weißt du, es war Schnee gefallen – hatte sie einen Hasen, den der Knecht geschossen, aus der Speisekammer geholt, und eine Weile darauf saß er noch einmal auf seinen alten Futterplatz im Garten, als wenn er lebte, ein Kohlblatt zwischen den Vorderläufen. Dann hatte sie den Vetter gesucht und an die Hoftür gezogen. ›Siehst du ihn, Paul? dahinten im Kohl; die Löffel guckten aus dem Schnee!‹ – Er sah ihn auch; seine Hand zitterte. ›Still, Ellen! Sprich nicht so laut! Ich will die Flinte holen!‹ Aber als kaum die Tür nach des Vaters Stube hinter ihm zuklappte, war Ellen schon wieder in den Schnee hinausgelaufen, und als er endlich mit der geladenen Flinte heranschlich, hing auch der Hase schon wieder an seinem sicheren Haken in der Speisekammer. – Aber der Vetter ließ sich geduldig von ihr plagen.«

»Freilich«, sagte der Amtsrichter und legte seine Arme behaglich auf die Lehne seines Sessels, »er hatte ja die Börse noch immer nicht!«

»Drum auch! Die lag noch unangerührt droben in der Kommode, in Ellens Giebelstübchen. Aber – wo die Ellen war, da war der Vetter auch; heißt das, wenn er nicht auf der Jagd war. Saß sie drinnen an ihrem Nähtisch, so hatte er gewiss irgendein Buch aus der Polterkammer geholt und las ihr daraus vor; war sie in der Küche und backte Waffeln, so stand er neben ihr, die Uhr in der Hand, damit das Eisen zur rechten Zeit gewendet würde. – So kam die Neujahrsnacht. Am Nachmittag hatten beide auf dem Hofe mit des Vaters Pistolen nach goldenen Eiern geschossen, die Ellen vom Weihnachtsbaum ihrer Geschwister abgeschnitten; und der Vetter hatte unter dem Händeklatschen der Kleinen zweimal das goldene Ei getroffen. Aber war's nun, weil er am andern Tage reisen musste, oder war's, weil Ellen fortlief, als er sie vorhin allein in ihrem Zimmer aufgesucht hatte – es war gar nicht mehr der geduldige Vetter –, er tat kurz und unwirsch und sah kaum noch nach ihr hin. – Das blieb den ganzen Abend so; auch als man später sich zu Tische setzte. Ellens Mutter warf wohl einmal einen fragenden Blick auf die beiden, aber sie sagte nichts darüber. Der Kirchspielvogt hatte auf andere Dinge zu achten, er schenkte den Punsch, den er eigenhändig gebraut hatte; und als es drunten im Dorfe zwölf schlug, stimmte er das alte Neujahrslied von Johann Heinrich Voß an, das nun getreulich durch alle Verse abgesungen wurde. Dann rief man ›Prost Neujahr!‹ und schüttelte sich die Hände, und auch Ellen reichte dem Vetter ihre Hand; aber er berührte kaum ihre Fingerspitzen. – Als das Mädchen droben allein in ihrem Giebelstübchen war – und nun merk auf, Paul, wie ehrlich ich erzähle! –, da hatte sie keine Ruh zum Schlafen; sie setzte sich still auf die Kante ihres Bettes, ohne sich auszukleiden und ohne der klingenden Kälte in der ungeheizten Kammer zu achten. Denn es kränkte sie doch; sie hatte dem Menschen ja nichts zuleid getan. Freilich, er hatte sie gestern noch gefragt, ob sie den Hasen nicht wieder im Kohl gesehen; und sie hatte dazu den Kopf geschüttelt. – War es etwa das, und wusste er denn, dass er den Hasen schon vor drei Tagen selbst hatte mit verzehren helfen? – Sie wollte den schönen Brief des Vetters mal wieder lesen. Aber als sie in die Tasche langte, vermisste sie den Kommodenschlüssel. Sie ging mit dem Licht hinab in die Wohnstube und von dort, als sie ihn nicht gefunden, in die Küche, wo sie vorhin gewirtschaftet hatte. Von all dem Sieden und Backen des Abends war es noch warm in dem großen dunklen Raume. Und richtig, dort lag der Schlüssel auf dem Fensterbrett. Aber sie stand noch einen Augenblick und blickte durch die Scheiben in die Nacht hinaus. – So hell und weit dehnte sich das Schneefeld; dort unten zerstreut lagen die schwarzen Strohdächer des Dorfes; unweit des Hauses zwischen den kahlen Zweigen der Silberpappeln erkannte sie deutlich die großen Krähennester; die Sterne funkelten. Ihr fiel ein alter Reim ein, ein Zauberspruch, den sie vor Jahr und Tag von der Tochter des Schulmeisters gelernt hatte. Hinter ihr im Hause war es so still und leer; sie schauerte; aber trotz dessen wuchs in ihr das Gelüsten, es mit den unheimlichen Dingen zu versuchen. So trat sie zögernd ein paar Schritte zurück. Leise zog sie den einen Schuh vom Fuße, und die Augen nach den Sternen und tief aufatmend, sprach sie: ›Gott grüß dich, Abendstern!‹ – Aber was war das? Ging hinten nicht die Hoftür? Sie trat ans Fenster und horchte. – Nein, es knarrte wohl nur die große Pappel an der Giebelseite des Hauses. – Und noch einmal hub sie leise an und sprach:

Gott grüß dich, Abendstern!
scheinst so hell von fern,
Über Osten, über Westen,
Über alle Krähennesten.
Ist einer zu mein Liebchen geboren,
Ist einer zu mein Liebchen erkoren,
Der komm, als er geht,
Als er steht,
In sein täglich Kleid!

Dann schwenkte sie den Schuh und warf ihn hinter sich. Aber sie wartete vergebens; sie hörte ihn nicht fallen. Ihr wurde seltsam zumute, das kam von ihrem Vorwitz! Welch unheimlich Ding hatte ihren Schuh gefangen, eh er den Boden erreicht hatte? – Einen Augenblick noch stand sie so; dann mit dem letzten Restchen ihres Mutes wandte sie langsam den Kopf zurück. – Da stand ein Mann in der dunklen Tür, und es war Paul; er war richtig noch einmal auf den unglücklichen Hasen ausgewesen!«
»Nein, Ellen«, sagte der Amtsrichter, »du weißt es wohl; das war er denn doch diesmal nicht; er hatte nur, wie du, auch keine Ruh gefunden; – aber nun hielt er den kleinen Schuh des Mädchens in der Hand; und Ellen hatte sich am Herd auf einen Stuhl gesetzt, mit geschlossenen Augen, die Hände gefaltet vor sich in den Schoß gestreckt. Es war kein Zweifel mehr, dass sie sich ganz verloren gab; denn sie wusste wohl, dass der Vetter alles gehört und gesehen hatte. – Und weißt du auch noch die Worte, die er zu ihr sprach?«
»Ja, Paul. Ich weiß sie noch; und es war sehr grausam und wenig edel von ihm. ›Ellen‹, sagte er, ›ist noch immer die Börse nicht für mich gemacht?‹ – Doch Ellen tat ihm auch

diesmal den Gefallen nicht; sie stand auf und öffnete das Fenster, dass von draußen die Nachtluft und das ganze Sterngefunkel zu ihnen in die Küche drang.«

»Aber«, unterbrach er sie. »Paul war zu ihr getreten, und sie legte still den Kopf an seine Brust; und noch höre ich den süßen Ton ihrer Stimme, als sie so, in die Nacht hinaus nickend, sagte: ›Gott grüß dich, Abendstern!‹«

Die Tür wurde rasch geöffnet; ein kräftiger, etwa zehnjähriger Knabe trat mit einem brennenden Licht ins Zimmer: »Vater! Mutter« rief er, indem er die Augen mit der Hand beschattete. »Hier ist Moos und Efeu und auch noch der Wacholderzweig!«

Der Amtsrichter war aufgestanden. »Bist du da, mein Junge?« sagte er und nahm ihm die Botanisiertrommel mit den heimgebrachten Schätzen ab.

Frau Ellen aber ließ sich schweigend von dem Schreibtisch herabgleiten und schüttelte sich ein wenig wie aus Träumen. Sie legte beide Hände auf ihres Mannes Schultern und blickte ihn eine Weile voll und herzlich an. Dann nahm sie die Hand des Knaben. »Komm, Harro«, sagte sie, »wir wollen Weihnachtsgärten bauen!«

2
Unter dem Tannenbaum

Der Weihnachtsabend begann zu dämmern. – Der Amtsrichter war mit seinem Sohne auf der Rückkehr von einem Spaziergange; Frau Ellen hatte sie auf ein Stündchen fortgeschickt. Vor ihnen im Grunde lag die kleine Stadt; sie sahen deutlich, wie aus allen Schornsteinen der

Rauch emporstieg; denn dahinter am Horizont stand feuerfarben das Abendrot. – Sie sprachen von den Großeltern drüben in der alten Heimat; dann von den letzten Weihnachten, die sie dort erlebt hatten.
»Und am Vorabend«, sagte der Vater, »als Knecht Ruprecht zu uns kam, mit dem großen Bart und dem Quersack und der Rute in der Hand!«
»Ich wusste wohl, dass es Onkel Johannes war«, erwiderte der Knabe, »der hatte immer so etwas vor!«
»Weißt du denn auch noch die Worte, die er sprach?« Harro sah den Vater an und schüttelte den Kopf.
»Wart nur«, sagte der Amtsrichter, »die Verse liegen zu Haus in meinem Pult; vielleicht bekomm ich's noch beisammen!« Und nach einer Weile fuhr er fort: »Entsinne dich nur, wie erst die drei Rutenhiebe von draußen auf die Tür fielen und wie dann die rauhe borstige Gestalt mit der großen Hakennase in die Stube trat!« Dann hub er langsam und mit tiefer Stimme an:

»Von drauß' vom Walde komm' ich her,
Ich muss euch sagen, es weihnachtet sehr.
Allüberall auf den Tannenspitzen
Sah ich goldene Lichtlein sitzen.
Und droben aus dem Himmelstor
Sah mit großen Augen das Christkind hervor.
Und wie ich so strolcht durch den dichten Tann,
Da rief's mich mit heller Stimme an:
›Knecht Ruprecht‹, rief es, ›alter Gesell,
Hebe die Beine und spute dich schnell!
Die Kerzen fangen zu brennen an,
Das Himmelstor ist aufgetan,

Alt' und Junge sollen nun
Von der Jagd des Lebens einmal ruhn;
Und morgen flieg' ich hinab zur Erden,
Denn es soll wieder Weihnachten werden!‹
Ich sprach: ›O lieber Herre Christ,
Meine Reise fast zu Ende ist;
Ich soll nur noch in diese Stadt,
Wo's eitel brave Kinder hat.‹
›Hast denn das Säcklein auch bei dir?‹
Ich sprach: ›Das Säcklein, das ist hier;
Denn Apfel, Nuss und Mandelkern
Fressen fromme Kinder gern!‹
›Hast denn die Rute auch bei dir?‹
Ich sprach: ›Die Rute, die ist hier!
Doch für die Kinder nur, die schlechten,
Die trifft sie auf den Teil, den rechten!‹
Christkindlein sprach: ›So ist es recht,
So geh mit Gott, mein treuer Knecht!‹
Von drauß' vom Walde komm' ich her;
Ich muss euch sagen, es weihnachtet sehr!
Nun sprecht, wie ich's hierinnen find?
Sind's gute Kind, sind's böse Kind?«

»Aber«, fuhr der Amtsrichter mit veränderter Stimme fort, »ich sagte dem Knecht Ruprecht:

Der Junge ist von Herzen gut,
Hat nur mitunter was trotzigen Mut!«

»Ich weiß, ich weiß!« rief Harro triumphierend; und den Finger emporhebend und mit listigem Ausdruck setzte er hinzu: »Dann kam so etwas –«

»Was dich in großes Geschrei brachte; denn Knecht Ruprecht schwang seine Rute und sprach:

Heißt es bei euch denn nicht mitunter:
Nieder den Kopf und die Hosen herunter?«

»Oh«, sagte Harro, »ich fürchte mich nicht; ich war nur zornig auf den Onkel!«
Über der Stadt, die sie jetzt fast erreicht hatten, stand nur noch ein fahler Schein am Himmel. Es dunkelte schon; aber es begann zu schneien; leise und emsig fielen die Flocken, und der Weg schimmerte schon weiß zu ihren Füßen.
Vater und Sohn waren eine Weile schweigend nebeneinander hergegangen. – »Am Abend darauf«, hub der Amtsrichter wieder an, »brannte der letzte Weihnachtsbaum, den du gehabt hast. Es war damals eine bewegte Zeit; sogar das Zuckerwerk zwischen den Tannenzweigen war kriegerisch geworden: unsere ganze Armee, Soldaten zu Pferde und zu Fuß! – Von alledem ist nun nichts mehr übrig!« setzte er leiser und wie mit sich selber redend hinzu.
Der Knabe schien etwas darauf erwidern zu wollen, aber ein anderes hatte plötzlich seine Gedanken in Anspruch genommen. – Es war ein großer bärtiger Mann, der vor ihnen aus einem Seitenwege auf die Landstraße herauskam. Auf der Schulter balancierte er ein langes stangenartiges Gepäck, während er mit einem Tannenzweig, den er in der Hand hielt, bei jedem Schritt in die Luft peitschte. Wie er vorüberging, hatte Harro in der Dämmerung noch die große rote Hakennase erkannt, die unter der Pelzmütze hinausragte. Auch einen Quersack trug der Mann, der anscheinend mit allerhand eckigen Dingen angefüllt war. Er ging rasch vor ihnen auf.

»Knecht Ruprecht!« flüsterte der Knabe, »hebe die Beine und spute dich schnell!«
Das Gewimmel der Schneeflocken wurde dichter, sie sahen ihn noch in die Stadt hinabgehen; dann entschwand er ihren Augen; denn ihre Wohnung lag eine Strecke weiter außerhalb des Tores.
»Freilich«, sagte der Amtsrichter, indem sie rüstig zuschritten, »der Alte kommt zu spät; dort unten in der Gasse leuchteten schon alle Fenster in den Schnee hinaus.«
Endlich war das Haus erreicht. Nachdem sie auf dem Flur die beschneiten Überkleider abgetan, traten sie in das Arbeitszimmer des Amtsrichters. Hier war heute der Tee serviert; die große Kugellampe brannte, alles war hell und aufgeräumt. Auf der sauberen Damastserviette stand das feinlackierte Teebrett mit den Geburtstagstassen und dem rubinroten Zuckerglase; daneben auf dem Fußboden in dem Komfort von Mahagonistäbchen mit blankem Messingeinsatz kochte der Kessel, wie es sein muss, auf gehörig durchgeglühten Torfkohlen; wie daheim einst in der großen Stube des alten Familienhauses; so dufteten auch hier in dem kleinen Stübchen die braunen Weihnachtskuchen nach dem Rezept der Urgroßmutter. – Aber während die Mutter nebenan im Wohnzimmer noch das Fest bereitete, blieben Vater und Sohn allein; kein Onkel Erich kam, ihnen feiern zu helfen. Es war doch anders als daheim.
Ein paarmal hatte Harro mit bescheidenem Finger an die Tür gepocht, und ein leises »Geduld!« der Mutter war die Antwort gewesen. Endlich trat Frau Ellen selbst herein. Lächelnd – aber ein leiser Zug von Weh war doch dabei – streckte sie ihre Hände aus und zog ihren Mann und ihren Knaben, jeden bei einer Hand, in die helle Weihnachtsstube.

Es sah freundlich genug aus. Auf dem Tische in der Mitte, zwischen zwei Reihen brennender Wachskerzen, stand das kleine Kunstwerk, das Mutter und Sohn in den Tagen vorher sich selbst geschaffen hatten, ein Garten im Geschmack des vorigen Jahrhunderts mit glattgeschorenen Hecken und dunklen Lauben; alles von Moos und verschiedenem Wintergrün zierlich zusammengestellt. Auf dem Teiche von Spiegelglas schwammen zwei weiße Schwäne; daneben vor dem chinesischen Pavillon standen kleine Herren und Damen von Papiermaché in Puder und Kontuschen. –

Zu beiden Seiten lagen die Geschenke für den Knaben; eine scharfe Lupe für die Käfersammlung, ein paar bunte Münchener Bilderbogen, die nicht fehlen durften, von Schwind und Otto Specker; ein Buch in rotem Halbfranzbrand; dazwischen ein kleiner Globus in schwarzer Kapsel, augenscheinlich schon ein altes Stück. »Es war Onkel Erichs letzte Weihnachtsgabe an mich«, sagte der Amtsrichter; »nimm du es nun von mir! Es ist mir in diesen Tagen aufs Herz gefallen, dass ich ihm die Freude, die er mir als Kind gemacht, in späterer Zeit nicht einmal wieder gedankt – nun haben sie mir den alten Herrn im letzten Herbst begraben!«

Frau Ellen legte den Arm um ihren Mann und führte ihn an den Spiegeltisch, auf dem heute die beiden silbernen Armleuchter brannten. Auch ihm hatte sie beschert; das erste aber, wonach seine Hand langte, war ein kleines Lichtbild. Seine Augen ruhten lange darauf, während Frau Ellen still zu ihm emporsah. Es war sein elterlicher Garten; dort unter dem Ahorn vor dem Lusthause standen die beiden Alten selbst, das noch dunkle volle Haar seines Vaters war deutlich zu erkennen.

Der Amtsrichter hatte sich umgewandt; es war, als suchten seine Augen etwas. Die Lichter an dem Moosgärtchen brannten knisternd fort; in ihrem Schein stand der Knabe vor dem aufgeschlagenen Weihnachtsbuch. Aber droben unter der Decke des hohen Zimmers war es dunkel; der Tannenbaum fehlte, der das Licht des Festes auch dort hinaufgetragen hätte.
Da klingelte draußen im Flur die Glocke, und die Haustür wurde polternd aufgerissen. »Wer ist denn das?« fragte Frau Ellen; und Harro lief zur Tür und sah hinaus.
Draußen hörten sie eine rauhe Stimme fragen: »Bin ich denn hier recht beim Herrn Amtsrichter?« Und in demselben Augenblicke wandte auch der Knabe den Kopf zurück und rief: »Knecht Ruprecht; Knecht Ruprecht!« Dann zog er Vater und Mutter mit sich aus der Tür.
Es war der große bärtige Mann, der den beiden Spaziergängern vorhin oberhalb der Stadt begegnet war; bei dem Schein des Flurlämpchens sahen sie deutlich die rote Hakennase unter der beschneiten Pelzmütze leuchten. »Ich habe das hier abzugeben!« sagte er, indem er auch den schweren Quersack von der Schulter nahm.
»Von wem denn?« fragte der Amtsrichter.
»Ist mir nichts von aufgetragen worden.«
»Wollt Ihr denn nicht näher treten?«
Der Alte schüttelte den Kopf. »Ist alles schon besorgt! Habt gute Weihnacht beieinander!« Und indem er noch einmal mit der großen Nase nickte, war er schon zur Tür hinaus.
»Das ist eine Bescherung!« sagte Frau Ellen fast ein wenig schüchtern.
Harro hatte die Haustür aufgerissen. Da sah er die große dunkle Gestalt schon weithin auf dem beschneiten Wege hinausschreiten.

Nun wurde die Magd herbeigerufen, deren Bescherung durch dieses Zwischenspiel bis jetzt verzögert war; und als mit ihrer Hilfe die verhüllten Dinge in das helle Weihnachtszimmer gebracht waren, kniete Frau Ellen auf dem Fußboden und begann mit ihrem Trennmesser die Nähte des großen Packens aufzulösen. Und bald fühlte sie, wie es von innen heraus sich dehnte und die immer schwächer werdenden Bande zu sprengen strebte; und als der Amtsrichter, der bisher schweigend dabeigestanden, jetzt die letzten Hüllen abgestreift hatte und es aufrecht vor sich hingestellt hielt, da war's ein ganz mächtiger Tannenbaum, der nun nach allen Seiten seine entfesselten Zweige ausbreitete. Lange schmale Bänder von Knittergold rieselten und blitzten überall von den Spitzen durch das dunkle Grün herab; auch die Tannäpfel waren golden, die unter allen Zweigen hingen.

Harro war indes nicht müßig gewesen, er hatte den Quersack aufgebunden; mit leuchtenden Augen brachte er einen flachen, grünlackierten Kasten geschleppt. »Horch, es rappelt!« sagte er. »Es ist ein Schubfach darin!« Und als sie es aufgezogen, fanden sie wohl ein Schock der feinsten weißen Weihnachtskerzen.

»Das kommt von einem echten Weihnachtsmann«, sagte der Amtsrichter, indem er einen Zweig des Baumes herunterzog, »da sitzen schon überall die kleinen Blechlampetten.«

Aber es war nicht nur ein Schubfach in dem Kasten; es war auch obenauf ein Klötzchen mit einem Schraubengang. Der Amtsrichter wusste Bescheid in diesen Dingen; nach einigen Minuten war der Baum eingeschroben und stand fest und aufrecht, seine grüne Spitze fast bis zur Decke streckend. – Die alte Magd hatte ihre Schüssel mit Äpfeln und Pfeffernüssen

stehenlassen; während die andern drei beschäftigt waren, die Wachskerzen aufzustecken, stand sie neben ihnen, ein lebendiger Kandelaber, in jeder Hand einen brennenden Armleuchter emporhaltend. – Sie war aus der Heimat mit herübergekommen und hatte sich von allen am schwersten in den Brauch der Fremde gefunden. Auch jetzt betrachtete sie den stolzen Baum mit misstrauischen Augen. »Die goldenen Eier sind denn doch vergessen!« sagte sie.
Der Amtsrichter sah sie lächelnd an: »Aber, Margret, die goldenen Tannäpfel sind doch schöner!«
»So, meint der Herr? Zu Hause haben wir immer die goldenen Eier gehabt.«
Darüber war nicht zu streiten; es war auch keine Zeit dazu. Harro hatte sich indessen schon wieder über den Quersack hergemacht. »Noch nicht anzünden!« rief er, »das Schwerste ist noch drin!«
Es war ein fest vernageltes hölzernes Kistchen. Aber der Amtsrichter holte Hammer und Meißel aus seinem Gerätkästchen; nach ein paar Schlägen sprang der Deckel auf, und eine Fülle weißer Papierspäne quoll ihnen entgegen. – »Zuckerzeug!« rief Frau Ellen und streckte schützend ihre Hände darüber aus. »Ich wittere Marzipan! Setzt euch; ich werde auspacken!«
Und mit vorsichtiger Hand langte sie ein Stück nach dem andern heraus und legte es auf den Tisch, das nun vom Vater und Sohn aus dem umhüllenden Seidenpapier herausgewickelt wurde.
»Himbeeren!« rief Harro. »Und Erdbeeren, ein ganzer Strauß!«
»Aber siehst du es wohl?« sagte der Amtsrichter. »Es sind Walderdbeeren; so welche wachsen in den Gärten nicht.«

Dann kam, wie lebend allerlei Geziefer; Hornisse und Hummeln, und was sonst im Sonnenschein an stillen Waldplätzen umherzusummen pflegt, zierlich aus Tragant gebildet, mit goldbestäubten Flügeln; nun eine Honigwabe – die Zellen mochten mit Likör gefüllt sein –, wie sie die wilde Biene in den Stamm der hohlen Eiche baut; und jetzt ein großer Hirschkäfer, von Schokolade, mit gesperrten Zangen und ausgebreiteten Flügeldecken. »Cervus lucanus!« rief Harro und klatschte in die Hände.

An jedem Stück war, je nach der Größe, ein lichtgrünes Seidenbändchen. Sie konnten der Lockung nicht widerstehen; sie begannen schon jetzt den Baum damit zu schmücken, während Frau Ellens Hände noch immer neue Schätze ans Licht förderten.

Bald schwebte zwischen den Immen auch eine Schar von Schmetterlingen an den Tannenspitzen; da war der Himbeerfalter, die silberblaue Daphnis und der olivenfarbene Waldargus, und wie sie alle heißen mochten, die Harro hier vergebens aufzujagen gesucht hatte. – Und immer schwerer wurden die Päckchen, die eins nach dem andern von den eifrigen Händen geöffnet wurden. Denn jetzt kam das Geschlecht des größern Geflügels; da kam der Dompfaff und der Buntspecht, ein Paar Kreuzschnäbel, die im Tannenwald daheim sind; und jetzt – Frau Ellen stieß einen leichten Schrei aus – ein ganzes Nest voll kleiner schnäbelaufsperrender Vögel; und Vater und Sohn gerieten miteinander in Streit, ob es Goldhähnchen oder junge Zeisige seien, während Harro schon das kleine Heimwesen im dichtesten Tannengrün verbarg.

Noch ein Waldbewohner erschien; er musste vom Buchenrevier herübergekommen sein; ein Eichhörnchen von Mar-

zipan, in halber Lebensgröße, mit erhobenem Schweif und klugen Augen. »Und nun ist's alle!« rief Frau Ellen. Aber nein, ein schweres Päckchen noch! Sie öffnete es und verbarg es dann ebenso rasch wieder in beiden Händen. »Ein Prachtstück!« rief sie. »Aber nein, Paul; ich bin edelmütiger als du; ich zeig's dir nicht!«
Der Amtsrichter ließ sich das nicht anfechten; er brach ihr die nicht gar zu ernstlich geschlossenen Hände auseinander, während sie lachend über ihn wegschaute.
»Ein Hase!« jubelte Harro, »er hat ein Kohlblatt zwischen den Vorderpfötchen!«
Frau Ellen nickte: »Freilich, er kommt auch eben aus des alten Kirchspielvogts Garten!«
»Harro, mein Junge«, sagte der Amtsrichter, indem er drohend den Finger gegen seine Frau erhob; »versprich mir, diesen Hasen zu verspeisen, damit er gründlich aus der Welt komme!«
Das versprach Harro.
Der Baum war voll, die Zweige bogen sich; die alte Margret stöhnte, sie könne die Leuchte nicht mehr halten, sie habe gar keine Arme mehr am Leibe.
Aber es gab wieder neue Arbeit. »Anzünden!« kommandierte der Amtsrichter; und die kleinen und großen Weihnachtskinder standen mit heißen Gesichtern, kletterten auf Schemel und Stühle und ließen nicht ab, bis alle Kerzen angezündet waren.
Der Baum brannte, das Zimmer war von Duft und Glanz erfüllt, es war nun wirklich Weihnachten geworden.
Ein wenig müde von der ungewohnten Anstrengung saß der Amtsrichter auf dem Sofa, nachsinnend in den gegenüberliegenden großen Wandspiegel blickend, der das Bild des brennenden Baums zurückstrahlte.

Frau Ellen, die ganz heimlich ein wenig aufzuräumen begann, wollte eben die geleerte Kiste an die Seite setzen, als sie wie in Gedanken noch einmal mit der Hand durch die Papierspäne streifte. Sie stutzte. »Unerschöpflich!« sagte sie lächelnd. – Es war ein Star von Schokolade, den sie hervorgeholt hatte. »Und, Paul«, fuhr sie fort, »er spricht!«

Sie hatte sich zu ihm auf die Sofalehne gesetzt, und beide lasen nun gemeinschaftlich den beschriebenen Zettel, den der Vogel in seinem Schnabel trug: »Einen Wald- und Weihnachtsgruß von einer dankbaren Freundin!«

»Also von ihr!« sagte der Amtsrichter. »Ihr Herz hat ein gut Gedächtnis. Knecht Ruprecht musste einen tüchtigen Weg zurücklegen; denn das Gut liegt fünf ganze Meilen von hier.«

Frau Ellen legte den Arm um ihres Mannes Nacken. »Nicht wahr, Paul, wir wollen auch nicht undankbar gegen die Fremde sein?«

»Oh, ich bin nicht undankbar – aber – »

»Was denn aber, Paul?«

»Was mögen drüben jetzt die Alten machen!«

Sie antwortete nicht; sie gab ihm schweigend ihre Hand.

»Wo ist Harro?« fragte er nach einer Weile.

Harro war eben wieder ins Zimmer getreten; aus einer Schachtel, die er mit sich brachte, nahm er eine kleine verblichene Figur und befestigte sie sorgfältig an einen Zweig des Tannenbaums. Die Eltern hatten es wohl erkannt; es war ein Stück von dem Zuckerzeug des letzten heimatlichen Weihnachtsbaums; ein Dragoner auf schwarzem Pferde in langem graublauem Mantel. Der Knabe stand davor und betrachtete es unbeweglich; seine großen blauen Augen unter der breiten Stirn wurden immer finsterer. »Vater«, sagte er endlich, und seine Stimme zitterte, »es war doch schade um unser schönes Heer! – Wenn sie es nur nicht aufgelöst hätten – ich glaube, dann wären wir wohl noch zu Hause!« Eine lautlose Stille folgte, als der Knabe das gesprochen. Dann rief der Vater seinen Sohn und zog ihn dicht an sich heran. »Du kennst noch das alte Haus deiner Großeltern«, sagte er, »du bist vielleicht das letzte Kind von den Unseren, das noch auf den großen übereinandergetürmten Bodenräumen gespielt hat; denn die Stunde ist nicht mehr fern, dass es in fremde Hand kommen wird. Einer deiner Urahnen hat es einst für seinen Sohn gebaut. Der junge Mann fand es fertig und ausgestattet vor, als er nach mehrjähriger Abwesenheit in den Handelsstädten Frankreichs nach seiner Heimat zurückkehrte. Bei seinem Tode hat er es seinen Nachkommen hinterlassen, und sie haben darin gewohnt als Kaufherren und Senatoren oder, nachdem sie sich dem Studium der Rechte zugewandt hatten, als Bürgermeister oder Syndizi ihrer Vaterstadt. Es waren angesehene und wohldenkende Männer, die im Lauf der Zeit ihre Kraft und ihr Vermögen auf mannigfache Weise ihren Mitbürgern zugute kommen ließen. So waren sie wurzelfest geworden in der Heimat. Noch in meiner Knabenzeit gab es unter den tüchtigeren Handwerkern fast keine Familie, wo nicht von den Voreltern oder Eltern eines in den Diensten der Unsrigen gestanden hätte; sei es auf den Schiffen oder in den Fabriken oder auch im Hause selbst. – Es waren das Verhältnisse des gegenseitigen Vertrauens; jeder rühmte sich des andern und suchte sich des andern wert zu zeigen; wie ein Erbe ließen es die Eltern ihren Kindern; sie kannten sich alle, über Geburt und Tod hinaus, denn sie kannten Art und Geschlecht der Jungen, die geboren wurden, und der Alten, die vor ihnen dagewesen waren.« – Der Amtsrichter schwieg einen Augenblick, während der Knabe unbeweglich zu ihm emporsah. »Aber nicht allein in die Höhe«, fuhr er fort. »auch in die Tiefe haben deine Voreltern gebaut; zu dem steinernen Hause in der Stadt gehörte die Gruft draußen auf dem Kirchhof; denn auch die Toten sollten noch beisammen sein. – Und seltsam, da ich des inne ward, dass ich fort musste: mein erster Gedanke war, ich könnte dort den Platz verfehlen. – Ich habe sie mehr als einmal offen gesehen; das letzte Mal, als deine Urgroßmutter starb, eine Frau in hohen Jahren, wie sie den Unsrigen vergönnt zu sein pflegen. – Ich vergesse den Tag nicht. Ich war hinabgestiegen und stand unten in der Dunkelheit zwischen den Särgen, die neben und über mir auf den eisernen Stangen ruhten; die ganze alte Zeit, eine ernste schweigsame Gesellschaft. Neben mir war der Totengräber, ein eisgrauer Mann. Aber einst war er jung gewesen und hatte als Kutscher, den schwarzen Pudel zwischen den Knien, die Rappen meines Großvaters gefahren. – Er stand an einen hohen Sarg gelehnt und ließ wie liebkosend seine Hand über das schwarze Tuch des Deckels gleiten. ›Dat is min ole Herr!‹ sagte er in seinem Plattdeutsch. ›Dat weer en gude Mann!‹ – Mein Kind, nur dort zu Hause konnte ich solche Worte hören. Ich neigte unwillkürlich das Haupt; denn mir war, als fühlte ich den Segen der Heimat sich leibhaftig auf mich niedersenken. Ich war der Erbe dieser Toten; sie selbst waren zwar dahingegangen; aber ihre Güte und Tüchtigkeit lebte noch und war für mich da und half mir, wo ich selber irrte, wo meine Kräfte mich verließen. – Und auch jetzt noch, wenn ich – mir und den Meinen nicht zur Freude, aber getrieben von jenem geheimnisvollen Weh – auf kurze Zeit zurückkehre, ich weiß es wohl: dem sich dann alle Hände dort entgegenstreckten, das war nicht ich allein.«

Er war aufgestanden und hatte einen Fensterflügel aufgestoßen. Weithin dehnte sich das Schneefeld; der Wind sauste; unter den Sternen vorüber jagten die Wolken; dorthin, wo in unsichtbarer Ferne ihre Heimat lag. – Er legte fest den Arm um seine Frau, die ihm schweigend gefolgt war; seine lichtblauen Augen lugten scharf in die Nacht hinaus: »Dort!« sprach er leise; »ich will den Namen nicht nennen; er wird nicht gern gehört in deutschen Landen; wir wollen ihn still in unserm Herzen sprechen, wie die Juden das Wort für den Allerheiligsten.« Und er ergriff die Hand seines Kindes und presste sie so fest, dass der Junge die Zähne zusammenbiss.
Noch lange standen sie und blickten dem dunklen Zuge der Wolken nach. – Hinter ihnen im Zimmer ging lautlos die alte Magd umher und hütete sorgsamen Auges die allmählich niederbrennenden Weihnachtskerzen.

Die Engel, die haben gesungen

Ludwig Thoma

Die Engel, die haben gesungen,
dass wohl ein Wunder geschehn.
Da kamen die Hirten gesprungen
und haben es angesehn.

Die Hirten, die will es erbarmen,
wie elend das Kindlein sei.
Es ist eine G'schicht für die Armen.
Kein Reicher war nicht dabei.

Wo Liebe ist, da ist auch Gott

Leo N. Tolstoj

In einer Stadt wohnte ein Schuster, der hieß Martyn Awdejitsch. Er wohnte im Keller in einem einfenstrigen Stübchen. Das Fenster ging nach der Straße. Durch das Fenster konnte man sehen, wie die Leute vorübergingen. Obgleich nur die Füße zu sehen waren, erkannte Martyn Awdejitsch die Menschen an den Stiefeln. Martyn Awdejitsch wohnte schon lange an derselben Stelle und kannte viele Menschen. Es gab wenige Stiefel im Stadtteil, die er nicht ein- oder zweimal in seinen Händen gehabt hätte. Die einen besohlte er, auf andere setzte er Kappen, andere wurden gesteppt, noch andere vorgeschuht. Und oft sah er durchs Fenster seiner Hände Werk. Awdejitsch hatte viel zu tun, weil er solide arbeitete, gutes Leder verwandte, nicht zu teuer war und sein Wort hielt. Konnte er zur rechten Zeit liefern, so nahm er den Auftrag an; konnte er es nicht, so täuschte er die Leute nicht, sondern sagte im voraus Bescheid. Und alle kannten Awdejitsch, und er hatte reichlich zu tun.

Awdejitsch war stets ein guter Mensch gewesen, als er aber älter wurde, begann er mehr an sein Seelenheil zu denken und sich Gott zuzuwenden. Als Martyn noch beim Meister wohnte, war seine Frau gestorben. Seine Frau hatte ihm einen Knaben von drei Jahren hinterlassen. Kinder hatten sie weiter nicht. Die älteren waren alle früher gestorben. Martyn wollte das Söhnchen zuerst zu seiner Schwester aufs Land geben, dann tat es ihm leid – er dachte: »Es wird meinem Kapitoschka schwerfallen, bei fremden Leuten groß zu werden, ich lass ihn bei mir.«

Und Awdejitsch ging von dem Meister fort und wohnte mit seinem Söhnchen zur Miete: Aber Gott gab Awdejitsch in seinen Kindern kein Glück. Der Knabe war kaum herangewachsen und begann dem Vater zu helfen, so dass dieser Freude daran hatte, da befiel Kapitoschka eine Krankheit, der Knabe legte sich zu Bett, fieberte eine kleine Woche und starb. Martyn begrub den Sohn und geriet in Verzweiflung. Und seine Verzweiflung war so heftig, dass er gegen Gott zu murren begann. Ihn überkam ein solcher Trübsinn, dass er mehr als einmal Gott um den Tod bat, und Gott vorwarf, dass er nicht ihn, den alten Mann, sondern den geliebten einzigen Sohn zu sich genommen hätte. Awdejitsch ging auch nicht mehr zur Kirche.

Einst kam vom Troitzki-Kloster ein Landsmann, ein Greis, der schon im achten Jahr pilgerte, zu Awdejitsch. Mit dem unterhielt sich Awdejitsch und klagte ihm seinen Kummer: »Nicht mal zum Leben«, sagte er, »hat ein Christenmensch mehr Lust. Möchte sterben. Das ist das einzige, um was ich Gott bitte. Hab jetzt alle Hoffnung verloren.« Der Landsmann sprach zu ihm:
»Du redest nicht gut, Martyn. Wir dürfen über Gottes Werke nicht urteilen. Nicht unser Verstand, sondern Gottes Hand! Gott hat bestimmt, dass dein Sohn sterben soll, du aber – leben. Also ist es besser so. Dass du verzweifelst, kommt daher, weil du zu deiner Freude leben willst.« – »Wozu soll ich sonst leben?« fragte Martyn. Und der Alte sagte: »Für Gott, Martyn, muss man leben. Er gibt dir das Leben, für ihn muss man leben. Wenn du für ihn lebst, wirst du dich um nichts grämen und alles wird dir leicht vorkommen.«
Martyn schwieg einen Augenblick und sagte dann: »Aber wie kann man für Gott leben?« Und der Alte sagte: »Wie man für Gott lebt, das hat Christus uns gezeigt. Kannst du lesen? Kauf dir das Evangelium und lies, da wirst du erfahren, wie man für Gott lebt. Da wird dir alles gezeigt!«
Und diese Worte fielen in Awdejitschs Herz, und er ging am selben Tag in die Stadt und kaufte sich das Neue Testament in großem Druck und begann zu lesen.
Awdejitsch wollte nur an Feiertagen lesen, als er aber anfing zu lesen, wurde ihm so wohl ums Herz, dass er jeden Tag las. Bisweilen vertiefte er sich so ins Lesen, dass er sich von dem Buch gar nicht losreißen konnte, obwohl in der Lampe alles Petroleum verbrannt war. Und so las Awdejitsch jeden Abend. Und je mehr er las, um so klarer wurde ihm, was Gott von ihm wollte, und wie man für Gott leben müsse;

und es wurde ihm immer leichter und leichter ums Herz. Wenn er sich früher zum Schlafen niederlegte, stöhnte und jammerte er oft und dachte immer an Kapitoschka, jetzt aber sagte er nur: »Preis sei dir, Preis dir, Herr! Dein Wille geschehe!«

Von der Zeit an veränderte sich Awdejitschs ganzes Leben. Früher kehrte er an Feiertagen öfter im Wirtshaus ein, um Tee zu trinken, und wies auch ein Schnäpschen nicht zurück. Er trank bisweilen mit Bekannten, und wenn er auch nicht betrunken war, so kam er doch angeheitert aus dem Wirtshaus und redete dummes Zeug: er redete über seine Mitmenschen und beurteilte sie hart. Jetzt hatte er alle diese Eigenschaften abgelegt. Sein Leben floss gleichmäßig und heiter dahin. Frühmorgens geht er an die Arbeit, schafft sein Tagewerk, nimmt die kleine Lampe vom Haken, stellt sie auf den Tisch, nimmt das Buch vom Bord, schlägt es auf und setzt sich zum Lesen nieder. Und je mehr er liest, um so mehr begreift er, und um so klarer und heiterer wird es ihm.

Martyn hatte sich wieder einmal bis spät in die Nacht in sein Buch vertieft. Er las das Evangelium des Lukas. Las das sechste Kapitel und zwar die Verse: »Und wer dich schlägt auf einen Backen, dem biete den andern auch dar; und wer dir den Mantel nimmt, dem wehre nicht auch den Rock. Wer dich bittet, dem gib, und wer dir das Deine nimmt, da fordere es nicht wieder. Und wie ihr wollt, dass euch die Leute tun sollen, also tut ihnen gleich auch ihr.« Er las weiter die Verse, wo der Herr spricht: »Was heißt ihr mich aber Herr, Herr, und tut nicht, was ich euch sage? Wer zu mir kommt und höret meine Rede, und tut sie, den will ich euch zeigen, wem er gleich ist. Er ist gleich einem Menschen, der ein Haus baute und grub tief, und legte den Grund auf den

Fels. Da aber Gewässer kam, da riss der Strom zum Hause zu, und mochte es nicht bewegen; denn es war auf den Fels gegründet. Wer aber hört und nicht tut, der ist gleich einem Menschen, der ein Haus baute auf die Erde ohne Grund; und der Strom riss zu ihm zu, und es fiel alsbald und das Haus gewann einen großen Riss.«

Awdejitsch las diese Worte, und es wurde ihm fröhlich ums Herz. Er nahm die Brille ab, legte sie auf das Buch, stützte die Ellbogen auf den Tisch und dachte nach. Und er begann sein Leben mit diesen Worten zu vergleichen. Und dachte bei sich: »Wie steht es mit meinem Hause – ist es auf Fels oder Sand gebaut? Gut, wenn es auf Fels steht. Es ist so leicht, wenn man allein ist, es scheint einem, als hätte man alles getan, was Gott befohlen; zerstreut man sich aber, so sündigt man wieder. Ich will mich stets zum Besten bemühen. Das ist sehr schön. Hilf mir, Herr!«

Mit diesem Gedanken wollte er sich hinlegen, aber es tat ihm leid, sich von dem Buch loszureißen, und er begann noch das siebente Kapitel zu lesen. Er las von dem Knecht des Hauptmanns, vom Sohn der Witwe, las die Antwort, die den Jüngern des Johannes erteilt wurde, und kam bis zu der Stelle, wo der reiche Pharisäer den Herrn bei sich zu Gaste bat; und las weiter, wie ein sündiges Weib seine Füße salbte und sie mit Tränen benetzte, und wie er sie rechtfertigte; und kam bis zum 44. Vers und las:

»Und er wandte sich zu dem Weib und sprach zu Simon: Siehst du dies Weib? Ich bin gekommen in dein Haus, du hast mir nicht Wasser gegeben zu meinen Füßen; diese aber hat meine Füße mit Tränen genetzt und mit den Haaren ihres Haupts getrocknet. Du hast mir keinen Kuss gegeben; diese aber, nachdem sie hereingekommen ist, hat nicht ab-

gelassen, meine Füße zu küssen. Du hast mein Haupt nicht mit Öl gesalbt; sie aber hat meine Füße mit Salbe gesalbt.«
Er las diese Verse und dachte: ›Der hat kein Wasser für die Füße gegeben, hat keinen Kuss gegeben, das Haupt nicht mit Öl gesalbt.‹
Wieder nahm Awdejitsch die Brille ab, legte sie aufs Buch und dachte wieder nach: »Der Pharisäer war offenbar so einer wie ich. Auch ich habe nur an mich gedacht, dass ich meinen Tee trinken kann, dass ich im Warmen sitze und es sauber habe; an einen Gast aber denke ich nicht. An mich denke ich wohl, aber um den Gast kümmere ich mich nicht. Wer ist aber der Gast? Der Herr selbst. Kehrte er bei mir ein, würde ich wohl so handeln?«
Awdejitsch stützte den Kopf auf beide Hände und bemerkte nicht, wie er einschlief.
»Martyn!« klang es plötzlich wie ein Hauch an sein Ohr. Martyn fuhr aus dem Schlummer auf und fragte: »Wer ist da?« Er wandte sich um, blickte nach der Tür – da war niemand. Dann schlummerte er wieder ein. Plötzlich hört er deutlich: »Martyn! Aber Martyn! Sieh morgen auf die Straße, ich werde kommen.«
Martyn erwachte, stand vom Stuhl auf und fing an, sich die Augen zu reiben. Er wusste selbst nicht – hatte er die Worte im Traum oder im Wachen gehört. Dann drehte er die Lampe aus und legte sich schlafen.
Am andern Morgen vor Tagesanbruch erhob sich Awdejitsch, betete zu Gott, heizte den Ofen an, setzte Kohlsuppe und Buchweizengrütze ans Feuer, brachte die Teemaschine in Ordnung, band seine Schürze um und setzte sich zur Arbeit ans Fenster. Als Awdejitsch so dasitzt und arbeitet, fällt ihm plötzlich ein, was gestern geschehen ist: bald glaubt

er, er hätte geträumt, bald, er hätte wirklich die Stimme gehört. »Ach was«, denkt er, »das ist schon vorgekommen.«
Martyn sitzt am Fenster und blickt mehr durchs Fenster als er arbeitet, und wenn jemand in Stiefeln vorüberkommt, die er nicht kennt, biegt er sich vor, um nicht nur die Füße, sondern auch das Gesicht zu sehen. Da ging der Hausknecht in Filzstiefeln vorüber, dann der Wasserträger, dann erschien der alte Soldat, der unter Nikolas dem Ersten gedient, in alten geflickten Filzstiefeln, mit einer Schaufel in der Hand, vor dem Fenster. An den Filzstiefeln erkannte Awdejitsch ihn. Der Alte hieß Stjepanytsch und wohnte bei einem Kaufmann in der Nachbarschaft, der ihm aus Barmherzigkeit Obdach gewährte. Seine Arbeit bestand darin, dass er dem Hausknecht half. Stjepanytsch begann vor Awdejitschs Fenster den Schnee wegzuschaffen. Awdejitsch sah ihn an und machte sich wieder an seine Arbeit.
»Bin vor Alter närrisch geworden«, lachte Awdejitsch über sich selbst. »Stjepanytsch schafft den Schnee weg, und ich denke: Christus kommt zu mir. Bist wirklich närrisch geworden, alter Kerl!« Höchstens ein Dutzend Stiche hatte Awdejitsch gemacht, da drängte es ihn, wieder durchs Fenster zu sehen. Er sah wieder durchs Fenster und schau! – Stjepanytsch hatte die Schaufel gegen die Wand gelehnt und wärmte sich, oder ruhte aus.
Ein alter, gebrochener Mann! Hatte offenbar nicht einmal Kraft, Schnee zu schaufeln. Awdejitsch dachte: »Soll ich ihm nicht Tee zu trinken geben? Der Samowar kocht so schon über.« Awdejitsch steckte die Ahle ein, stand auf, stellte den Samowar auf den Tisch, goß Tee ein und klopfte an die Fensterscheibe. Stjepanytsch wandte sich um und trat ans Fenster. Awdejitsch winkte ihm und ging die Tür öffnen.

»Komm herein, wärm dich etwas«, sagt er, »bist wohl durchgefroren, was?« – »Gott steh mir bei; wirklich als wenn einem die Knochen zerbrächen«, sagte Stjepanytsch. Dann trat er ein, schüttelte den Schnee ab und reinigte die Füße, um keine Spuren auf dem Fußboden zu hinterlassen. Er schwankte hin und her.
»Mach dir keine Mühe. Ich werde schon aufwischen, das ist meine Sache. Komm, setz dich!« sagte Awdejitsch. »Da, trink Tee.« Awdejitsch goss zwei Glas ein, schob eins dem Gast hin, goss sein Glas in die Untertasse und begann zu pusten.
Stjepanytsch trank sein Glas aus, stellte es mit dem Boden nach oben hin, legte das Stück, von dem er abgebissen, darauf und bedankte sich. Man sah aber deutlich, dass er gern noch mehr gehabt hätte.
»Trink noch eins«, sagte Awdejitsch und goss sich und dem Gast noch ein Glas ein. Awdejitsch trinkt seinen Tee und blickt dabei heimlich auf die Straße. »Du erwartest wohl jemand?« fragte der Gast. »Ob ich jemanden erwarte! Ich mag nicht einmal sagen, auf wen ich warte. Ich warte und wart auch nicht, mir ist da ein Wort ins Herz gedrungen. Ist es Einbildung oder nicht, ich weiß selbst nicht. Siehst du, Bruder: ich hab gestern das Evangelium vom Väterchen Christus gelesen, wie er gelitten hat, wie er auf Erden wandelte. Du hast wohl davon gehört?« – »Gehört wohl«, erwiderte Stjepanytsch, »aber unsereins ist ungebildet, wir können nicht lesen.« – »Nun, ich habe gerade gelesen, wie er auf Erden wandelte. Ich lese da, weißt du, wie er zum Pharisäer kam und der ihm keinen richtigen Empfang bereitet. Als ich gestern so las, da denke ich so bei mir: wie wenig feierlich hat der unseren Herrn Christus empfangen. Pas-

sierte das zum Beispiel mir, oder wem sonst, ich glaube, ich wüsste gar nicht, was ich alles täte, um ihn zu empfangen. Jener aber hat ihm gar keinen Empfang bereitet! So dachte ich und schlief ein. Und wie ich so schlafe, höre ich mich beim Namen rufen: ich erhebe mich und höre eine Stimme, als wenn jemand flüstert: Wart nur, ich komme morgen. Und das war zweimal. Willst du wohl glauben: mir hat sich das in den Kopf gesetzt, ich mache mir selbst darüber Vorwürfe, aber ich kann nicht anders, ich warte immer auf den Herrn!«

Stjepanytsch schüttelte den Kopf, sagte nichts, trank aber das Glas leer und stürzte es um; Awdejitsch aber stellt es wieder aufrecht hin und goss noch einmal ein. »Trink zur Gesundheit! Ich glaube doch, als der Herr noch auf Erden wandelte, hat er keinen verachtet und ist meistens mit einfachen Leuten umgegangen. Stets wandelte er unter dem Volk einher und wählte seine Jünger meistens unter Leuten, wie wir Sündigen, unter Arbeitern. Wer sich selbst erhöht, sagt er, der soll erniedrigt werden, wer sich aber erniedrigt, der soll erhöht werden. Ihr nennt mich, sagt er, Herr; und ich, sagt er, will euch die Füße waschen. Wer der erste sein will, sagt er, soll allen ein Diener sein. Deswegen, sagt er: Gesegnet sind die Armen, die Demütigen, die Sanftmütigen, die reinen Herzens sind.«

Stjepanytsch vergaß seinen Tee. Er war ein alter, weichherziger Mann, der leicht weinte; er sitzt, hört zu und über sein Gesicht fließen Tränen. »Nun, trink doch«, sagte Awdejitsch. Aber Stjepanytsch bekreuzigte sich, dankte, schob das Glas fort und stand auf. »Ich danke dir, Martyn Awdejitsch«, sagt er, »du hast mich bewirtet und Leib und Seele erquickt.« – »Geh mit Gott und sprich einmal wieder vor; bist mir stets willkommen«, sagte Awdejitsch.

Stjepanytsch ging fort, Martyn aber goss sich den Rest Tee ein, trank aus, räumte das Geschirr ab und setzte sich wieder zum Fenster an die Arbeit, einen Absatz zu steppen. Er steppt und blickt fortwährend durchs Fenster – er wartet auf Christus, denkt immer an ihn und an seine Werke. Und durch seine Gedanken gehen allerhand Reden des Heilands.

Gingen zwei Soldaten vorüber, einer in Dienststiefeln, der andere in eigenem Schuhwerk; dann kam der eigene Hausherr von nebenan in sauberen Überschuhen und ein Bäcker mit einem Korb. Alle gingen vorbei, und dann erschien vor dem Fenster noch eine Frau in wollenen Strümpfen und Bauernschuhen. Sie ging am Fenster vorüber und blieb an der Mauer zwischen den Fenstern stehen. Awdejitsch guckte von unten auf durchs Fenster nach ihr hin, sieht die fremde Frau in schlechter Kleidung mit einem Kind; sie hat den Rücken gegen den Wind gekehrt und hüllt das Kind ein, hat aber nichts Rechtes zum Einhüllen. Ihr Kleid ist für den Sommer gemacht und schlecht. Und Awdejitsch hört, wie das Kind vor dem Fenster schreit; die Frau will das Kind beruhigen, bringt es aber nicht fertig. Da stand Awdejitsch auf, trat durch die Tür auf die Treppe und rief: »Liebe Frau, hört doch einmal!«

Die Frau hörte und wandte sich um.

»Was stehst du da so mit dem Kind in der Kälte? Komm ins Zimmer, in der Wärme kommst du besser mit ihm zurecht. Hierher, hier!«

Die Frau wunderte sich. Sie blickt hin und sieht den Alten, in der Schürze, mit der Brille auf der Nase, der sie zu sich ruft. Sie folgte ihm.

Sie stiegen die Treppe hinunter, traten in die Stube, und der Alte führte die Frau zum Bett.

»Da setz dich hin, gute Frau«, sagt er, »dichter an den Ofen – da wärm dich und dann nährst du das Kind.«
»Ich habe keine Milch in der Brust, habe seit heute morgen nichts gegessen«, sagt die Frau, legte aber das Kind dennoch an die Brust.
Awdejitsch schüttelte den Kopf, trat zum Tisch, holte Brot und eine Tasse, öffnete die Ofentür und goss Kohlsuppe in die Tasse. Dann nahm er auch den Topf mit Buchweizengrütze heraus, aber sie war noch nicht ganz gar geworden; so goss er nur Kohlsuppe ein und stellte sie auf den Tisch. Legte Brot hin, nahm das Handtuch vom Haken und breitete es auf dem Tisch aus.
»Setz dich«, sagt er, »iss, liebe Frau, ich setze mich mit dem Kind hin. Hab selbst Kinder gehabt – versteh mit ihnen umzugehen.«
Die Frau bekreuzigte sich, setzte sich an den Tisch und begann zu essen. Awdejitsch aber setzte sich mit dem Kind auf das Bett. Er schmatzte fortwährend mit den Lippen, aber das ging schlecht, er hatte keine Zähne. Das Kind schrie fortwährend. Da wollte Awdejitsch es mit dem Finger zur Ruhe bringen, machte mit ihm ›die Maus die kommt‹, mit dem Finger gerade auf den Mund zu und zog ihn dann zurück. In den Mund steckte er den Finger nicht, weil er schwarz, mit Pech besudelt war. Und das Kind sah den Finger an und wurde still, und dann begann es sogar zu lachen. Und Awdejitsch freute sich darüber. Die Frau aber isst und erzählt dabei, wer sie ist und wohin sie wollte.
»Ich bin eine Soldatenfrau«, sagte sie. »Meinen Mann hat man vor acht Monaten weit fortgejagt und ich habe nichts wieder von ihm gehört. War Köchin und habe geboren. Mit dem Kind wollte man mich nicht behalten. Jetzt plage ich

mich schon den dritten Monat ohne Stelle. Hab alles verzehrt. Wollte als Amme gehen – aber man nimmt mich nicht – bin zu mager, sagen sie. Da ging ich zu einer Kaufmannsfrau, bei der wohnt eine Bekannte, und da versprach man, mich zu nehmen. Ich glaubte es ganz sicher, aber die Frau sagte mir, ich sollte nächste Woche wiederkommen. Und sie wohnt so weit. Bin ganz erschöpft und hab das Kind so gequält. Gott sei Dank, die Wirtin behält uns um Christi willen in der Wohnung. Sonst wüsste ich nicht, wie ich weiter leben sollte.«

Awdejitsch seufzte und sagte: »Hast du denn keine warme Kleidung?« – »Lieber Freund, wie sollte ich wohl warme Kleidung haben! Gestern habe ich das letzte Tuch für zwanzig Kopeken verpfändet.« Dann trat die Frau zum Bett, nahm ihr Kind auf, Awdejitsch aber stand auf, trat zur Wand, reckte sich auf und brachte ein altes Unterkleid. »Da nimm«, sagt er, »ist zwar ein schlechtes Stück, aber immer noch gut, um sich einzuwickeln.« Die Frau sah das Unterkleid an, sah den Alten an, nahm das Kleid und fing an zu weinen. Awdejitsch wandte sich ab; kroch dann unters Bett, zog einen Kasten heraus, wühlte darin herum und setzte sich wieder der Frau gegenüber.

Und die Frau sprach: »Dich soll der Herr segnen, Väterchen. Er hat mich offenbar vor dein Fenster geschickt. Sonst wär mir mein Kind erfroren. Als ich hinauskam, war es warmes Wetter, jetzt ist aber solche Kälte gekommen. Er, der Herr, hat dich geheißen, durchs Fenster zu blicken und dich meiner im Elend anzunehmen.«

Awdejitsch lächelte und sagte: »Wirklich, er hat mich geheißen. Ich sehe nicht umsonst zum Fenster hinaus, liebe Frau.« Und Martyn erzählte der Soldatenfrau seinen Traum, wie er eine Stimme gehört, die versprochen hat, dass heute der Herr zu ihm kommen würde. »Ist alles möglich«, sagte die Frau, stand auf, warf das Kleid um, wickelte das Kind darin ein, verneigte sich und bedankte sich nochmals. »Nimm das um Christi willen«, sagte Awdejitsch und gab ihr ein Zwanzigkopekenstück, »kannst das Tuch dafür einlösen.« Die Frau bekreuzigte sich, Awdejitsch ebenfalls und begleitete dann die Frau.

Sie ging fort; Awdejitsch aß die Suppe auf, räumte ab und setzte sich wieder an die Arbeit. Während er so arbeitet, denkt er immer ans Fenster – wie es dunkel wird, blickt er hin, wer vorübergeht. Da gingen Bekannte und Fremde vorüber, und es war nichts Besonderes.

Jetzt sieht Awdejitsch, wie vor seinem Fenster ein altes Hökerweib stehenbleibt, sie trägt einen Korb aus Baumrinde mit Äpfeln. Sind nur noch wenige übrig, offenbar hat sie fast alle verkauft, und auf der Schulter hat sie einen Sack mit Spänen. Wahrscheinlich hat sie sie irgendwo auf einem Bau gesammelt, und geht jetzt nach Hause. Man sieht, wie der Sack ihr die Schulter niederdrückt; sie will ihn auf die andere Schulter legen, setzt ihn auf das Pflaster, stellt den Korb mit Äpfeln auf einen Sockel und beginnt die Späne im Sack zusammenzuschütteln. Und während sie den Sack durchschüttelt, kommt, hast du nicht gesehen! – ein Junge mit zerrissener Mütze angerannt, nimmt einen Apfel aus dem Korb und will davonlaufen, aber die Alte bemerkt es, dreht sich um und hält das Jungchen am Ärmel fest. Der Junge fängt an zu schlagen und will sich losreißen, aber die Alte packt ihn mit beiden Händen, schlägt ihm die Mütze vom Kopf und reißt ihn an den Haaren. Der Junge schreit, die Alte schimpft. Awdejitsch hatte nicht einmal Zeit, die

Ahle einzustecken, er warf sie auf den Fußboden, sprang zur Tür, stolperte sogar auf der Treppe und ließ die Brille fallen. Wie Awdejitsch auf die Straße gelaufen kommt, packt die Alte den Jungen gerade am Schopf und schilt, sie will ihn zur Polizei bringen; der Kleine verteidigt sich und lügt: »Ich habe ihn nicht genommen«, sagt er, »warum schlägst du mich, lass mich los!« Awdejitsch brachte sie auseinander, nahm den Knaben am Arm und sagte: »Gib ihn frei, Mütterchen, verzeih ihm um Christi willen!« – »Ich werd's ihm so geben, dass er ein Jahr dran denken soll! Ich bring den Spitzbuben zur Polizei.« Awdejitsch beginnt die Alte zu bitten: »Mütterchen, lass ihn laufen«, sagt er, »er wird es nicht wieder tun. Lass ihn um Christi willen laufen.«

Die Alte ließ ihn los, der Knabe wollte weglaufen, Awdejitsch hielt ihn aber fest. »Bitt die Frau um Verzeihung«, sagt er, »und tu das nicht wieder; ich hab gesehen, wie du ihn genommen hast.« Der Junge fing an zu weinen und bat um Verzeihung. »Nun, siehst du wohl! Und jetzt nimm den Apfel, er ist dein.« Awdejitsch nahm ihn aus dem Korb und gab ihn dem Jungen. »Ich bezahl ihn, Mütterchen«, sagt er zu der Alten. »So verdirbst du die Taugenichtse«, sagt die Alte, »man muss ihn derart belohnen, dass er eine Woche lang dran denkt.« – »Ach Mütterchen, Mütterchen«, sagt Awdejitsch, »so denken wir wohl, aber Gott denkt anders. Wenn man ihn wegen des Apfels auspeitschen wollte, was müsste dann wohl mit uns wegen unserer Sünden geschehen?« Die Alte schwieg.

Und Awdejitsch erzählte ihr das Gleichnis, wie der Herr dem Knecht seine ganze Schuld erließ, wie der Knecht aber hinging und seinen Mitknecht zu würgen begann. Die Alte hörte zu, und der Knabe stand dabei und hörte auch zu.

»Gott hat befohlen, Vergebung zu üben«, sagte Awdejitsch, »sonst wird auch uns nicht vergeben werden. Wir müssen allen vergeben und den Unvernünftigen noch mehr.« Die Alte schüttelte den Kopf und seufzte: »Ja, ja, so ist es«, sagte sie, »aber sie sind wirklich zu ausgelassen.« – »So müssen wir Alten sie belehren«, sagte Awdejitsch. »Das sage ich auch«, sagte die Alte, »ich hatte ihrer sieben, nur eine Tochter ist übriggeblieben.«

Und die Alte erzählte, wo und wie sie bei ihrer Tochter wohnte und wieviel Enkel sie hätte. »Meine Kraft langt zwar nicht mehr weit«, sagte sie, »aber ich quäle mich wenigstens. Die Enkel tun mir leid, und es sind auch gute Kinder, niemand ist so gut zu mir wie sie: Aksjutka geht zu niemanden als zu mir. Großmutter, liebe Großmutter; Herzensgroßmutter! ...« Und die Alte wurde ganz weich. »Ja, Kinder sind Kinder. Na denn, in Gottes Namen«, sagte die Alte, auf den Jungen deutend.

Eben wollte sie den Sack auf die Schulter heben, da sprang der Junge herzu und sagte: »Lass mich ihn tragen, Großmütterchen; hab denselben Weg.« Die Alte nickte und lud dem Knaben den Sack auf. Und dann gingen sie nebeneinander die Straße entlang, und die Alte hatte vergessen, das Geld für den Apfel von Awdejitsch zu fordern. Awdejitsch stand da, betrachtete sie lange und hörte, wie sie im Gehen immer miteinander sprachen.

Awdejitsch begleitete sie und kehrte nach Hause zurück. Auf der Treppe fand er die Brille, sie war nicht zerbrochen. Er hob die Ahle auf und setzte sich wieder an die Arbeit. Als er ein wenig gearbeitet hatte, konnte er schon nicht mehr einfädeln und sieht, wie der Laternenanzünder vorbeigeht und die Laternen ansteckt. »Muss Licht machen«, dachte er; machte die Lampe zurecht, hängte sie auf und begann wieder zu arbeiten. Einen Stiefel machte er ganz fertig; er betrachtete ihn von allen Seiten, er war gut. Nun legte er sein Werkzeug beiseite, fegte die Abfälle zusammen, sammelte Borsten, Spitzen und Pfriemen, nahm die Lampe, stellte sie auf den Tisch und langte das Evangelium vom Bord. Er wollte das Buch an der Stelle aufschlagen, wo er gestern ein Stück Saffianleder als Lesezeichen eingelegt hatte, das Buch öffnete sich aber an einer anderen Stelle. Und als Awdejitsch beim Aufschlagen war, fiel ihm der gestrige Traum ein. Und als er gerade daran dachte, hörte er plötzlich ein Geräusch, als wenn sich jemand hinter ihm rührte und ginge. Awdejitsch drehte sich um und sah: da stehen wirklich Leute in der dunklen Ecke – stehen Leute da; er kann aber nicht erkennen, wer sie sind. Und eine Stimme flüstert ihm ins Ohr:

»Martyn! Aber Martyn. Hast du mich nicht erkannt?« – »Wen?« sagte Awdejitsch. »Mich«, sagte die Stimme. »Ich bin es ja.« Und aus der dunklen Ecke trat Stepanytsch, lächelte und verging wie ein Wolke…

»Und das bin Ich«, sagte eine Stimme, und aus der dunklen Ecke trat eine Frau mit einem Kind, und die Frau lachte, und das Kind lächelte, und sie verschwanden ebenfalls.

»Und das bin Ich«, sagte eine Stimme, und aus der dunklen Ecke trat eine Frau mit einem Kind, und die Frau lachte, und das Kind lächelte, und sie verschwanden ebenfalls.

»Und das bin Ich«, sagte eine Stimme. Und die Alte und der Junge traten aus der dunklen Ecke hervor, und die Frau lächelte und der Junge lachte, und auch sie verschwanden. Und Awdejitsch wurde fröhlich ums Herz. Er bekreuzigte sich, setzte die Brille auf und las im Evangelium an der Stelle, wo es aufgeschlagen war. Und oben auf der Seite las er: »Denn ich bin hungrig gewesen, und ihr habt mich gespeist. Ich bin durstig gewesen, und ihr habt mich getränkt. Ich bin ein Gast gewesen, und ihr habt mich beherbergt …« Und unten auf der Seite las er noch: »Was ihr getan habt einem unter diesen meinen geringsten Brüdern, das habt ihr mir getan.«

Und Awdejitsch begriff, dass der Traum ihn nicht betrogen, dass eben an diesem Tag sein Heiland zu ihm gekommen war, und dass gerade er ihn empfangen hatte.

Der Tanz des Räubers Horrificius

Karl Heinrich Waggerl

Gegen Abend nach der ersten Rast wollte Josef mit den Seinen wieder weiterziehen. Er nahm aber den Esel und ritt voraus hinter einen Hügel, um den Weg zu erkunden. »Es kann doch nicht mehr weit sein, bis Ägypten«, dachte er.

Indessen blieb die Muttergottes mit dem Kinde auf dem Schoß allein unter der Staude sitzen, und da geschah es, dass ein gewisser Horrificius des Weges kam, weithin bekannt als der furchtbarste Räuber in der ganzen Wüste. Das Gras legte sich flach vor ihm auf den Boden, die Palmen zitterten und warfen ihm gleich ihre Datteln in den Hut, und noch der stärkste Löwe zog den Schweif ein, wenn er die roten Hosen des Räubers von weitem sah. Sieben Dolche steckten in seinem Gürtel, jeder so scharf, dass er den Wind damit zerschneiden konnte, an seiner linken baumelte ein Säbel, genannt der krumme Tod, und auf der Schulter trug er eine Keule, die war mit Skorpionschwänzen gespickt.

»Ha!« schrie der Räuber und riss das Schwert aus der Scheide.

»Guten Abend«, sagte die Mutter Maria. »Sei nicht so laut, er schläft!«

Dem Fürchterlichen verschlug es den Atem bei dieser Anrede, er holte aus und köpfte eine Distel mit dem krummen Tod.

»Ich bin der Räuber Horrificius«, lispelte er, »ich habe tausend Menschen umgebracht…«

»Gott verzeihe dir!« sagte Maria.

»Lass mich ausreden«, flüsterte der Räuber, »und kleine Kinder wie deines brate ich am Spieß!«

»Schlimm«, sagte Maria. »Aber noch schlimmer, dass du lügst!« Hierbei kicherte etwas im Gebüsch, und der Räuber sprang in die Luft vor Entsetzen, noch nie hatte jemand in seiner Nähe zu lachen gewagt. Es kicherten aber nur die kleinen Engel, im ersten Schreck waren sie alle davongestoben, und nun saßen sie wieder in den Zweigen.

»Fürchtet ihr mich etwa nicht?« fragte der Räuber kleinlaut.

»Ach, Bruder Horrificius«, sagte Maria, »was bist du für ein lustiger Mann!«

Das drang dem Räuber lind ins Herz, denn, die Wahrheit zu sagen, dieses Herz war weich wie Wachs. Als er noch in den Windeln lag, kamen schon die Leute gelaufen und entsetzten sich. »Wehe uns«, sagten sie, »sieht er nicht wie ein Räuber aus?« Später kam niemand mehr, sondern jedermann lief davon und warf alles hinter sich, und Horrificius lebte gar nicht schlecht dabei, obwohl er kein Blut sehen und kaum ein Huhn am Spieß braten konnte. Darum tat es nun dem Fürchterlichen in der Seele wohl, dass er endlich jemand gefunden hatte, der ihn nicht fürchtete.

»Ich möchte deinem Knaben etwas schenken«, sagte der Räuber, »nur habe ich leider nichts als lauter gestohlenes Zeug in der Tasche. Aber wenn es dir gefällt, dann will ich vor ihm tanzen!« Und es tanzte der Räuber Horrificius vor dem Kinde, und kein lebendes Wesen hatte je dergleichen gesehen. Den krummen Tod hob er über sich gleich der silbernen Sichel des Mondes, die Beine schwang er unterhalb mit der Anmut einer Antilope und so geschwind, dass man sie nicht mehr zählen konnte. Er schleuderte alle sieben Dolche in die Luft und sprang durch den zerschnittenen Wind, gleich einer Feuerzunge wirbelte er wieder herab. So gewaltig und kunstvoll tanzte der Räuber, so überaus prächtig war er anzusehen mit seinen Ohrringen und dem gestickten Gürtel und den Federn auf dem Hut, dass sogar die Jungfrau Maria ein wenig Glanz in die Augen bekam. Auch die Tiere der Wüste schlichen herbei, die königliche Uräusschlange und die Springmaus und der Schakal, alle stellten sich im Kreise auf und klopften mit ihren Schwänzen den Takt in den Sand. Schließlich sank der Räuber erschöpft zu Füßen Marias nieder, und da schlief er auch gleich ein. Josef war längst weitergezogen, als er endlich wieder aufwachte und benommen seines Weges ging. Alsbald merkte er auch, dass ihn niemand mehr fürchtete.

»Vor dem Kinde hat er getanzt«, zischte die Schlange.
»Er hat ja ein weiches Herz!« erzählte die Springmaus überall. Horrificius blieb in der Wüste, er legte seinen fürchterlichen Namen ab und wurde ein mächtiger Heiliger im Alter, es soll verschwiegen werden, wie er im Kalender heißt.
Wenn aber einer von euch etwas zu verbergen hätte und nur sein Herz wäre weich geblieben, so mag er getrost sein. Gott wird ihm dereinst verzeihen um des Kindes willen, wie dem großen Räuber Horrificius.

Der störrische Esel und die süße Distel

Karl Heinrich Waggerl

Als der heilige Josef im Traum erfuhr, dass er mit seiner Familie vor der Bosheit des Herodes fliehen müsse, in dieser bösen Stunde weckte der Engel auch den Esel im Stall.
»Steh auf!«, sagte er von oben herab, »du darfst die Jungfrau Maria mit dem Herrn nach Ägypten tragen.« Dem Esel gefiel das gar nicht. Er war kein sehr frommer Esel, sondern eher ein wenig störrisch im Gemüt. »Kannst du das nicht selbst besorgen?«, fragte er verdrossen. »Du hast doch Flügel, und ich muss alles auf meinem Buckel schleppen! Warum denn gleich nach Ägypten, so himmelweit!«
»Sicher ist sicher!«, sagte der Engel, und das war einer von den Sprüchen, die selbst einem Esel einleuchten müssen.

Als er nun aus dem Stall trottete und zu sehen bekam, welch eine Fracht der heilige Josef für ihn zusammengetragen hatte, das Bettzeug für die Wöchnerin und einen Pack Windeln für das Kind, das Kistchen mit dem Gold der Könige und zwei Säckchen Weihrauch und Myrrhe, einen Laib Käse und eine Stange Rauchfleisch von den Hirten, den Wasserschlauch und schließlich Maria selbst mit dem Knaben, auch beide wohlgenährt, da fing er gleich wieder an, vor sich hinzumaulen. Es verstand ihn ja niemand außer dem Jesuskind. »Immer dasselbe«, sagte er, »bei solchen Bettelleuten! Mit nichts sind sie hergekommen, und schon haben sie eine Fuhre für zwei Paar Ochsen beisammen. Ich bin doch kein Heuwagen«, sagte der Esel, und so sah er auch wirklich aus, als ihn Josef am Halfter nahm, es waren kaum noch die Hufe zu sehen. Der Esel wölbte den Rücken, um die Last zurechtzuschieben, und dann wagte er einen Schritt, vorsichtig, weil er dachte, dass der Turm über ihm zusammenbrechen müsse, sobald er einen Fuß voransetzte. Aber seltsam, plötzlich fühlte er sich wunderbar leicht auf den Beinen, als ob er selbst getragen würde, er tänzelte geradezu über Stock und Stein in der Finsternis.
Nicht lange, und es ärgerte ihn auch das wieder. »Will man mir einen Spott antun?«, brummte er. »Bin ich etwa nicht der einzige Esel in Betlehem, der vier Gerstensäcke auf einmal tragen kann?« In seinem Zorn stemmte er plötzlich die Beine in den Sand und ging keinen Schritt mehr von der Stelle.
»Wenn er mich jetzt auch noch schlägt«, dachte der Esel erbittert, »dann hat er seinen Kram im Graben liegen!«
Allein, Josef schlug ihn nicht. Er griff unter das Bettzeug und suchte nach den Ohren des Esels, um ihn dazwischen

zu kraulen. »Lauf noch ein wenig«, sagte der heilige Josef sanft, »wir rasten bald!«
Daraufhin seufzte der Esel und setzte sich wieder in Trab. »So einer ist nun ein großer Heiliger«, dachte der, »und weiß nicht einmal, wie man einen Esel antreibt!«
Mittlerweile war es Tag geworden, und die Sonne brannte heiß. Josef fand ein Gesträuch, das dürr und dornig in der Wüste stand, in seinem dürftigen Schatten wollte er Maria ruhen lassen. Er lud ab und schlug Feuer, um eine Suppe zu kochen, der Esel sah es voller Misstrauen. Er wartete auf sein eigenes Futter, aber nur, damit er es verschmähen konnte. »Eher fresse ich meinen Schwanz«, murmelte er, »als staubiges Heu!«
Es gab jedoch gar kein Heu, noch nicht einmal ein Maul voll Stroh, der heilige Josef in seiner Sorge um Weib und Kind hatte es rein vergessen.
Sofort fiel den Esel ein unbändiger Hunger an. Er ließ seine Eingeweide so laut knurren, dass Josef entsetzt um sich blickte, weil er meinte, ein Löwe säße im Busch.
Inzwischen war auch die Suppe gar geworden, und alle aßen davon, Maria aß, und Josef löffelte den Rest hinunter, und auch das Kind trank an der Brust seiner Mutter, und nur der Esel stand da und hatte kein einziges Hälmchen zu kauen. Es wuchs da überhaupt nichts, nur etliche Disteln im Geröll.
»Gnädiger Herr!«, sagte der Esel erbost und richtete eine lange Rede an das Jesuskind, eine Eselrede zwar, aber ausgekocht, scharfsinnig und ungemein deutlich in allem, worüber die leidende Kreatur vor Gott zu klagen hat. »I-A«, schrie er am Schluss, das heißt: »So wahr ich ein Esel bin!«
Das Kind hörte alles aufmerksam an. Als der Esel fertig war,

beugte es sich herab und brach einen Distelstengel, den bot es ihm an.
»Gut!«, sagte er, bis ins Innerste beleidigt. »So fresse ich eben eine Distel! Aber in deiner Weisheit wirst du voraussehen, was dann geschieht. Die Stacheln werden mir den Bauch zerstechen, so dass ich sterben muss, und dann seht zu, wie ihr nach Ägypten kommt!«
Wütend biss er in das harte Kraut, und sogleich blieb ihm das Maul offen stehen. Denn die Distel schmeckte durchaus nicht, wie er es erwartet hatte, sondern nach süßestem Honigklee, nach würzigstem Gemüse. Niemand kann sich etwas derart Köstliches vorstellen, er wäre denn ein Esel. Für diesmal vergaß der Graue seinen ganzen Groll. Er legte seine langen Ohren andächtig über sich zusammen, was bei einem Esel so viel bedeutet, wie wenn unsereins die Hände faltet.

Gebet zum neuen Jahr

Bergische Volkszeitung 1864

Das neue Jahr sei ein Jahr des Lichtes,
der Liebe und des Schaffens!
Bringe den Menschen die Krone des Lebens
und lasse die Kronen dieses Lebens menschlich sein.
Setze dem Überfluss Grenzen
und lasse die Grenzen überflüssig werden.

Gib allem Glauben seine Freiheit
und mache die Freiheit zum Glauben aller.
Nimm den Ehefrauen das letzte Wort
und erinnere die Ehemänner dagegen an ihr erstes.
Lasse die Leute kein falsches Geld machen,
aber auch das Geld keine falschen Leute.
Gib den Regierungen ein besseres Deutsch
und den Deutschen bessere Regierungen.
Schenke unseren Freunden mehr Wahrheit
und der Wahrheit mehr Freunde.
Gib den Gutgesinnten eine gute Gesinnung;
lass die Wissenschaft Wissen schaffen.
Bessere solche Beamte, die wohl tätig,
aber nicht wohltätig sind.
Und lasse die, die rechtschaffen sind,
auch Recht schaffen.
Gib unseren Verstand Herz
und unserem Herzen Verstand,
auf dass unsere Seele schon hier selig wird.
Sorge dafür, dass wir alle in den Himmel kommen –
aber noch nicht so bald!

Zu Neujahr

Wilhelm Busch

Will das Glück nach seinem Sinn
dir was Gutes schenken,
sage Dank und nimm es hin
ohne viel Bedenken!

Jede Gabe sei begrüßt,
doch vor allen Dingen:
das worum du dich bemühst,
möge dir gelingen.

Speculations am Neujahrstage

Matthias Claudius

'N fröhlichs Neujahr, 'n fröhlichs Neujahr für mein liebes Vaterland, das Land der alten Redlichkeit und Treue! 'n fröhlichs Neujahr, für Freunde und Feinde, Christen und Türken, Hottentotten und Kannibalen! für alle Menschen, über die Gott seine Sonne aufgehen und regnen lässt! und für die armen Mohrensklaven, die den ganzen Tag in der heißen Sonne arbeiten müssen! 's ist ein gar herrlicher Tag, der Neujahrstag! ich kann's sonst wohl leiden, dass einer 'n bisgen patriotisch ist und andern Nationen nicht hofiert. Bös muss man freilich von keiner Nation sprechen; die Klugen halten sich allenthalben stille, und wer wollte um der lauten Herren willen 'n ganzes Volk lästern? Wie gesagt, ich kann's sonst wohl leiden, dass einer so 'n bisgen patriotisch ist, aber Neujahrstag ist mein Patriotismus mausetot, und 's ist mir an dem Tage, als wenn wir alle Brüder wären und Einer unser Vater, der im Himmel ist, als wären alle Güter der Welt Wasser, das Gott für alle geschaffen hat, wie ich mal habe sagen hören usw.

Ich pflege mich denn wohl alle Neujahrsmorgen auf einen Stein am Weg hinzusetzen, mit meinem Stab vor mir im Sand zu scharren und an dies und jen's zu denken. Nicht an meine Leser; sie sind mir aller Ehren wert, aber Neujahrsmorgen auf dem Stein am Wege denk ich nicht an sie, sondern ich sitze da und denke dran, dass ich in dem vergangnen Jahr die Sonne so oft hab aufgehn sehen, und den Mond, dass ich so viele Blumen und Regenbogen gesehn, und so oft aus der Luft Odem geschöpft und aus dem Bach getrunken habe; und denn mag ich nicht aufsehn, und nehm mit beiden Händen meine Mütz ab und kuck hinein. So denk ich auch an meine Bekannten, die in dem Jahr starben, und dass sie nun mit Socrates, Numa (der Sage nach der zweite König Roms, ein Friedensfürst) und andern Männern sprechen können, von denen ich so viel Gutes gehört habe, und mit Johann Huß; und denn ist's, als wenn sich rund um mich Gräber auftun und Schatten mit kahlen Glatzen und langen grauen Bärten heraussteigen und 'n Staub aus'm Bart schütteln. Das muss nun wohl der ewige Jäger tun, der übern Zwölften sein Tun so hat. Die alten frommen Langbärte wollen wohl schlafen, aber Eurem Andenken und der Asch' in Euren Gräbern ein fröhlichs fröhlichs Neujahr!

Wie Käthi die Weihnacht feiert und am Neujahr sich labet

Jeremias Gotthelf

So kam Weihnacht heran, ein großer Tag im Volksleben wie im Leben der Menschheit. Es ist der Tag der Kinder. Durch ein Kind ward die sündliche Welt gesühnt und geheiligt; darum bringen die Erwachsenen den Kindern Gaben dar, Dankopfer, sichtbare Zeichen heiliger Gelübde, an den Kindern zu vergelten, was ein Kind an ihnen getan. Die Kinder freuen sich inniglich, es ist ein Gefühl in ihnen, dass sie die Heiligen der Eltern seien. Wo keine Kinder sind, fehlt oft der kindliche Geist, der nach oben zieht; nur zu gerne bemächtigt sich die Materie in hunderterlei Gestalt der Menschen und zieht sie nach unten. Kinder bleiben die Mittler zwischen Gott und den Menschen, verbinden und sühnen die Menschen miteinander. Ohne Kinder wäre die Welt eine Wüste, die Wandernden würden erst zu Tieren werden, dann verschmachten. Wo Kinder nicht eine Gabe Gottes sind, jedes ein Zug nach oben, wo Kinder erst eine Last sind, später Diener der Selbstsucht werden sollen, welche sich auch auf hundert Weisen formiert, da ist dem Volke der Himmel verhüllt, bei den Wurzeln fault es an. Weihnacht ist alten Leuten, was den Weisen im Morgenlande der Stern war, der ihnen erschien, der Stern, der ihnen den Heiland verkündete, sie auftrieb aus ihrer Ruhe, dass sie Schätze zusammenrafften, sich auf die Beine machten, um den König der Ehren zu suchen, ihn anzubeten. Weihnacht ist ihnen die heilige Nacht, welche sie weiht und stärkt, getrost zu treten in die Nacht des Todes; denn sie verheißt ihnen, dass in der Todesnacht ihnen das ewige Licht geboren wird, welches leuchtet zur Seligkeit. Und mit dem Kindlein, welches geboren wird, steigt die Sonne höher, die Nacht nimmt ab, statt zu, der Tag mehret sich, und lieblicher wird es auf Erden. Aber der Tag nimmt wieder ab, steigt nicht für und für, bis er die Nacht verdrängt hat; die Nacht dehnt sich aus und geht dem Tag ans Leben, und wohl uns, dass das Jahr zu Ende geht, ehe die Nacht den Tag verschlungen, ein neues Jahr an die Stelle des alten tritt. Wie die Jahre sich ablösen, lösen die Geschlechter sich ab, und wohl uns; wie jedes Jahr von vorne beginnen muss, so jedes Geschlecht, so jeder Mensch, das vergesse man nicht! Und wie die Nacht ihre Grenzen hat und der Tag die seinen, so hat bei den Menschen die Barberei ihre Grenzen, und wohl uns, wenn die Finsternis den Tag verschlungen, die menschliche Weisheit über alle Schranken steigt, zur Torheit wird, sagt Einer Halt, und zwischen Tag und Nacht ordnen sich die Grenzen wieder, wie eben Einer sie geordnet haben will.

Käthi freute sich immer sehr auf diesen Tag, aber wir möchten fast sagen, mit Furcht und Zittern, es war ihr geistiger Lostag. Der Bauer hat viele Lostage im Jahre, Tage, deren Beschaffenheit ihm deuten auf künftige Witterung, den Ertrag der verschiedenen Ernten. So zum Beispiel deuten vom kürzesten Tag weg die ersten zwölf Tage auf die Witterung der zwölf Monate; wenn an Alt- und Neulichtmess die Sonne scheint, so wird jede Frucht reif, bis in den hintersten Bergwinkel hinein; wenn es am Agathetag schneit, so schneit es noch vierzig Male. Geht am Gregorstag (12. März) der Nordwind, so gibt es eine schlechte Heuernte; ist es am Urbanustag schlecht Wetter, so ist die Weinernte schlecht, und die Waadtländer schleppen ein Bild, welches den heiligen Urbanus vorstellt, im See herum, um ihm seine schlechte Vorsorge einzutränken. Solche Lostage sind eingestreut ins ganze Jahr. Fromme Frauen aber haben einen geistigen Lostag, und das ist Weihnacht. Wenn die zwölfte Stunde der Nacht geschlagen hat, oder wenn sie später erwachen durch die Nacht, so schlagen sie die Bibel auf und das Psalmenbuch, legen in beide ein Zeichen; und wenn der Tag anbricht, lesen sie die aufgeschlagenen Stellen, das Kapitel und den Psalmen, und je nachdem sie lauten, verheißend oder drohend, klagend oder lobpreisend, gehen sie freudig oder zagend ins neue Jahr hinein, Trübes gegenwärtigend oder Heiteres hoffend. Diese Sitte hatte auch Käthi, und wenn sie in der Nacht die heiligen Bücher aufschlug, erbebte ihr Herz in heiligem Schauer, als ob sie eine Offenbarung Gottes empfangen sollte. So hatte sie auch diesmal getan, und als sie am Morgen die bezeichneten Stellen aufschlug, fand sie in der Bibel bezeichnet das siebente Kapitel im Buche Hiob, allwo es heißt: »Hat nicht der Mensch eine bestimmte Zeit auf Erden, sind nicht seine Tage wie die Tage eines Taglöhners? Wie sich ein Knecht sehnet nach dem Schatten und ein Taglöhner auf seinen Lohn wartet, also habe ich eitle Monat zum Erbteil bekommen, und mühselige Nächte hat man mir bestellt. Wenn ich mich lege, so spreche ich: ›Wann werde ich aufstehen?‹ Und wenn der Abend dahingeflogen ist, so werde ich satt von Hin- und Herwälzen bis an die Dämmerung. Mein Fleisch ist angezogen mit Würmern und Schollen des Staubes; meine Haut ist aufgerissen und zerflossen. Meine Tage sind leichter denn ein Weberspul und vergehen ohne Hoffnung. Gedenk, dass mein Leben ein Wind ist, und dass meine Augen nicht wiederkommen

werden, zu sehen das Gute. Und dass mich auch das scharfsichtigste Auge nicht mehr sehen wird, ja, wenn auch deine Augen nach mir sehen werden, so werde ich nicht mehr sein. Eine Wolke vergehet und fähret dahin; also, wer ins Grab hinunterfähret, kommt nicht wieder herauf. Er kommt nicht wieder in sein Haus, und sein Ort kennt ihn nicht mehr. Darum will auch ich meinem Munde nicht wehren, ich will reden von der Angst meines Geistes, ich will klagen von der Betrübnis meiner Seele. Bin ich denn ein Meer oder ein Walfisch, dass du mich also verwahrest? Wann ich spreche: ›Mein Bette wird mich trösten, mein Lager wird von meiner Klage etwas benehmen‹, so erschreckest du mich mit Träumen und betrübest mich mit Gesichtern, dass meine Seele wünschet, dass ich erhenkt werde, und den Tod mehr als mein Gebein. Ich verachte das Leben, ich werde nicht ewiglich leben. Höre auf von mir, denn meine Tage sind eitel. Was ist der Mensch, dass du ihn groß achtest, dass du dich um ihn bekümmerst? Und dass du ihn alle Morgen heimsuchest, dass du ihn alle Augenblicke prüfest? Wie lange willst du dich nicht von mir wenden, wie lange nicht von mir ablassen? Habe ich gesündigt, was soll ich dir dann tun, o du Menschenhüter? Warum machest du mich zum Zweck, auf welchen du anlaufest, und bin mir selbst eine Last? Und warum vergibst du mir meine Übertretung nicht und nimmst nicht weg meine Missetat? Denn also würde ich nun in der Erde liegen, und wenn du mich schon frühe suchtest, so würde ich doch nicht da sein.«
So las Käthi, und ihrer Seele ward bange. Also sollte die Hand Gottes noch schwerer auf ihr liegen, bis sie zu sterben wünsche, ihr einziger Trost der sei, nicht mehr zu sein. Was wohl kommen werde, dachte sie, obs der Hunger sei oder

Johannesli sterben müsse oder eine grausame Krankheit sie überfalle? So dachte sie und weinte sehr, aber stille, dass Johannesli nicht erwachen möchte. Da dachte sie an das Psalmenbuch, dass da vielleicht ein Trost für sie sein möchte; sie streckte ihre Hand darnach aus; aber die zitterte sehr, dass sie die Stelle fast nicht finden und aufschlagen konnte. Endlich schlug das Buch auseinander, und vor ihr lag der zweiundvierzigste Psalm, und in Angst zuckte ihr Herz, denn sie las:

Ich erhebe meine Seele
Mit Verlangen, Gott, zu dir,
Wie nach einer Wasserquelle
Ein Hirsch schreiet mit Begier.
Nur nach dir, o Lebensgott,
Dürstet sie in ihrer Not.
Ach, wann werd ich dahin gehen,
Wo ich kann dein Antlitz sehen?

Meine Nahrung ist das Klagen
Und das Weinen. Mir zum Spott
Hör ich meine Feinde fragen:
»Wo ist er, wo ist dein Gott?«
Traurig denk ich an die Zeit,
Da ich mich in Gott erfreut;
Da ich dankend ging, den Herren
Mit den Frommen zu verehren!

Seele, was willst du dich kränken
Und voll banger Unruh sein?
Hoff auf Gott, er wird dir schenken

Seines Trostes Gnadenschein.
Hoff auf ihn mit Zuversicht,
Denn sein holdes Angesicht
Gibt dir Freude, Heil und Leben!
Du wirst ihn mit Lob erheben.

Meine Seele ist betrübet,
Doch ich denke stets an dich,
Gott, den meine Seele liebet,
Siehe doch mit Gnad auf mich!
Wenn das Elend mich umringt,
Wenn das Unglück auf mich dringt,
Will ich gläubig zu dir beten,
Du, o Gott, wirst mich erretten.

Zu dir ruf ich nie vergebens;
Deine Güte, deine Macht
Will ich rühmen, Gott des Lebens,
Und dich preisen Tag und Nacht.
Wie, vergissest du mich gar?
Soll ich trauern immerdar,
Wenn die Feinde spottend sagen:
»Ist dein Gott auch zu erfragen?«

Meine Seele, sei nur stille,
Bleib getrost und zage nicht!
Hoff auf Gottes Gnadenfülle
Und sein liebreich Angesicht!
Du wirst in der Ewigkeit
Gott und seine Freundlichkeit,
Seine Hülf- und Liebesproben
Einst mit frohem Danke loben.

So las sie, und ihr Herz bebte fort; doch rieselte durch die bittere Angst ein süßer Trost, dass, was kommen möge, Gott bei ihr bleiben und alles zum Besten lenken werde, so dass ihre Seele wieder froh werden und Gott loben und preisen könne, dass er sie so geführt und nicht anders. Und sie betete innig zu Gott und dankte ihm für alles Gute, so er ihr bis dahin erwiesen, und bat, dass der Kelch nicht zu bitter sein oder an ihr vorübergehen möge, »doch nicht mein Wille geschehe, sondern dein Wille!«, dass, komme was da wolle, keine Kreatur, keine Drangsal, keine Not sie von seiner Liebe scheiden möge, sondern dass sie ihrem Heiland eigen bleibe im Leben und im Sterben, mit Leib und Seele, in Zeit und Ewigkeit.

Johannesli erwachte, während das Licht noch brannte; die Weihnachtsfreude hatte ihn geweckt. Die glücklichen Kinder, sie werden durch Freude und freudige Erwartungen aufgeweckt, das Alter durch Bangen und Kummer. Wer erinnert sich nicht an die goldenen Tage, wo er nicht schlafen konnte, weil am Morgen Bescherung war, eine kleine Reise bevorstand oder was Neues ins Leben trat! Das waren die Tage, wo die Menschen uns noch nicht Spießruten jagten durch Examen, Gott es noch nicht nötig fand, uns zu examinieren, ob wir fromm und standhaft genug für das ewige Leben seien. Freilich war die Bescherung, welche Johannesli zu hoffen hatte, nicht groß, nicht viele Kreuzer kostete sie; aber auf die Größe, auf die Kostbarkeit kommt es nicht an, ob die Freude groß oder klein sei, sondern auf das Gemüt, welches sie empfängt, so wenig als das sogenannte Glück bedingt wird durch sogenannte Glücksgüter. Das wahre Glück, welches das Wasser nicht nimmt, der Hagel nicht verhagelt, hat einen ganz andern Grund. Splendide, große,

stolze Herren und Damen sieht man dick in Palästen und auf Schlössern; aber glückliche, he – das ist was anders! Gar mancher Herr mit sieben Sternen auf der Brust und gar manche Dame, splendid und elegant vom Teufel, rauschen daher, als ob die Glücksgöttin ihre Patin wäre, und machte der Schönlein ihnen ein Loch ins Herz, so täte lauter Gift und Galle herausspritzen und kein einzig Tröpflein Glück und Friede. »Chlei Ding freut dChing«, sagt das Sprichwort. Wohl denen, welche in ihren Herzen den Sinn bewahren, dass auch sie freut, was die Kinder freut; denn den Kindern gehört das Himmelreich, und wenn wir nicht wie sie werden, so haben wir nur Teil an der Welt, und die Welt ist eng, und der Sinn, der die Welt liebt, ist unersättlich und findet kein Vergnügen, und wo kein Vergnügen ist, da ist kein Glück, da ist keine Freude.
Was aber Johannesli für eine Freude hatte über seine Bescherung, so wird sie wirklich selten gefunden auf Erden. Die Bescherung bestand aus acht Nüssen, welche einen Kreuzer gekostet hatten, einem bezuckerten Schäfchen, dessen Schwanz ein Pfeifchen war, es kostete zwei Kreuzer, einem Lebkuchen für zwei Kreuzer, summa summarum fünf Kreuzer; dabei lag noch ein Semmelring, sogenannter Weihnachtsring, welchen die Bäckerin Käthi geschenkt hatte. Das war eine unendliche Freude, ein Glück über alle Worte, und auch Käthi nahm teil an diesem unendlichen Glücke, während immerfort Tränen ihr über die Backen rieselten und sie denken musste: »Ach Gott, du armes Bubi, wenn die wüsstest, was ich, und wo bist du wohl übers Jahr?«
Als der erste Rausch des Kleinen vorüber war, der graue Tag durch die Fenster guckte, rief der Kleine: »Großmuetti, habe dir auch was, rate mal!« Aber die Großmutter konnte

nicht raten, da holte der Kleine in großem Triumphe zwei Eier, welche in der Großmutter Abwesenheit gelegt worden waren, und welche er versteckt hatte, um ihr auch eine Freude zu bereiten. »Sieh, Großmuetti, sieh, zwei Eier, und wie schöne und wie große! Daraus machst du heute Eierbrot zum Kaffee, und dann kannst den Leuten sagen, dass ich dir auch das Weihnachtskindlein habe kommen heißen.« Ach, wie manches Kind bittet so innig: »Vater, lass mir doch das Weihnachtskindlein kommen!« und wie manches Kind danket innig, dass ihm dieser Wunsch erfüllt worden, und die Eltern freuen sich der Freude der Kinder, und ihr Gewissen rühmet sie, dass sie den Kindern gute Eltern sind, so viele Freuden ihnen bescheren. Aber Leute, klebt nicht an Zeichen, treibt nicht Kindisches, gedenket an das, was das Zeichen bedeutet, und an das Himmelreich, welches vom wahren Weihnachtskindlein den Kindern beschert wurde, und welches Vater und Mutter ihren Kindern öffnen sollen, das wahre Weihnachtsgärtlein, in dessen Mitte der Tannenbaum voll Lichter und ohne Schlange. Das Weihnachtskindlein kommen heißen in Zuckergebäcken und buntem Spielzeug und das wahre Weihnachtskindlein, das vom Himmel kam und zum Himmel führt, verleugnen, den Kindern es verbergen, goldene Schäfchen bescheren und um das Lamm, welches der Welt Sünden trug, sie betrügen, heißt das nicht den Kindern Steine, Schlangen bieten, Brot und Fische ihnen vorenthalten, mit Kindischem sie kindisch machen, die Augen blenden für das Ewige, den Stamm verstümmeln, der zum Himmel wachsen soll, zum Zwergbaume, der nicht von der Erde will? Das Weihnachtskindlein kommen lassen und die Kindlein nicht weihen in der heiligen Nacht dem ewigen Heiland, der um ihretwillen ein Kind geworden,

das heißt, geblendet und kindisch geworden zu sein, die Augen versengt zu haben an der Afterweisheit des Tages, wie die Mücken die Flügel am Lichte versengen, dasselbe für die Sonne haltend, welche sie geboren.
So war es aber bei Käthi wirklich nicht, sondern sie musste dem Kinde erzählen vom rechten Weihnachtskindlein, das in Betlehem geboren worden in einem Stalle und gelegt ward in eine Krippe, und wie die Engel des Himmels den Hirten es verkündet und die es angebetet hätten und die Engel gesungen in der Klarheit des Himmels das himmlische Lied: »Ehre sei Gott in der Höhe, Friede auf Erden und den Menschen ein Wohlgefallen!« Wie dann die Weisen aus dem Morgenlande gekommen, der Melchior, der Balthasar und der Kaspar, mit Kamelen und Elefanten und ganz schwarzen Mohren, und Gold, Weihrauch und Myrrhen gebracht und das Kindlein auch angebetet hätten. Wie ihnen dann ein Engel im Traume erschienen, vor Herodes sie gewarnt hätte, sie schnell in ihr Land geeilt, und wie Joseph auch gewarnt worden durch einen Engel und schnell ein Eselein gekauft hätte und mit der Mutter und dem Kinde geflohen sei ins Ägypterland, wo früher die Kinder Israel als wie in einem Diensthause gewohnt hätten viele hundert Jahre lang. Und wie dann der grausame, gewaltige König Herodes von Jerusalem gekommen sei mit all seinen Soldaten und das Kindlein gesucht, welches der neugeborne König der Juden sein sollte, und wie er, da man es ihm nicht gezeigt, weil es nicht mehr da war, alle Kindlein habe töten lassen in und um Betlehem, und wie ihn darauf eine schreckliche Krankheit elendiglich zu Tode gemartert, dieweil Gerechtigkeit im Himmel sei.
So erzählte die Großmutter, und Johannesli weinte fast vor Zorn und Wehmut und meinte, wenn er dabei gewesen, so

wäre es nicht gegangen, er hätte dem bösen König den Kopf abgeschlagen und den kleinen Heiland zum König gemacht, dass er nicht in Ägypten hätte fliehen müssen und bös haben dort und zimmern nachher. So verfloss ihnen der Morgen, da Käthi diesmal schlechten Weges wegen nicht in die Kirche sich wagte und ja auch den Heiland zu Hause hatte und nach ihrem Vermögen mit dem wahren Christkinde das Kind bescheren suchte. Auch war wohl der Gedanke im Hintergrunde, sie wollten beieinander sein, solange sie könnten; es wisse kein Mensch, wie lange es währe, sie habe Ursache zum Glauben, nicht mehr lange; und wenn es auch nicht im Februar sei, so sage das Sprichwort: »Was der Hornung nit will, das nimmt der April.« In ganz eigener Weichheit durchlebte Käthi den Tag; es war ihr immer, als müsse sie noch was Besonderes erleben, und als nichts kam, war es ihr wie einem, der noch jemanden erwartet; sie durfte nicht einschlafen, aus Furcht, sie möchte es dann nicht hören, dann nicht bereit sein. Aber es ging Käthi wie vielen: wenn man erwartet, kommt nichts, während das Unerwartete unverhofft kommt.

Ein Sprichwort sagt: »Wo man Gott eine Kirche baut, da baut der Teufel eine Kapelle daneben«, und ein anderes Sprichwort sagt, alle Gleichnisse täten hinken. Indem wir die Wahrheit beider Sprüche und namentlich auch des letzteren erkennen, sagen wir doch, an das erste Sprichwort mahnten uns Weihnacht und Neujahr, die erstere an die Kirche, das letztere an die Kapelle. Wir wollen hier nichts Gelehrtes anbringen und von den Römern reden, und warum das Jahr am ersten Januar anfange, während die Sonne das neue Jahr bereits acht Tage vorher begonnen hätte, sondern wir wollen ganz einfach dabei bleiben, zu sagen, dass das Neujahr eine Lebensstation sei, eine alte geschlossen werde, eine neue beginne, und zwar so eine ziemliche Station, nicht bloß von drei oder vier kleinen, das heißt preußischen Meilen, sondern eine von zirka 8790 großen Stunden. Diese Station ist nicht bloß lang, sondern sie geht durch unbekannte Gegenden; durch Kornfelder und Schlachtfelder kann sie gehen, durch üppige Gegenden oder wüste Steppen, durch stürmische Meere, über schauerliche Abgründe, rechts der Tod, links der Tod, oder über Blumenteppiche, umgaukelt von Freuden ohne Zahl vom Anfang bis ans Ende. Ohnmächtige Geschöpfe sind die Menschen, feige von Natur obendrein, möchten aber doch gerne stolz sich geben, die Helden machen, Herren ihres Geschickes scheinen. Sie gaukeln daher ordentlich ins neue Jahr hinein, besteigen, mit Blumen bekränzt, unter fröhlichem Singen und Läuten den Reisewagen, und in lustigem Galopp tanzen sie in die neue Station hinein, und vor lauter Galopp und Singen und Jubilieren kommen sie Tage, Wochen nicht zu sich; sie tun, als ob es das ganze Jahr durch auf der ganzen Station also gehen müsste, in lauter Saus und Braus und dulci jubilo. So tun sie; aber innerlich ist's ihnen wie einem Drescher oder einer Kuhmagd, welche mörderlich Zahnweh haben, aber schrecklich Angst, den Zahn ausziehen zu lassen, und weil es sein muss, eine Flasche Branntwein trinken, um Courage zu kriegen und keinen Schmerz, wenn der Zahn rausgerissen wird; sie taumeln stumm ins neue Jahr hinein, um die Angst vom Leibe zu kriegen, dass wieder eins dahinten ist und ein neues da, von dem sie nicht wissen, geht es für sie zu Ende, oder brechen sie in irgendeinem Abgrunde den Hals, oder verschmachten sie in dessen Wüsten. Sie stoßen den Kopf bis an den Hals in Rauch und

Staub der Welt, verkleben die Ohren mit Musik, verkleistern die Augen mit Geschenken und rasen herum wie toll in Wein und Branntwein, in Pasteten und Braten. Ans Kindlein, das sicher durch alle Stationen leuchtet, der Menschen Bürde trägt, die Türe des Himmels öffnet, denkt keiner; in den Himmel will nämlich vorläufig keiner, sondern eben nur lustig leben auf Erden. Darum wird mit dem Neujahr die Weihnacht verschwendet, und statt dem Himmelskinde zu folgen, wird zu einem Kind der Welt der Mensch neu gesalbet und geschmiert, und zwar sehr oft von Obrigkeits wegen. Es ist oft, als ob die Obrigkeit Angst hätte, das Volk könnte ihr zu gut, zu fromm, zu christlich werden, als meine sie, sie müsse dem Teufel Gelegenheit machen, so recht mal wieder im Volke zu fischen und zu krebsen und Rekruten zu machen auf jegliche Weise. Wenn wirklich am Schein was Wahres sein sollte, so wird wahrscheinlich eine solche Obrigkeit meinen, ein christlich Volk könnte am Ende Ärgernis an ihr selbsten nehmen, sich ihrer schämen, wie bekanntlich liederliche Mütter sich über die Fehltritte ihrer Töchter eben nicht härmen, sondern sogar mit vieler Schadenfreude sich daran freuen.

Wenn der Rausch vorbei ist, ach, da sitzt mancher nackt und bloß im Schnee, hat weder Brot für sich noch für seine Kinder und mancher keinen Mut mehr fürs ganze Jahr, mancher keine Kraft mehr fürs Leben, und mancher alle Freude verhudelt fürs ganze Leben. Da ist vor dem Neujahr keine Polizei mehr, und nach demselben ist keine, und jeder Wirt stellt das möglichste an, die Leute anzulocken und auszubeuten. Meint man endlich, der letzte Atemzug sollte vertanzt, der letzte Kreuzer ausgepumpt sein, so geht's von vorne los, es kommt das sogenannte alte Neujahr, das heißt das Neujahr nach dem alten Kalender, und noch einmal muss es angesetzt sein und versucht, was noch möglich sei. So wird die Weihnacht durchs Neujahr verschwendet und alles versucht, den Menschen nicht bloß nicht zu sich selbst kommen zu lassen, sondern ihn so recht planmäßig zu berauschen, um ihn glücklich über die Stelle, wo er sich vielleicht bekehren könnte, unbekehrt hinüber zu bugsieren. Nun, so ging's bei unserer Käthi nicht zu, sie ging ohne Rausch bang ins neue Jahr hinein. Es war stürmisch, ungestüm Wetter, fast bis Neujahr. Als am Silvester mit allen Glocken das alte Jahr eine Stunde lang ausgeläutet wurde, da musste Käthi weinen. Es war, als scheide sie von einem Freunde auf Nimmerwiedersehn. Alles Böse, was dasselbe gebracht hatte, war vergessen, und nur des Guten gedachte Käthi, an die ungestörte Gesundheit, den schönen Verdienst, die vielen guten Leute, und es war ihr fast, als sollte sie von dem allen Abschied nehmen. Dazu plagte sie das Buebli, wie sie morgen neujahren wollten. Andrese Anne Däbi hätte gesagt, sie hätten Wein und Wecken und zwei Arten Fleisch, und von allem bis sie nicht mehr möchten. Darum müssten sie auch Fleisch und Wein haben. Käthi mochte trösten, wie sie wollte, das Buebli blieb auf seinem Sinne, und Käthi brachte es nicht übers Herz, die wenigen Batzen, welche sie im Körbchen hatte, während noch gar nichts im Hochzeitsstrumpf war, für Leckerbissen auszugeben. Betrübt ging sie ins Dorf, Milch zu holen, Johannesli an der Hand, der an einem fort an ihr war, auch zum Metzger zu gehen und ins Wirtshaus. Am Wirtshaus hatte er es akkurat wie ein alter Kutschengaul, er ward stetig und wollte nicht vorüber, wie auch Käthi sich schämte und ihm zusprach, er sollte nicht so tun, sie hätte ja kein Körbchen, wie er sehe, um was heimzutragen, und wenn sie was wollten, so könnten sie es morgen noch immer holen. Aber Johannesli ließ sich nicht abbringen. Kinder haben viel Instinkt für günstige Augenblicke und große Standhaftigkeit, sie zu benutzen; sie sind sehr oft viel nachhaltiger und durchgreifender als große Staatspersonen. Da kam plötzlich eine Stimme: »Was gibt's, Käthi, will der Bub dir einen Schoppen zahlen?« Käthi weinte fast und erzählte. Die dicke Wirtin lachte und sagte: »Der Bub hat recht, er wird wissen, was Zwängen ist, und meinen, wenn alle Leute neujahreten, so hätte er auch das Recht dazu.« Sie hieß sie hineinkommen, und Käthi trug ein Stück Braten heim und einen Schoppen Wein, hatte es aber sehr ungern, sowohl weil der Bub so wüst getan, als weil die Wirtin glauben konnte, das sei ein abgekartet Spiel gewesen, um was zu erhaschen auf eine unschuldige Manier.

Am Morgen um fünf wurde Käthi geweckt durch das Läuten aller Glocken, da wiederum eine Stunde lang das neue Jahr eingeläutet wurde, das heißt feierlich begrüßt im Namen Gottes, und den Menschen verkündet, dass sie es mit Gott beginnen sollten, damit sie es auch mit Gott endigen könnten. Dieser feierliche Ruf, zu wachen und zu beten, mahnte manchen trunkenen Zecher, das Wirtshaus zu verlassen, ehe es Tag werde, und die Töne geleiteten den Wandernden; aber er hörte sie kaum, ins Herz drangen sie ihm nicht, er betete nicht, er stolperte, er fluchte; so beschaffen war sein erster Gang im neuen Jahre! Wie wird wohl sein letzter sein im begonnenen Jahre?

Käthi wachte auf schweren Herzens, es war ihrer Seele so bange, sie wusste nicht warum; ihre Gebete waren unaussprechliche Seufzer. Es war ein trüber, stürmischer Tag.

Indessen ging Käthi dennoch zur Kirche oder vielmehr in die Predigt, am Neujahr hätte Käthi dieses nicht gerne unterlassen. Im Winter ward die Predigt zumeist in der geräumigen, warmen Schulstube gehalten, was den alten Gliedern und kühlem Blute der Alten besonders zuträglich war, und denen namentlich, welche weder Wärmflaschen noch Mäntel vermochten, sondern höchstens über ein dünnes Hemdchen und ein dünnes Röckchen.

Der Pfarrer hatte den Text Matthäi 7,24-27: »Darum ein jeglicher, der diese meine Rede höret und tut sie, den will ich vergleichen einem klugen Manne, der sein Haus auf einen Felsen gebaut hat. Da nun ein Platzregen herabfiel und Wasserflüsse daherkamen und die Winde bliesen und an dasselbe Haus stießen, da fiel es nicht; denn es war auf einem Felsen gegründet. Und wer diese meine Rede höret und tut sie nicht, der wird verglichen werden einem törichten Manne, der sein Haus auf den Sand gebaut hat. Da nun ein Platzregen herabfiel und die Wasserflüsse daherkamen und die Winde bliesen und an dasselbe Haus stießen, da fiel es und tat einen großen Fall.«

Der Pfarrer begann zu predigen, und es war Käthi anfangs, als tue er ihr Herz auf und predige aus demselben; es war ihr ganz wunderlich, und oft wusste sie lange nicht, rede sie laut oder predige der Pfarrer. Er sprach, wie er erwacht sei vom Glockengeläute, welches rufe, zu wachen und zu beten. Wie ihm da bange geworden sei, sprach er, wie die leibliche Not und die geistige Not sich vor seinen Geist gestellt, wie er habe fragen müssen: »Wie soll das enden?« dass er habe ausrufen müssen: »Ach Herr, wie ist meiner Seele so bange!« Und er nannte alles, was ihm bange gemacht, und wie leibliche Augen da keinen Ausgang erblickten, und wie

der Mensch in seiner Ohnmacht sich nicht zu helfen wüsste, nichts könnte als beben und zittern, des geistigen und leiblichen Untergangs gegenwärtig.
Nun aber sei einer, der nicht ohnmächtig sei, sondern allmächtig; wie sein Wesen unveränderlich sei, so sei es auch sein Wille und die Ordnung, welche dieser Wille geschaffen. Er sei der Fels der Welt, und während alles um ihn in ewigem Wirbel sich drehe, stehe derselbe für und für und in alle Ewigkeit, und wem die Welt zu zersplittern scheine, so sei es nur ein Abschäumen des Unreinen, eine Läuterung, in welcher untergehe das Tote, ausgehauen werde das Faule, weggespült die Schlacken der Welt und ausgewaschen die Geschwüre der Zeit. Was im menschlichen Lebenskreise nicht von Gott sei und auf Gott ruhe, das gehe unter, und nur das bleibe, was in Gott und mit Gott sei. Nun zeigte der Pfarrer an, einzelnen Menschen, wie die zerstört würden, welche durch wilde Triebe sich treiben ließen oder segeln wollten nach den Eingebungen eigner Weisheit, welche am Ende nichts sei als die Selbstsucht mit einer Schlangenzunge, am gefährlichsten dem, der sie besitze, wie dagegen der Einfältige und Unmündige, der in treuem Glauben fromm wandle in des Herrn Wegen, mit ihren Ehren bestehe, ein Ende nehme im Frieden und nicht mit Schrecken. Der Pfarrer zeigte an Häusern und Familien, wie die, welche in Gott gegründet seien und ihm treu blieben, mit Ehren beständen, feste Wurzeln schlügen und wahrhaft würden, was die Welt vornehm nennt, hochgeehrt von der Welt und Gott lieb, und zwar von Geschlecht zu Geschlecht; und wie Häuser und Familien fielen und desto größer der Fall sei, je höher sie stünden, sobald sie von Gott ließen, die Liebe wiche, der Teufel einzöge mit Hochmut und Hartherzigkeit, mit Hoffart

und Üppigkeit, mit der ganzen Fleischeslust. »Ja«, sagte der Pfarrer, und sein Auge flammte wie ein Prophetenauge, »wie es Häusern und Familien geht, geht es Regierungen und Regenten, nur die, welche Gott erkennen und auf ihn bauen, bestehen; verlassen sie Gott, so verlässt sie Gott, und sie tun einen großen Fall. Und warum bangt uns?« fuhr er fort. »Eben, weil wir so viele Menschen, Familien, ja Regierungen und Regenten nicht stehen sehen auf dem Felsen, der nicht fällt, sondern wirbeln im Wirbel der Welt, dieser Wirbel immer wilder aufkocht, je nicht in denselben sich stürzen, je größer Gewühl und Gedränge von Unglücklichen in diesem grausen Wirbel ist. Es wird uns, als ob alles zugrunde gehen müsste, alles verschlungen werden würde von der Finsternis und den Schatten des Todes. Und es werden viele zugrunde gehen, Menschen, Familien, Regierungen voran; vielleicht bricht die Zeit einer großen Läuterung an, vielleicht will Gott mit Wasserwogen und Meeresfluten ausspülen die Geschwüre der Welt. Aber bangen wollen wir nicht; weinen dürfen wir über Jerusalem, dass es nicht erkannt zu rechter Zeit, was zu seinem Frieden dient; aber zagen wollen wir nicht, und wenn die Flut unsre Leiber verschlingt, so vergessen wir nicht, dass, wer dem Herrn lebt, auch dem Herrn stirbt, und dass er nicht in die Hölle führt und wieder heraus. Vielleicht, dass er auch mir drohend den Finger aufhebt, damit man umkehre und sich bekehre, wie er es den Kindern Kains tat, dass unsre Lage eine Bußpredigt ist, wie Jonas den Niniviten eine hielt? Vielleicht, wir wissen es nicht! Aber das wissen wir, dass was Gott tut, wohl getan ist, und dass er die Niniviten nur deswegen schonte, weil sie Buße taten im Sacke und in der Asche. Nun, wem das Herz klopft in Sündenangst, wer sich bewusst wird, sein

Fuß stehe nicht auf dem ewigen Fels, der tue Buße im Sacke und in der Asche, er suche den, der sich finden lässt von allen, die ihn ehrlich suchen! Und wer sich bewusst ist, ergriffen zu haben den ewigen Fels, der traue Gott und zage nicht! Der Herr der Ewigkeiten ist auch der Herr des betretenen Jahres; was er verhängt, wird zur Seligkeit dienen denen, die ihn lieb haben und seine Gebote halten, und wer in diesem Jahre sterben sollte, wird des Herrn bleiben, wenn er dem Herrn gelebt hat. Darum, was kommen mag, lasst uns des Herrn harren unverzagt; sei in seiner Hand die Rute der Züchtigung oder der Zweig des Friedens, so lasst diese Hand uns verehren in tiefer Demut; es ist die Hand, die segnet und selig macht die, welche Treue halten und die Liebe bewahren!«

So sprach der Pfarrer, und wenn auch Käthi die Beine zitterten, so ward ihr doch wohl; im Herzen blühte ihr die Ergebung auf, welche das Größte trägt und vollbringt, die Ergebung, welche mit ganzem Herzen sagen kann: »Der Herr hat es gegeben, der Herr hat es genommen, der Name des Herrn sei gelobt!«

Solch ein kräftig Wort am Neujahrstage ist wohl das vornehmste und beste Neujahrsmahl, und Käthi empfand es auch und empfand es fort und fort, trotz dem seltenen Mittagsmahle, welches auf schönem, reinem Tischtuche stand: Braten, Wein und süße Äpfelschnitze, ein wahres Herrenfressen! Johannesli labte schrecklich wohl daran und konnte den Braten nicht genug rühmen, und doch klagte er zwischendurch, er könne ihn nicht beißen, und Schinken wäre viel kommoder; besser, hätte er gerne gesagt, aber er war auch schon angesteckt vom Weltgift, welches das Rare und Teure für das Beste hält. Und was er den Wein rühmte und

dabei heimlich darüber grännete und am Ende sich nicht enthalten konnte, die Großmutter um einen Schluck Milch zu bitten! Der Wein sei viel besser, wohl hundertmal, aber er könnte ihn sturm machen, sagte der kleine Diplomat. Nachmittags hatte Käthi Besuch, erhielt Kram, ein sogenanntes Gutjahr von Johanneslis Pate. Es bestand in einem Hemde, ein Paar Strümpfen und einem großen Neujahrring, und für die Großmutter war ein halb Pfund Kaffee dabei, eine köstliche Bescherung für eine alte Frau, welche den Kaffee so liebt und doch die Bohnen zählt, welche sie zu jedem Kaffee braucht. Dabei aber stürmte es schrecklich draußen, es war, als ob ein schrecklich Gewitter heraufziehen wolle mit Blitz, Donner und Hagel.
Eine schreckliche Vorbedeutung am ersten Tage des Jahres! Die Fenster klirrten, die Hütte wankte, Nacht ward draußen, und drinnen betete Käthi emsig, denn Angst hatte sie wieder ergriffen; sie bangte sehr, denn das Bangen ganz zu überwinden und das Zagen, dass es nie wieder kommt, wenn stark an ihm des Herrn Hand rüttelt, ist keinem Menschen gegeben. Endlich ließ der Sturm nach, Tag ward es wieder, das schwarze Gewitter jagte nach Osten. Käthi trat vor das Häuschen, ein milder Sonnenblick empfing sie auf der Schwelle, und als sie sich umwandte, dem jagenden Gewitter nachzusehen, sah sie gen Morgen hin das Gnadenzeichen des Herrn, einen prächtigen Regenbogen am Himmel stehn. Unaussprechlich war der Eindruck auf Käthi, verstummt blieb sie stehn, sah mit gefalteten Händen zum Himmel auf; sie wusste es nun, Gott verließ sie nicht, und breche auch Sturm und Gewitter los, so komme doch Gnade nach.
Das seltsame Zeichen in dieser Jahreszeit am Neujahrstage ward von vielen Menschen bemerkt; aber wir zweifeln, dass

dasselbe auf viele einen Eindruck gemacht habe wie auf Käthi. Um die Zeichen Gottes wahrzunehmen, muss man eben ein auf Gott gerichtetes Auge haben, und um sie zu empfinden, muss man haben ein gottergebenes Herz. Ganz hell ward es Käthi im Gemüte, und sie erzählte eben Johannesli eine schöne Geschichte von einem Knaben, welcher in der Jugend gestohlen worden, endlich aber wieder ein großer Herr geworden sei, als Andrese Anne Däbi kam und sie einlud, diesen Abend mit ihnen zu neujahren, wie man zu sagen pflegt. Es ging Käthi wieder wie gestern vor dem Wirtshause, Johannesli ward Meister. Kurzweilig verging der Abend, und es war Zeit, auseinanderzugehen, ehe man daran dachte. Die Zeit recht kurz zu machen, ist eine Kunst, und recht kurze Zeit zu haben, ein Glück.

Was würden Sie tun, wenn Sie das neue Jahr regieren könnten?

Joachim Ringelnatz

Ich würde vor Aufregung wahrscheinlich
die ersten Nächte schlaflos verbringen
und darauf tagelang ängstlich und kleinlich
ganz dumme, selbstsüchtige Pläne schwingen.

Dann – hoffentlich – aber laut lachen
und endlich den lieben Gott abends leise
bitten, doch wieder nach seiner Weise
das neue Jahr göttlich selber zu machen.

Zum neuen Jahr

Peter Rosegger

Ein bisschen mehr Freude und weniger Streit,
ein bisschen mehr Güte und weniger Neid,
ein bisschen mehr Liebe und weniger Hass,
ein bisschen mehr Wahrheit, das wär' doch was!

Statt so viel Unrast ein bisschen mehr Ruh,
statt immer nur »Ich« ein bisschen mehr »Du«,
statt Angst und Hemmung ein bisschen mehr Mut
und Kraft zum Handeln, das wäre gut.

Kein Trübsal und Dunkel, ein bisschen mehr Licht,
kein quälend Verlangen, ein froher Verzicht,
und viel mehr Blumen, solange es geht,
nicht erst auf Gräbern, da blühn sie zu spät.

Zwölf mit der Post

Hans Christian Andersen

Es war klirrender Frost, sternenklare Luft, windstill. »Bums!« wurde ein Topf an die Tür geworfen, »Paff!« schoss man das neue Jahr ein; es war Silvesterabend; nun schlug die Uhr zwölf.

»Traterata!« kam die Post. Die große Postkutsche hielt draußen vor dem Stadttor, sie brachte zwölf Personen, mehr konnte sie nicht aufnehmen, alle Plätze waren besetzt.

»Hurra! Hurra!« wurde in den Häusern gesungen, wo die Leute Silvester feierten und sich gerade mit den gefüllten Gläsern erhoben hatten und auf das neue Jahr tranken.

»Gesundheit und Glück im neuen Jahr!« sangen sie. »Ein Frauchen! Viel Geld! Schluss mit allem Ärger!«

Ja, das wünschte man sich gegenseitig, und darauf wurde angestoßen, und vor dem Stadttor hielt die Post mit den fremden Gästen, den zwölf Reisenden.

Was für Personen waren das? Sie hatten Pässe und Reisegepäck mit, ja, Geschenke für dich und mich und alle Menschen in der Stadt. Wer waren die Fremden? Was wollten sie, und was brachten sie?

»Guten Morgen!« sagten sie zu der Schildwache am Tor.

»Guten Morgen«, sagte die Schildwache, denn es hatte ja zwölf geschlagen.

»Ihr Name? Ihr Beruf?« frage die Schildwache den, der zuerst ausstieg.

»Sehen Sie im Pass nach«, antwortete der Mann. »Ich bin ich!« Er war denn auch ein ganzer Kerl, bekleidet mit Bärenpelz und Kufenstiefeln. »Ich bin der Mann, auf den sehr viele ihre Hoffnungen setzen. Komm morgen, dann erhältst du ein Neujahrsgeschenk! Ich werfe mit Groschen und Talern um mich, mache Geschenke, ja, ich gebe Bälle, im ganzen einunddreißig Bälle, mehr Nächte habe ich nicht zu vergeben. Meine Schiffe sind eingefroren, aber in meinem Kontor ist es warm. Ich bin Großkaufmann und heiße *Januar*. Ich habe nur Rechnungen bei mir.«

Dann kam der nächste, ein Spaßmacher, er war Direktor der Lustspiele, der Maskeraden und aller Vergnügungen, die es gibt. Sein Gepäck bestand aus einem großen Fass.

»Aus dem Fass wollen wir in der Fastnachtszeit mehr als einen Kater holen«, sagte er. »Ich will andere und mich selbst belustigen, denn ich habe von allen in der Familie die kürzeste Lebensdauer; ich werde nur achtundzwanzig! Ja, vielleicht schaltet man mir noch einen Tag ein, aber das ist gleichviel. Hurra!«

»Sie dürfen nicht so laut schreien«, sagte die Schildwache.

»Aber freilich darf ich das«, sagte der Mann, »ich bin Prinz Karneval und reise unter dem Namen *Februarius*.«

Nun kam der dritte; er sah aus wie das reine Fasten, doch er trug den Kopf hoch, denn er war verwandt mit den Rittern ohne Furcht und Tadel und war Wetterprophet; aber das ist kein fettes Amt, darum lobte er die Fastenzeit. Sein Schmuck war ein Veilchensträußchen im Knopfloch, aber es waren sehr kleine Veilchen.

»*März*, vorwärts!« reif der vierte und schubste den dritten. »Vorwärts, März! Hinein in die Wachstube, hier gibt es Punsch, ich rieche ihn!« Aber das stimmte nicht, er wollte ihn in den *April* schicken, damit begann der vierte Bursche. Er sah leichtsinnig aus; er arbeitete sicher nicht viel, sondern machte viele Feiertage. »Auf und ab mit der Laune!« sagte er. »Regen und Sonnenschein ziehen aus und ziehen ein! Ich bin auch Umzugskommissar, ich bin Leichenbitter, ich kann sowohl lachen als auch weinen. Ich habe Sommersachen im Koffer, aber es wäre töricht, sie anzuziehen. Hier bin ich! In vollem Staat gehe ich in Seidenstrümpfen und mit einem Muff.«

Jetzt stieg eine Dame aus dem Wagen.

»Fräulein *Mai*«, sagte sie. Sie trug ein Sommerkleid aus buchenblattgrüner Seide und hatte Anemonen im Haar, und sie duftete derartig nach Waldmeister, dass die Schildwache niesen musste. »Gott segne Sie!« sagte sie, das war ihr Gruß. Sie war niedlich! Und Sängerin war sie, nicht im Theater, sondern im Wald, nicht in Zelten, nein, in den frischen grünen Wald ging sie und sang zu ihrem eigenen Vergnügen; sie hatte in ihrem Nähbeutel Christian Winthers »Holzschnitte«, denn sie sind wie der Buchenwald selbst, und »Kleine Verse von Richardt«, die wie Waldmeister sind.

»Jetzt kommt die Frau, die junge Frau!« wurde im Wagen gerufen, und da kam die Frau, jung und fein, stolz und lieblich. Man sah sofort, dass sie dazu geboren war, den Tag der Siebenschläfer einzuhalten. Am längsten Tag des Jahres gab sie Gesellschaft, damit man Zeit hatte, die vielen Gerichte zu verspeisen; sie konnte es sich zwar leisten, im eigenen Wagen zu fahren, aber sie kam doch lieber mit der Post wie die andern, um zu beweisen, dass sie nicht hochmütig war; allein reiste sie auch nicht, ihr jüngerer Bruder *Julius* begleitete sie.

Er war wohlgenährt, sommerlich gekleidet und trug einen Panamahut. Er hatte nur ganz wenig Gepäck, das war zu beschwerlich in der Hitze. Er hatte bloß Badekappe und Schwimmhose; das ist nicht viel.

Nun kam die Mutter, Madame *August*, Obsthändlerin tonnenweise, Landwirtin in großer Krinoline; sie war dick und erhitzt, beteiligte sich an allem, ging selbst mit dem Bierkrug zu den Arbeitern aufs Feld hinaus. »Im Schweiße seines Angesichts soll man sein Brot essen«, sagte sie, »das steht in der Bibel; danach kann man Erntefeste feiern!« Sie war Frau und Mutter.

Danach stieg wieder ein Mann aus, von Beruf Maler, ein Meister der Farbe, das bekam der Wald zu wissen; das Laub musste die Farbe wechseln, aber schön, wenn er es so haben wollte; rot, gelb und braun sah der Wald bald aus. Der Meister pfiff wie der Star, war ein flinker Arbeiter und hängte die braungrüne Hopfenranke um seinen Bierkrug, das schmückte, und für Schmuck hatte er offene Augen. Hier stand er nun mit seinem Farbentopf, das war sein ganzes Gepäck.

Hierauf folgte der Gutsbesitzer, der an den Saatmonat dachte, ans Pflügen und an die Behandlung des Bodens, ja, auch ein wenig ans Jagdvergnügen; er hatte Hund und Gewehr, er hatte Nüsse in der Tasche, knickknack! Schrecklich viel Gepäck führte er mit, sogar einen englischen Pflug; er sprach von der Landwirtschaft, aber vor Husten und Keuchen konnte man nicht viel verstehen, hinter ihm kam nämlich *November*.

Er hatte Schnupfen, heftigen Schnupfen, so dass er ein Laken und kein Taschentuch benützte. Dennoch müsse er die Mägde zum neuen Dienst begleiten, sagte er, aber die Erkältung würde wohl vergehen, wenn das Holzhacken anfinge, und das wollte er tun, denn er war Sägemeister der Holzfäller. Die Abende verbrachte er mit dem Schnitzen von Schneeschuhen; er wusste, dass man dieses vergnügliche Schuhwerk in wenigen Wochen brauchen würde.

Nun kam als letzte das alte Mütterchen mit dem Kohlenbrenner; sie fror, aber ihre Augen strahlten wie zwei klare Sterne. Sie trug einen Blumentopf mit einem Tannenbäumchen. »Das will ich hegen und pflegen, damit es bis Weihnachten groß wird, vom Fußboden bis zur Decke soll der Baum reichen mit brennenden Kerzen, vergoldeten Nüssen und ausgeschnittenen Figuren. Der Kohlenbrenner wärmt wie ein Kachelofen, ich nehme das Märchenbuch aus der Tasche und lese vor, so dass alle Kinder im Zimmer still werden, doch die Püppchen am Baum werden lebendig, und der kleine Wachsengel zuoberst an der Spitze schüttelt die Flittergoldflügel, fliegt von der grünen Spitze und küsst klein und groß im Zimmer, ja, auch die armen Kinder, die draußen stehen und Weihnachtslieder vom Stern über Betlehem singen.«

»Und jetzt kann die Kutsche abfahren«, sagte die Schildwache. »Nun haben wir das Dutzend. Lasst einen neuen Reisewagen kommen!«

»Zuerst sollen die Zwölf eintreten!« sagte der Hauptmann, der Wache hatte. »Einer nach dem andern! Die Pässe behalte ich; sie gelten für jeden einen Monat lang. Wenn der Monat um ist, werde ich jedem darauf bescheinigen, wie er sich benommen hat. Bitte sehr, Herr Januar, kommen Sie herein.«

Und so ging er hinein.

Wenn ein Jahr um ist, werde ich dir sagen, was die Zwölf dir, mir und uns allen gebracht haben. Noch weiß ich es nicht, und sie wissen es wohl selbst nicht, denn wir leben in einer wunderlichen Zeit.

Wie das Kamel zu seinen Höckern kam

Margarete Kubelka

Es geschah zu der Zeit, als König Melchior aus dem Morgenland sich aufmachte, um dem Stern zu folgen. Er hatte keine Zeit, das übliche Gefolge zusammenzustellen, das ihn auf seinen Reisen zu begleiten pflegte: die Würdenträger in Gold und Purpur, die seinen Rang bestätigten, die nur mit einem Lendentuch bekleideten Kameltreiber, die für die Packtiere verantwortlich waren, und die Speerwerfer und Keulenschwinger, die für die Sicherheit des Unternehmens zu sorgen hatten. Es musste alles sehr schnell gehen. Die Würdenträger waren auch nicht nötig, denn der neugeborene König, den der Stern verheißen hatte, sah nur auf das Herz und die Gesinnung, das fühlte Melchior ganz deutlich. Also würde er allein reiten, auf seinem Lieblingskamel Shebab, und neben etwas Nahrung für den Leib und einem Schlauch für das Trinkwasser nur ein Geschenk für das Kind mitnehmen, ein Kästchen mit Weihrauchkörnern als Symbol und Huldigung für den königlichen Stand.

Shebab, das Kamel, war ein geduldiges Tier. Es ließ sich beladen und mit dem goldgestanzten Sattel des Königs versehen, über dem der bestickte Baldachin angebracht wurde, der den hohen Reiter vor der sengenden Sonne schützen sollte. Es wehrte sich nicht gegen die Beutel mit Brot und Käse und die Wasserschläuche. Es erhob sich einfach von seinem Lager auf der Erde, stellte sich auf seine Beine und begann Fuß vor Fuß zu setzen.

Auch Shebab hatte den Stern gesehen, und ein nie gekanntes Glücksgefühl begann es vom Kopf bis zu den Füßen zu durchdringen. Es war der Stern des Himmels, des Königs Melchior, aber irgendwie auch seiner, Shebabs Stern, denn hätte es sonst so froh sein können, dass es in der Nacht der ersten Rast, als der König schlief, sogar heimlich versucht hatte, zu tanzen? In der nächsten Nacht freilich tanzte es nicht mehr, dazu hatte es keine Kraft, denn die Sonne brannte am Tag unbarmherzig vom Himmel, die Last war schwer, und sein Reiter trieb es immer wieder zu größerer Geschwindigkeit an: »Schnell, schnell, der neugeborene König wartet!«

Hyänen und Schakale heulten in der Ferne und warteten auf Beute. Einmal waren sie einer Gruppe von finsteren Gestalten begegnet, die Dolche am Gürtel trugen und den königlichen Baldachin und das Kästchen aus Ebenholz, das Melchior nicht aus den Händen gab, gierig musterten. Melchior aber hatte sie nur angesehen, durchdringend und lange, da waren sie weitergezogen, und die Wüste hatte sie verschluckt.

Am dritten Tag kam ein Sandsturm und fegte mit der Gewalt eines Weltuntergangs über sie hinweg. Melchior verstopfte sich Augen und Ohren und klammerte sich an seinen stummen Gefährten, der ergeben alles über sich ergehen ließ, aber standhielt. Als der Sturm nachließ und sie wieder sehen konnten, war der Baldachin nicht mehr da, und auch die goldene Königskrone mit den funkelnden Edelsteinen hatte der Wind verweht. »Ich brauche das alles nicht mehr«, sagte Melchior, und sie machten sie wieder auf den Weg.

Der Stern hielt im Land Judäa über einen baufälligen Stall, und Shebab ließ sich auf seine vorderen Knie nieder, um den König absteigen zu lassen. Vor dem Stall befanden sich

zwei andere Könige, die hatten ihr Gold und ihren Purpur noch. So gingen sie zu dritt zu dem königlichen Kind, das in einer Viehkrippe lag und sie anlächelte. Sie brachten ihm ihre Gaben dar und beugten die Knie, und Melchior war froh, dass er das Weihrauchkästchen auch in dem Sandsturm fest in der Hand gehalten hatte. Eine junge Frau und ein älterer Mann standen hinter der Krippe, und die drei Könige verneigten sich auch vor ihnen.
Shebab hatte noch immer das wunderbare Gefühl in seinem Herzen und in seiner ganzen plumpen Gestalt. Das Tier drängte sich zum Eingang der Hütte, weil es fühlte, dass all das Schöne und Angenehme von dort kam. Und mit einem Mal sah es, dass die drei Könige einen strahlenden Schein um ihre Häupter hatten, der vorher nicht da gewesen war, und die ganze Szene in ein herrliches, alles überstrahlendes Licht tauchte. Auch Shebab hatte ein solches Licht um seinen mächtigen Kopf, fühlte die Wärme und Helle auf sich herabrieseln und badete darin wie in einem weichen, warmen Gewässer.
Aber dann erschrak das Kamel sehr, denn es wusste, dass es nur ein dummes, plumpes Tier war, dem ein Heiligenschein nicht zustand. Es legte sich demütig vor dem Kind auf den Boden und die zarten Finger des Kindes griffen in den Schein, teilten ihn in zwei Teile und legten sie auf den gebeugten Rücken. Da fühlte das Tier, wie seine Haut sich auftat, die beiden Teile aufnahm, sich wieder schloss, und der graubärtige Mann sagte: »Du darfst den Schein behalten.«
Als sie wieder zurückritten, fühlte Shebab die Wärme und das Glück, das von seinem Rücken auf ihn herabströmte, und der König Melchior saß zwischen den beiden Hügeln, als sei das immer so gewesen.

Shebab wurde sehr alt und hatte viele Nachkommen, und sie alle hatten auf ihren Rücken zwei Erhebungen. Aber sie wussten nicht mehr, woher das kam, denn wenn auch ihr Urvater einmal eine nicht ganz unbedeutende Rolle in der Heilsgeschichte gespielt hatte, so waren doch sie nichts anderes als Kamele.

Epiphanias

Johann Wolfgang von Goethe

Die heiligen Drei König' mit ihrem Stern,
Sie essen, sie trinken und bezahlen nicht gern;
Sie essen gern, sie trinken gern,
Sie essen, trinken und bezahlen nicht gern.

Die heiligen Drei König' sie kommen allhier,
Es sind ihrer drei und sind nicht ihrer vier;
Und wenn zu dreien der vierte wär',
So wär ein heil'ger Drei König mehr.

Ich erster bin der weiß' und auch der schön',
Bei Tage solltet ihr erst mich seh'n!
Doch ach, mit allen Spezerei'n
Werd' ich sein Tag kein Mädchen mehr erfrein.

Ich aber bin der braun' und bin der lang',
Bekannt bei Weibern wohl und bei Gesang.
Ich bringe Gold statt Spezerei'n,
Da werd' ich überall willkommen sein.

Ich endlich bin der schwarz' und bin der klein'
Und mag auch wohl einmal recht lustig sein.
Ich esse gern und trinke gern,
Ich esse, trinke und bedanke mich gern.

Die heiligen Drei König' sind wohlgesinnt,
Sie suchen die Mutter und das Kind;
Der Joseph fromm sitzt auch dabei,
Der Ochs und Esel liegen auf der Streu.

Wir bringen Myrrhen, wir bringen Gold,
Dem Weihrauch sind die Damen hold;
Und haben wir Wein von gutem Gewächs,
So trinken wir drei so gut als ihrer sechs.

Da wir nun hier schöne Herrn und Fraun,
Aber keine Ochsen und Esel schaun;
So sind wir nicht am rechten Ort
und ziehen unseres Weges weiter fort.

C+M+B – Sternsinger im bayerischen Alpenvorland

Brigitta Rambeck

Es war ein recht kläglicher Mohrenkönig, der da bei der Kathi im Pfarrheim ankam, als sie wie jedes Jahr die Sternsinger zu ihrer Runde durch die Dörfer aussenden sollte. Schwarz war er, der Mohr, sehr schwarz und eigentlich wunderschön mit seinem weißseidenen Turban über der Schwärze – und ganz obenauf strahlte ein silberner Halbmond. Auch die blitzblauen Augen, die aus dem Dunkel herausleuchteten, machten sich prächtig, aber dass daraus plötzlich zwei Bäche hervortraten, die rasch auf beiden Wangen schlierige Schneisen in das samtene Schwarz der Schminke zogen und heftig schmutzend auf das goldene Cape abtropften, das beeinträchtigte die königliche Erscheinung doch erheblich.

Er kam auch ein wenig verspätet, seine Sternsinger-Kollegen waren bereits versammelt bei der jungen Pfarrhelferin und wurden von ihr gerade mit Weisung und Instrumentarium versehen. Auch die zwei Blasengel waren schon da, die heuer mitgehen sollten, um den Gesang der Könige auf ihren Blockflöten zu begleiten. Das waren die Ministrantinnen Gerti und Sandra – der Ministrantenmangel hatte inzwischen sogar im Alpenvorland die Geschlechtergrenzen aufgeweicht. Dass die Mädchen jetzt allerdings auch gern noch die Heiligen Könige gespielt hätten – das ging zu weit. Darum die Engel.

Die Sammelbüchse für wohltätige Spenden hatte die Kathi schon dem Melchior, alias Tischler Hias, anvertraut; der machte heuer zum dritten Mal mit und kannte sich aus. Sie war gerade dabei, dem Mohrenkönig die Weihrauchampel auszuhändigen, als der Martin zur Tür herein kam. Ein zweiter Mohr – das war nicht vorgesehen!
»Herrschaft Seiten, wie gibt's denn das? Wir haben doch schon einen Kaspar«, stöhnte die Kathi und schaute genervt auf die Uhr – da flossen auch schon die Mohrentränen. Denn dass jetzt auch noch die Kathi auf ihm herumhackte, das konnte der Martin nicht mehr verkraften. Ihm reichte der unerwartete Zusammenstoß mit dem Pfarrer. Zusammengestaucht hatte ihn der mitten im Dorf, dass ihm Hören und Sehen verging und der Mesner vor Schreck die Straßenseite wechselte.
Ja, da höre sich doch alles auf, schimpfte der Pfarrer Meindl – und er wurde dabei rot im Gesicht und ungewöhnlich laut. Was sich der Martin denn dabei denke – als Ministrant und Katholik und noch dazu in der Weihnachtszeit? Warum er sich selbst gar so wichtig nehme statt auch einmal an andere zu denken, grad jetzt in der Heiligen Jahreszeit? Man habe doch gestern ausführlich darüber geredet, sei sich auch einig gewesen zuletzt. Und jetzt komme er daher, als habe man keine Abmachung getroffen, schwarz wie die Nacht, und spiele den Kaspar, was ihm gar nicht zustünde. Das solle er sich abschminken – im wahrsten Sinne des Wortes, und zwar sofort.
Seit 15 Jahren hatten die vier Huber Buben nacheinander bei den Sternsingern mitgemacht und immer den schwarzen Kaspar gestellt, schon weil sie das pfundige Kostüm hatten. Heuer war endlich der Martin an der Reihe. Und da kommt

doch der Pfarrer auf die Idee, also wirklich im letzten Augenblick, den Mohren neu zu besetzen. Der Einfall war ihm gekommen, als er den Weihnachtsbericht für den anstehenden Pfarrgemeindebrief formulierte. Heuer gab es ja wirklich etwas zu erzählen. Eine Geschichte hatte sich in der Gemeinde ereignet, als habe das Christkind persönlich die Hand im Spiel gehabt. Auch die lokale Presse hatte darüber berichtet. Überschrift: »Ein Weihnachtsmärchen – live«.

Vor rund zwei Jahrzehnten hatte die Gemeinde die Patenschaft für ein afrikanisches Dorf übernommen. Seitdem gab es Spendenaktionen zugunsten der bedürftigen Partner. Als besonders ergiebig erwies sich das alljährliche deutsch-afrikanische Sommerfest mit Bierzelt, Musik und Tombola auf der Pfarrwiese. Über die Jahre hinweg waren persönliche Kontakte geknüpft worden, man hatte in wechselnden Grüppchen die afrikanischen Freunde besucht, sie auch nach Bayern eingeladen – am zahlreichsten zur Zeit des Sommerfests. Die Gäste revanchierten sich mit Musik- und Tanzdarbietungen und einem Stand mit exotischen Speisen, die dem bayerischen Haxn- und Schweinswürstlangebot regelmäßig den Rang abliefen.

Natürlich war das nicht das Wesentliche dieser Patenschaft, aber doch das allgemein Sichtbare. Weniger spektakulär, aber ungleich wichtiger waren die Erfolge, die man in der medizinischen und missionarischen Betreuung des Partnerdorfs vor Ort erzielt hatte. Mit Hilfe von Spenden hatte man sogar einem jungen Afrikaner das Priesterstudium in Deutschland ermöglicht – die Primiz wurde in der dörflichen Pfarrkirche gefeiert. Derzeit war er in seiner Heimat tätig und spielte auch eine wichtige Rolle als Botschafter zwischen den beiden Gemeinden.

Es hatte sich eingebürgert, in den Sommermonaten bedürftige, oft unterernährte Kinder und Jugendliche nach Bayern einzuladen und im Pfarrheim oder in Gastfamilien ein wenig aufzupäppeln. Unter diesen Kindern war vor einigen Jahren auch der kleine Noe gewesen. Sechs Jahre alt war er damals. Ein zartes Kind, körperlich stark verwahrlost, aber zutraulich und überdurchschnittlich sprachbegabt. Nach wenigen Wochen konnte er sich mit den Leuten im Dorf verständigen. Niemand, der ihn nicht leiden konnte. Man hatte ihn bei Franz und Ida Maiser untergebracht, einem noch jüngeren, kinderlosen Ehepaar. Als die Zeit der Heimreise herankam, gab es Tränen. Nicht nur auf Seiten des Kindes. Auch Maisers waren untröstlich. Sie bemühten sich um eine Verlängerung. Das Kind sei doch noch sehr erholungsbedürftig. Der Pfarrer erkundigte sich nach den Eltern. Man erfuhr, daß Noe seit einem Jahr Halbweise war. Neun Kinder waren es, als die Mutter starb.
Noes Aufenthalt in Bayern wurde verlängert. Sein Deutsch war bald kaum mehr von dem seiner dörflichen Altersgenossen zu unterscheiden. Er wurde eingeschult. Proteste aus der afrikanischen Heimat gab es nicht. Nach einem Jahr erkundigte man sich, ob man das Kind adoptieren dürfe. Die Verhandlungen zogen sich hin. Noe war inzwischen in der dritten Klasse, sprach astreines Bayerisch und Hochdeutsch und sagte Mama und Papa zu Franz und Ida Maiser. Zu seinem 9. Geburtstag bekam er auch den Hund, den er sich schon so lange wünschte. Man glaubte, es wagen zu können. Die Ausstellung der Urkunde stand bevor. Kurz darauf kam der Bescheid: Adoption abgelehnt. Die afrikanischen Großeltern wollten das Kind zurückhaben.

Sie mussten Noe heimschicken – »ausliefern«, nannte man das im Dorf. Die ganze Klasse weinte. Hatte bislang vielleicht noch mancher den Kopf über das artfremde Küken im bayerischen Nest geschüttelt, so stand man jetzt geschlossen trauernd hinter den Maisers. Selten hatte man ein Elternpaar so leiden sehen. Von Noe selbst ganz zu schweigen. Nicht einmal den Hund durfte er in sein Heimatland mitnehmen.
Zwei Jahre gingen ins Land. Man gab die Verhandlungen nicht auf, aber die Hoffnung war gering. Die Briefe, die an Noe gingen, kamen ungeöffnet zurück. Zweimal fuhren Maisers nach Afrika, um ihn zu besuchen. Man versteckte ihn vor ihnen.
Und dann, im letzten November, die Nachricht: Noe sei schwer erkrankt. Der junge Priester besuchte ihn im örtlichen Krankenhaus, richtete Grüße aus Bayern aus, vor allem an Franz und Ida Maiser. Als sich der Zustand des Kindes verschlechterte, bat er den Hiensdorfer Pfarrer um eine Spende, um Noe in ein besser ausgerüstetes Krankenhaus in der Hauptstadt verlegen lassen zu können.
Maisers verständigte man jetzt nicht mehr. Man wollte ihnen unnötigen Kummer ersparen. Noch zwei Wochen vor Weihnachten waren die Berichte aus dem Krankenhaus entmutigend. Noe schrammte nur knapp am Tod vorbei.
Dann ging alles sehr schnell. Durch den Einsatz des jungen Pfarrers traten die Verhandlungen in eine neue Phase. Man konnte sich jetzt darauf einigen, dass ein lebendes Kind in der Ferne besser sei als ein totes im eigenen Lande. Die Familie erklärte sich bereit, Noe zur endgültigen Genesung nach Deutschland zu schicken. Auch einer Unterschrift zur Adoption stand nichts mehr im Wege, vorausgesetzt die deutsche Familie hatte ihren Entschluss nicht geändert.

Schon Tage vor dem Heiligen Abend herrschte Unruhe im Pfarrhaus. Selbst Pfarrer Meindl war ungewohnt nervös. Am Morgen des 24. Dezembers verließ Kathi mit dem Auto des Pfarrers das Dorf. Man wunderte sich.
Gegen acht Uhr abends klopfte es bei Maisers an der Haustür. Draußen standen der Pfarrer und seine Pfarrhelferin – und neben ihnen das leibhaftige Christkindl: Noe. Groß war er geworden, und schmal war er jetzt wieder, aber sein Bayerisch hatte noch keinerlei Einbußen erlitten.
Die ganze Gemeinde freute sich, auch der Martin natürlich, und alle hatten inzwischen den Maisers, den drei Maisers, die Hand geschüttelt und gratuliert.
Trotzdem: war es wirklich notwendig gewesen, den Noe gleich mitgehen zu lassen zum Sternsingen als einen »leibhaftigen König aus dem Morgenlande«? Martin fand das unnötig, geschmacklos direkt.
Aber der Pfarrer konnte sich nicht mehr bremsen, so großartig fand er seine Idee. Sammelten doch die Sternsinger Spenden für die Kinder der Dritten Welt! Wie schön ließ sich darüber im Gemeindebrief berichten! Auch Pfarrer sind Menschen.
Zunächst gab es noch keinen nennenswerten Widerstand. Der Schwenninger Fredi, der heuer zum drittenmal der Balthasar sein sollte, schied sofort freiwillig aus, gar nicht ungern sogar, er war sowieso nicht scharf auf kalte Füße und einen rauhen Hals. Blieb nur noch, den Martin vom Kaspar auf den Balthasar umzupolen. Das war nun allerdings längst nicht so einfach, wie sich der Pfarrer Meindl das vorgestellt hatte. Wo doch die Huber-Buben seit 15 Jahren auf den schwarzen Kaspar abonniert waren. Es kostete den geistlichen Herrn einige Überredungskraft.

Wutgebeutelt lief der Martin schließlich nach hause. Nur seinem Bruder Bertl hat er davon erzählt, und der hat ihn dann rasch wieder getröstet: die seien doch allesamt schwarz gewesen, hat er gemeint, diese drei Weisen aus dem »Mohrenlande«.
In aller Herrgottsfrüh ließ sich der Martin von der Mutter ausstaffieren. Sie hatte schon alles hergerichtet: Umhang, Turban, Sternenstab und die schwarze »Stiefelwichs«. »Du bist sicher der allerschönste«, sagte sie beim Abschied und gab ihm noch das Schminktöpferl mit – »zum Ausbessern, wenn's grad notwendig wird«.
Fröhlich war der Martin aufgebrochen in Richtung Pfarrheim. Und dann musste ihm doch der Pfarrer akkurat jetzt über den Weg laufen und ihn mit seinem schwarzen Gesicht in flagranti erwischen!
Als ihm dann auch noch die Kathi so unfreundlich kam, war das Maß voll. »Ich geh heim!« stieß er heraus und ging entschlossen auf die Tür zu. »Halt«, sagt die Kathi, »da wird nix draus. Wir brauchen drei Könige und keine zwei. Das ist ja Fahnenflucht. Und wennst jetzt net glei zum Fennen aufhörst, werd i grantig.« Martin schluckte. »Jetzt gehst naus in den Waschraum und putzt dir die Nase und den Mantel ab! Und dann restaurierst du noch ein bissl dein Schwarz im G'sicht, damitst net so räudig ausschaust.« So die Kathi.
»Muss ich's denn nicht abwaschen?« fragte er. Es wär ihm jetzt schon wurscht gewesen. »Nein«, meinte sie, »dazu haben wir keine Zeit mehr. Es pressiert.«
Martin verschwand im Clo. Als er zurückkam, hörte er die Kathi kichern. Sie war mit Noe beschäftigt, der ihm gerade den Rücken zukehrte. Wie er sich zu ihm umdrehte, verschluckte sich der Martin vor Überraschung. Schlohweiß war

der Noe jetzt im Gesicht, fast zum Fürchten weiß. Die Kathi hatte eine halbe Dose Penatencreme an ihn verschwendet. Jetzt grinste er. Das rote Zahnfleisch und die schwarzen Augen glänzten. Die Engel gluckten vor Lachen.
Jetzt übergab die Kathi dem neu ernannten Balthasar die Schachtel mit den Kreiden und einen Schwamm. Es mussten ja die alten Inschriften von den Stubentüren gewischt und das C+M+B mit dem neuen Datum, 2001, wieder hingeschrieben werden. Diese Aufgabe bekam Noe übertragen, weil jetzt der Martin der Kaspar war und die Weihrauchampel bekam, um die bösen Geister aus den Häusern zu räuchern.
So zogen sie mit ihren Sternenstäben durch die Dörfer der Gemeinde, von Haus zu Haus, der schwarze, der braune und der weiße König, und wie jedes Jahr erschreckten sich ein paar kleinere Kinder vor ihnen – diesmal allerdings nicht so sehr vor dem ganz schwarzen als vor dem ganz weißen König. Ein weißer Schwarzer ist halt fast noch ungewohnter als ein schwarzer Weißer.

Der Stern

Wilhelm Busch

Hätt einer auch fast mehr Verstand
als wie die drei Weisen aus Morgenland,
und ließe sich dünken, er wär wohl nie
dem Sternlein nachgereist wie sie –
dennoch, wenn nun das Weihnachtsfest
seine Lichtlein wonniglich scheinen lässt,
fällt auch auf sein verständig Gesicht,
er mag es merken oder nicht,
ein freundlicher Strahl
des Wundersterns von dazumal!

Inhalt

Quellennachweis

Peter Biqué, Die Fahrt über die Donau © Alle Rechte beim Autor

Agatha Christie, Der unfolgsame Esel (Ich bin der Esel aus Betlehem). Aus: Agatha Christie, Es begab sich aber ... © 1965 by Agatha Christie Ltd., für die deutsche Ausgabe: Scherz Verlag, Bern, Frankfurt am Main. Alle Rechte vorbehalten S.Fischer Verlag GmbH, Frankfurt am Main

Johannes Derksen, Meine Weihnachtskrippe. Aus: Alle Jahre wieder. Die beliebtesten Geschichten und Gedichte zum Weihnachtsfest. © St. Benno-Verlag, Leipzig 2004

Hans Fallada, Der gestohlene Weihnachtsbaum. Aus: Hans Fallada, Ausgewählte Werke in Einzelausgaben, hrsg. von Günter Caspar; Band 9: Märchen und Geschichten. Gute Krüseliner Wiese rechts und 55 andere Geschichten. © Aufbau Verlag GmbH & Co. KG, Berlin 1991

Gertrud Fussenegger, Sag mir, wie dein Christbaum aussieht – und ich sage dir, wer du bist. Aus: Gertrud Fussenegger, Das verwandelte Christkind. © 1987 Deutscher Taschenbuch Verlag, München

Fynn, Anna schreibt an Mister Gott. (Auszug, Als Mister Gott ein Baby war). © Fynn 1986. Scherz Verlag Bern, München, Wien. Alle Rechte vorbehalten S.Fischer Verlag GmbH, Frankfurt am Main

Oskar Maria Graf, Die Weihnachtsgans. Aus: Oskar Maria Graf, Werkausgabe XI/1: Erzählungen aus der Weimarer Republik. © 1994 List Verlag in der Ullstein Buchverlage GmbH, Berlin

Stefan Heym, Mary © 1954 Stefan Heym

Hanns Dieter Hüsch, Die Bescherung. Aus: Hanns Dieter Hüsch, Das kleine Weihnachtsbuch. tvd-Verlag Düsseldorf

Johannes Jourdan, Der große Lobgesang der Tiere. © Alle Rechte beim Autor

Erich Kästner, Kleiner Kursus in Weihnachtssprüchen. © Carl Hanser Verlag München Wien und Thomas Kästner

Margarete Kubelka, Wie das Kamel zu seinen Höckern kam. © Erbengemeinschaft Margarete Kubelka c/o Dr. Friedrich Kröhnke, Berlin

Hermann Multhaupt, Peters Weihnachts-Bücherwunsch. © Alle Rechte beim Autor

Gerhard Polt, Schöne Bescherung. Aus: Bibliothek Gerhard Polt, Band 9. Copyright © 2012 KEIN & ABER AG, Zürich – Berlin

Brigitta Rambeck, C+M+B – Sternsinger im bayerischen Alpenvorland. Aus: Brigitta Rambeck, Stille Zeit, heilige Zeit? © Buchendorfer Verlag (heute MünchenVerlag)

Eugen Roth, Das Weihnachtsbild. Aus: Eugen Roth, Sämtliche Werke, Band 4. © 1977 Carl Hanser Verlag München

Eugen Roth, Der Gang zur Christmette. Aus: Eugen Roth, Sämtliche Werke, Bd. 4, München 1977. © Dr. Thomas Roth und Stefan Roth

Eugen Roth, Ein Gleichnis. Aus: Eugen Roth, Der letzte Mensch. Heitere Verse. © 1964 Carl Hanser Verlag München, Wien

Wolfdietrich Schnurre, Die Leihgabe. Aus: Wolfdietrich Schnurre, Als Vaters Bart noch rot war. Die Originalausgabe erschien erstmals 1958, Neuausgabe. © 1996 Berlin Verlag GmbH, Berlin

Erwin Strittmatter, Der Weihnachtsmann aus der Lumpenkiste. Aus: Erwin Strittmatter, ¾ hundert Kleingeschichten. © Aufbau Verlag GmbH & Co. KG, Berlin 1971, 2001 (die Originalausgabe erschien 1971 im Aufbau Verlag; Aufbau ist eine Marke der Aufbau Verlag GmbH & Co. KG)

Luis Trenker, Der Stern über Betlehem. Aus: Alles Gute zu Weihnachten, Anneliese Rübesamen (ausgewählt). © 1982 F.A. Herbig Verlagsbuchhandlung GmbH, München

Willibald Troemer, „Weihnachtsgeschenke – Lust und Frust“ und „Nimm dir Zeit. Aus: Willibald Troemer, Einfälle in der Kirchenbank. © St. Benno-Verlag, Leipzig 2001

Karl Heinrich Waggerl, Wie Ochs und Esel an die Krippe kamen. Aus: Karl Heinrich Waggerl, Das ist die stillste Zeit im Jahr. © Otto Müller Verlag, Salzburg 2004

Karl Heinrich Waggerl, Worüber das Christkind lächeln musste. Aus: Karl Heinrich Waggerl, Sämtliche Weihnachtserzählungen. © Otto Müller Verlag, Salzburg 2002, 4. Auflage

Karl Heinrich Waggerl, „Der Tanz des Räubers Horrificius“ und „Der störrische Esel und die süße Distel“. Aus: Karl Heinrich Waggerl, Und es begab sich ... © Otto Müller Verlag, Salzburg 2004, 51. Auflage

Klaus Weyers, Original Dresdner Christstolle. © Alle Rechte beim Autor

Helmut Wöllenstein, Märchen vom Auszug aller „Ausländer“. © Alle Rechte beim Autor

Michael Zielonka, „Das blöde Rindvieh, der alte Esel, das dumme Schaf – Tiere an der Krippe”, „Keine Engels-, wohl aber Eselsgeduld” und „Die Geburt des Und“. Aus: Michael Zielonka, Heiter durch das Kirchenjahr. © St. Benno-Verlag, Leipzig 2003

Wir danken den genannten Inhabern von Textrechten für die freundliche Erteilung der Abdruckgenehmigung. Der Verlag hat sich bemüht, alle Rechteinhaber in Erfahrung zu bringen. Für zusätzliche Hinweise sind wir dankbar.